U0871066

中国古典诗词品汇

李清照诗词品汇

谢永芳 撰

长江出版传媒
崇文书局

图书在版编目（CIP）数据

李清照诗词品汇 / 谢永芳撰. -- 武汉 : 崇文书局，2022.4
（中国古典诗词品汇）
ISBN 978-7-5403-6621-6

Ⅰ. ①李… Ⅱ. ①谢… Ⅲ. ①李清照（1084-约1151）—宋诗—诗歌欣赏②李清照（1084-约1151）—宋词—诗歌欣赏 Ⅳ. ①I207.2

中国版本图书馆 CIP 数据核字（2022）第 034685 号

出 品 人　韩　敏
责任编辑　刘　丹　李　玮
封面设计　甘淑媛
责任校对　董　颖
责任印制　李佳超

李清照诗词品汇
LIQINZHAO SHICI PIN HUI

出版发行　长江出版传媒｜崇文书局
地　　址　武汉市雄楚大街 268 号 C 座 11 层
电　　话　(027)87677133　邮政编码　430070
印　　刷　湖北新华印务有限公司
开　　本　880mm×1230mm　1/32
印　　张　6.625
字　　数　150 千
版　　次　2022 年 4 月第 1 版
印　　次　2022 年 4 月第 1 次印刷
定　　价　35.00 元

前　言

李清照（1084—1156？），自署易安室，又号易安居士。济南章丘（今属山东）明水人（元丰八年九月十三日李格非《廉先生序》）。父格非，字文叔。熙宁九年（1076）进士，官至礼部员外郎。为“苏门后四学士”之一。母王氏，为王珪长女（据宋庄绰《鸡肋编》卷中。《宋史·李格非传》所谓王拱辰之孙女，乃清照后母），亦善属文。徽宗建中靖国元年（1101），嫁吏部侍郎赵挺之之子太学生赵明诚。崇宁元年（1102），蔡京、赵挺之入为左右相，倡绍述，立元祐党人碑。李格非列名党籍，清照以诗上挺之救父。次年，赵明诚出仕。大观元年（1107），蔡京复为相，赵挺之卒，为蔡京所陷，追夺所赠官。赵明诚遂携清照屏居青州（今山东益都）乡里十三年之久，以金石诗文自娱。宣和三年（1121），蔡京致仕后，赵明诚起知莱州（今山东掖县），七年，又移守淄州（今山东淄博），清照皆随任。靖康之变后，高宗建炎元年（1127），明诚奔母丧南下。八月，起复，知江宁府。清照载书十五车过淮渡江至建康。三年，赵明诚卒。会金兵南下，清照避兵入浙。绍兴二年（1132）赴杭州，所携金石、书籍尽散。夏，再适张汝舟，九月离异。张氏以清照讼其“妄增举数入官”而编管柳州。（宋人所记李清照改嫁史料约七条，见黄盛璋《李清照事迹考辨》，可证清照确曾改嫁。改嫁本无碍人品，亦宋代之习俗。自明人徐𤊹《笔精》而后，清代卢见曾、俞正燮、陆心源、李慈铭以及当代夏承焘、唐圭璋、黄墨谷诸家，皆反对改嫁之说，然无史据，不可从。又，依宋《刑统》，妻告夫虽得实，亦须“徒二年”，盖因綦密礼施以援手，故清照入狱九天而获释。）四年，避地金华，卜居陈氏第。晚年来往于金华、临安间。绍兴中，上赵明诚所著《金石录》于朝。卒年七十三左右。

李清照幼有才名，善属文，尤工诗。著有《漱玉词》。词为南渡大家，创为“易安体”，被许为婉约正宗。《四库全书总目》卷一九八《漱玉词》一卷（江苏周厚堉家藏本）提要即云：“此本为毛晋《汲古阁》所刊。卷末备载其轶事逸文……。案陈振孙《书录解题》载清照《漱玉词》一卷，又云别本作五卷。黄昇《花庵词选》则称《漱玉词》三卷。今皆不传。此本仅词十七阕，附以《金石录序》一篇，盖后人裒辑为之，已非其旧。……清照以一妇人，而词格乃抗轶周、柳。张端义《贵耳集》极推其元宵词《永遇乐》、秋词《声声慢》，以为闺阁有此文笔，殆为间气，良非虚美。虽篇帙无多，固不能不宝而存之，为词家一大宗矣。”又著有《词论》，历数唐宋诸名家之长短，颇中肯綮而又不稍假借。

宋南渡词坛，因为李清照的出现而绽放奇光异彩。

李清照在其《词论》中提出带有辨体性质的词“别是一家”之说，是宋代词学重要创获。“别是一家”说，从理论上讨论并初步明确了词的独特文体地位。所谓“别是一家”，是指与诗相比而言，词是别一种家数，即词之所以为词，主要在于它在音乐性上有着跟诗不完全一样的要求：

> 盖诗文分平侧，而歌词分五音，又分五声，又分六律，又分清浊轻重。且如近世所谓《声声慢》《雨中花》《喜迁莺》，既押平声韵，又押入声韵；《玉楼春》本押平声韵，又押上、去声，又押入声。本押仄声韵，如押上声则协；如押入声，则不可歌矣。

按照一般的理解，五音，即宫、商、角、徵、羽。五声，即阴平、阳平、上、去、入。古代又把“五声”认为就是“五音”，如《周礼·春官·大师》：“皆文之以五声，宫、商、角、徵、羽。”马兴荣《李清照〈词论〉考》谓：“若照此理解，则又为《词论》之又一疏失矣。”六律，即黄钟、太簇、姑洗、蕤宾、夷则、无射。清浊轻重，阴声字轻清，阳声字重浊。李清照认为，词为了协律可歌，不仅要像诗那样分平仄，而且还要分五音、五声、六律、清浊、轻重，如果不如此，词就不成其为词，而是一种“句读不葺之诗”。词只有保持住自身独立的文体特性，才有可能不被诗取代，拥有自己独立的文体地位，屹立于各体文学之林。

李清照从词的本体论而不是苏轼的渊源论角度出发，进一步要求确立词体独立的文学地位，成为后世学者推尊词体的思想资源之一。此前，苏轼曾提出，词“盖诗之裔”（《祭张子野文》），外在形式的差别，并不妨碍它们在艺术本质和表现功能上的一致性。这一词的“渊源论”为从文体观念上将词提高到与诗同等的地位，进而为实现词与诗的相互沟通、渗透，提供了一定的理论依据。有必要指出的是，苏轼又曾提出过词须“自是一家”的创作主张：“近却颇作小词，虽无柳七郎风味，亦自是一家。……颇为壮观也。”（《与鲜于子骏书》）此处所谓“自是一家”，既针对“柳七郎风味”，又具有一定的普遍意义，换言之，指的是他所创作的豪放词在当时的主流词坛上，可以别成一种风格。而事实上，可能一度学过柳词的苏轼，所进行的创造又非仅仅是豪放词所能包括的。所以，从理论上看，“自是一家”说包容的范围要更广泛一些，无疑为词的进一步发展指出了新的方向。

在苏轼之后、李清照之前，李之仪曾提出过词“自有一种风格”（《跋吴思道小词》）的看法，可以认为是从创作论的角度立论，对李清照提出“别是一家”理论可能会有一定的启发。“别是一家”说，也反映出李清照较为强烈的文体忧患意识，由此，就不难理解，为什么一种本来是相当正面的立论，而要出之以对前代相关作家近乎全盘否定的挑剔口吻，而且，在她自己不多的作品中，尽力恪守规程，以创作示范、印证自己提出的理论。

李清照的词记录了自己的情感历程，如《凤凰台上忆吹箫》：

> 香冷金猊，被翻红浪，起来慵自梳头。任宝奁尘满，日上帘钩。生怕离怀别苦，多少事、欲说还休。新来瘦，非干病酒，不是悲秋。　　休休。这回去也，千万遍阳关，也则难留。念武陵人远，烟锁秦楼。唯有楼前流水，应念我、终日凝眸。凝眸处，从今又添，一段新愁。

写与丈夫离别后的相思情深，离愁的苦涩和眷恋的幸福彼此交织。上、下片结三句细分阴阳，正是其词论的实践。又，李清照对大自然的变化非常敏感，常常能把这种感受写得非常细腻。如可与韩偓《懒起》诗对读的《如梦令》：

> 昨夜雨疏风骤。浓睡不消残酒。试问卷帘人，却道海棠依旧。知否。知否。应是绿肥红瘦。

以对话入词，丫鬟的漫不经心和小姐的敏感思致形成鲜明对比。丫鬟和小姐互动并对比的模式，是中国文学中多种文体所常用的，这篇作品，“短幅中藏无数曲折”（黄苏《蓼园词选》），而在语言上，“绿肥红瘦”一句，以具体喻抽象，在时间的突然凝聚中推出直观的形象，比对强烈而又鲜明。同时，由于身体的肥与瘦往往是人的精神状态的外在表现，因此，用于花与叶，便使之带上强烈的感情色彩，进一步深化了前人所开创的这一意境。

靖康之难，国破家亡，李清照的心境、词境皆为之一变。如《声声慢》：

> 寻寻觅觅，冷冷清清，凄凄惨惨戚戚。乍暖还寒时候，最

难将息。三杯两盏淡酒，怎敌他、晚来风力。雁过也，正伤心、却是旧时相识。　　满地黄花堆积。憔悴损，如今有谁忺摘。守着窗儿，独自怎生得黑。梧桐更兼细雨，到黄昏、点点滴滴。这次第，怎一个愁字了得。

全篇九十七字，舌、齿两声多至五十七字，是有意用啮齿叮咛的口吻，极写郁抑惝恍的心情。曾与温情慰藉、潇洒自赏之乐相伴的大雁、菊花，而今引发的却是伤心绝望、斯人憔悴之悲。轻盈曼妙、明丽轻快的闺词恋曲，变成沉重哀戚、灰冷凝重的生死恋歌，同时也是苦难时代的真实写照。

通过自己生活的变化来写时代的变化，是李清照词对词史的重要贡献之一，如《永遇乐》：

落日镕金，暮云合璧，人在何处。染柳烟浓，吹梅笛怨，春意知几许。元宵佳节，融和天气，次第岂无风雨。来相召、香车宝马，谢他酒朋诗侣。　　中州盛日，闺门多暇，记得偏重三五。铺翠冠儿，捻金雪柳，簇带争济楚。如今憔悴，风鬟霜鬓，怕见夜间出去。不如向、帘儿底下，听人笑语。

对这首词，沈祖棻先生曾有这样的论述："李清照晚年的词，非常具体地、生动地反映了她精神生活方面的变化，而对于她物质生活的变化，则涉及很少。这首词却给我们透露了一些。首先是她说'中州盛日，闺门多暇'，这就反证了南渡暮年，闺门少暇。归来堂中的赌书泼茶，建康城上的戴笠寻诗，恐怕早已被琐屑的家务劳动代替了。由于贫困，不能不亲自操作，就忙了起来，这是可推而知之的。其次是她说'向帘儿底下，听人笑语'，这绝不是居在深宅大院、有重重门户的大户人家所可能，也绝不是上层妇女的行为。只有一般市民，居宅浅狭，开门见街，妇女才有垂下帘子看街上动静和听行人说话的习惯。而她竟然也是如此，则其生涯之潦倒，就更可想见了。”宋末刘辰翁是这首词最好的批评者之一，他“曾和此词，小序云：‘余自乙亥上元，诵李易安《永遇乐》，为之涕下。今三年矣。每闻此词，辄不自堪，遂依其声，又托之易安自喻，虽辞情不及，而悲苦过之。’”在南宋灭亡后，“刘辰翁正是从这首词中即小见大，即从其所写的过元宵节时的今昔之感，看到国家的兴亡、广大人民丧乱流离的痛苦的。”（沈祖棻《宋词赏析》）

李清照在视野拓展之后，词境有时变得非常开阔，如《渔家傲》：

天接云涛连晓雾。星河欲转千帆舞。仿佛梦魂归帝所。闻天语。殷勤问我归何处。　我报路长嗟日暮。学诗漫有惊人句。九万里风鹏正举。风休住。蓬舟吹取三山去。

这首诗起、结以惊人的海天景象，又以一问一答连缀上、下片，严整中极动荡之致，逶迤中闻风雷之声，见出灵动的艺术构想和表现力。全篇气势磅礴，雄浑高迈，有似苏、辛一派，构成其词审美境界的另外一面，不惟在李清照集中为仅见，即使在整个宋代女性词中，也很突出。女子而作壮语，又可以理解为是与“男子而作闺音”相对应的存在，非仅限于性别文学认知意义一端而已。当然，李清照晚期的词，从理论上说，并不是她作为一个闺阁中人，刻意去拓展自己的风格，实在是由于她的生活发生了与社会变动有着直接关系的巨变，要写这种巨变，就不能不涉及社会的变化。

本书为展示李清照诗词全貌，以新近增订出版的徐培均《李清照集笺注》（修订本）（以下简称徐培均《笺注》本，为日本大仓文化财团所藏清彭元瑞知圣道斋钞《汲古阁未刻词》本《漱玉词》，以下简称彭氏抄本）作底本，参以王仲闻《李清照集校注》

（以下简称王仲闻《校注》本）、赵万里校辑《宋金元人词》本《漱玉词》（以下简称赵万里《校辑》本）、黄墨谷辑校《重辑李清照集》（以下简称黄墨谷《重辑》本）、王鹏运《四印斋所刻词》本《漱玉词》（以下简称王本）、汪玢辑、劳权手校、道光二十年刊本《漱玉词汇钞》（今藏日本东京静嘉堂文库，以下简称汪本）等，总收词作59首、诗作19首。注释主要参考徐培均《笺注》本、王仲闻《校注》本等，择善而从，以尽量排除阅读中可能遇到的障碍。评析则注重品汇诸说，兼采众长，以读解文本要义为基础，适度发挥牵引，包括附列后世作家的追和之作，对读以资参悟，力求准确还原李清照的词史、诗史贡献和地位。

李清照的作品，在流传过程中不可避免地出现过遗佚和讹误等情形。据徐培均《笺注》本，其词尚有断句四则：其一、“教我甚情怀。”录自明陈耀文《花草粹编》卷二朱秋娘集句词。其二、“条脱闲揎系五丝。”录自宋陈元靓《岁时广记》卷二一引《风俗通》。其三、“瑞脑烟残，沉香火冷。”录自《岁时广记》卷四十引《纪闻》。其四、“窗外芭蕉窗里人，分明叶上心头滴。”录自清李佳《左庵词话》。另有存疑词七首：其一、《瑞鹧鸪·双银杏》（风韵雍容未甚都），录据《花草粹编》卷六。徐培均《笺注》本谓，此词两韵通叶而非一韵到底，疑为李清照少作，其时词律未精。其二、《生查子》（年年玉镜台），录据清沈辰垣等《御选历代诗馀》卷四。为朱淑真词或李清照词，疑不能明。其三、《浣溪沙》（楼上晴天碧四垂），录据彭氏抄本。清王士禛有和作“花影帘钩幂䍥垂”。或谓为周邦彦词，然此首风格近易安，故以存疑为宜。其四、《丑奴儿·夏意》（晚来一阵风兼雨），录据明杨慎《词林万选》卷四。唐圭璋编《全宋词》据《花草粹编》卷二录作康与之词。姑存疑。其五、《鹧鸪天》（枝上流莺和泪闻），录据彭氏抄本。徐培均《笺注》本谓，至少二十三种词籍题此词为秦少游作，似不能一概否定。其六、《浪淘沙》（素约小腰身），录据彭氏抄本。王士禛有和作“砚匣日随身”。宋杨湜《古今词话》录作赵君举（子发）词。其七、《品令》（零落残红），录据彭氏抄本。宋曾慥《乐府雅词》录作曾纡词。

李清照的诗，也有断句十四则：其一、“诗情如夜鹊，三绕未能安。”录自宋朱弁《风月堂诗话》。其二、“少陵也自可怜人，更待来年试春草。”沈瑾钞本《漱玉词附录》末注：“见《然脂集》。”其三、“何况人间父子情。”录自宋李格非《洛阳名园记》张琰序。其四、“炙手可热心可寒。”录自宋晁公武《郡斋读书志》卷四。其五、“南渡衣冠欠王导，北来消息少刘琨。”其六、“南游尚觉吴江冷，北狩应悲易水寒。”均录自宋庄绰《鸡肋编》卷中。其七、“露花倒影柳三变，桂子飘香张九成。”录自宋陆游《老学庵笔记》卷二。其八、“犹将歌扇向人遮。”其九、“水晶山枕象牙床。”其十、“彩云易散月常亏。”其十一、“几多深恨断人肠。”其十二、“罗衣消尽恁时香。”其十三、“闲愁也似月明多。”其十四、“直送凄凉到画屏。”均转录自王仲闻《校注》本卷二。又有存疑断句一则：“行人舞袖拂梨花。”录自《古今小说·张古老种瓜娶文女》。王仲闻《校注》本谓，此句未必为李清照所作，为诗为词，亦不可知。对于这些诗、词断句或存疑之作，本书不再像前述完整作品那样一一注评。

限于水平，书中恐难免存在不足，期望读者批评指正。必须说明的是，这本小书在编写过程中，对前修时彦的相关研究成果多有参考，除上文已经指出的以外，主要还有陈邦炎、陈祖美、邓红梅、邓之诚、傅庚生、高亨、龚克昌、黄盛璋、蒋礼鸿、蒋哲伦、靳极苍、孔凡礼、刘乃昌、刘扬忠、刘永济、刘瑜、龙榆生、罗忼烈、缪钺、钱仲联、荣斌、施蛰存、唐玲玲、宛敏灏、王延梯、王英志、王运熙、吴世昌、吴小如、吴熊和、夏承焘、谢桃坊、喻朝刚、俞平伯、于中航、詹安泰、张师宏生、周笃文、朱德才以及美国学者艾朗诺等诸位先生的著作。所有这些,都尽可能在正文中以随文作注的方式加以说明,以为读者提供方便。

谢永芳

于广西科技师范学院

目　录

词

诗

词

点绛唇[1]

蹴罢秋千[2]，起来慵整纤纤手[3]。露浓花瘦[4]。薄汗沾衣透。　　见客入来，袜刬金钗溜[5]。和羞走。倚门回首。却把青梅嗅[6]。

【注释】

① 点绛唇：杨朝英《朝野新声太平乐府》注仙吕宫。高拭词注黄钟宫。朱权《太和正音谱》注仙吕调。王禹偁词名《点樱桃》。王十朋词名《十八香》。张辑词有“邀月过南浦”句，名《南浦月》；又有“遥隔沙头雨”句，名《沙头雨》。韩淲词有“更约寻瑶草”句，名《寻瑶草》。

② 蹴（cù）：踏。《孟子·告子上》：“蹴尔而与之，乞人不屑也。”郑奎妻孙氏《春词》：“秋千蹴罢鬓鬖髿，粉汗凝香沁绿纱。”

③ “起来”句：慵，懒得动。鹿虔扆《思越人》：“珊瑚枕腻鸦鬟乱，玉纤慵整云散。”纤纤，女手柔细貌。《古诗十九首》：“娥娥红粉妆，纤纤出素手。”

④ 花瘦：瘦，此谓凋零。秦观《如梦令》：“遥想酒醒来，无奈玉销花瘦。”

⑤ 袜刬（chǎn）：只穿着袜子走路。欧阳修《南乡子》：“花下相逢，忙走怕人猜。遗下弓弓小绣鞋。刬袜重来。半亸乌云金凤钗。”刬，只。李廓《长安少年行》：“刬戴扬州帽，重薰异国香。”

⑥“却把”句：晁冲之《玉蝴蝶》：“重来一梦，手搓梅子，煮酒初尝。”陈克《浣溪沙》：“牡丹花重鬓云偏。手挼梅子并郎肩。”向子评《浣溪沙》：“手搓梅子笑迎人。欲语又休无限思，暂来还去不胜颦。”

【评析】

此词录自彭氏抄本，调下原注：“或作无名氏，此从《词林》。”其所“从”者，见载于明杨慎《词林万选》卷四。《续草堂诗馀》《词的》《古今词统》《古今诗馀醉》《花镜隽声》《词汇》有词题作“秋千”，《词的》又作周邦彦词。杨金本《草堂诗馀》题作“佳人”，且误作苏轼词。

赵万里《校辑》本、王仲闻《校注》本均列此词为存疑之作。《校辑》本谓：“词意浅薄，不似他作，未知升庵何据。”《校注》本引赵万里案语后云：“一九五九年出版之北京大学学生编写之《中国文学史》第五编第四章，断定此首为李清照作，评价颇高，恐未详考。《词林万选》中不可靠之词甚多，误题作者姓名之词，约有二三十首，非审慎不可也。”并对金绳武活字本《花草粹编》提出质疑：“《点绛唇》（蹴罢秋千）一首，明刊本《花草粹编》原不著撰人姓名，金氏改为李清照作，亦其一例。”《全宋词》定为无名氏词，阑入存目。

唐圭璋《读李清照词札记》有云：“清照名门闺秀，少有诗名，亦不致不穿鞋而着袜行走。含羞迎笑，倚门回首，颇似市井妇女之行径，不类清照之为人。无名氏演韩偓诗，当有可能。”吴世昌《词林新话》更谓：“咏歌女，非易安自咏。‘见客人来’，是何等人家？”詹安泰《读词偶记》则云：“女儿情态，曲曲绘出，非易安不能为此。求之宋人，未见其匹。”徐培均《笺注》本又于《校辑》本“词意浅薄”之说有辨曰：“此词写少女情怀，当为少年习作，似难与成年后词风相比。且王灼《碧鸡漫志》卷二称其‘作长短句能曲折尽人意，轻巧尖新，姿态百出’，证之此词，如合符契，似应为清照所作无疑。”相较而言似更为可从。

此词"演韩偓诗"是确凿无疑的，具体指该词对晚唐韩偓《偶见》诗有所借鉴：

秋千打困解罗裙，指点醍醐索一尊。见客入来和笑走，手搓梅子映中门。

虽然不免"智在人后"（贺裳《皱水轩词筌》），但写来"姿态百出"，情韵自别，"多有青蓝之胜"（陈祖美语）。尤其是下片短短五句，将妩媚多情的少女一刹那间复杂、娇羞的心理状态，刻画得较韩诗更为婉曲细腻，生动形象，可谓情辞两妙，一切尽在不言中。

词中"入来"之"客"为谁？陈祖美先生认为，很可能就是赵明诚，并引旧题伊世珍《琅嬛记》卷中引《外传》所云为证，坚称"宁信其有"："赵明诚幼时，其父将为择妇。明诚昼寝，梦诵一书，觉来惟忆三句云：'言与司合，安上已脱，芝芙草拔。'以告其父，其父为解曰：'汝殆得能文词妇也。言与司合是词字，安上已脱是女字，芝芙草拔是之夫二字。非谓汝为词女之夫乎？'后李翁以女女之，即易安也，果有文章。"然此等小说家言，如何让人深信？

"香奁体"诗人韩偓又有一首《懒起》诗，李清照著名的《如梦令》（昨夜雨疏风骤），即是由其中后四句"昨夜三更雨，今朝一阵寒。海棠花在否，侧卧卷帘看"改写而成。显然，从理论上讲，不可以由此旁证，甚至断然推定，同样对韩偓《偶见》诗有所借鉴的上述《点绛唇》，就一定出自李清照之手。

也许，即便不能确定一首作品的作者，有些时候也并不完全妨碍对这首作品的读解，但是，这仍然不足以成为不努力追查作者归属的理由。晚清女词人许德蘋曾有《和漱玉词》一卷，凡54首。其中，和此首《点绛唇》云：

一曲瑶琴，泠泠谱出柔荑手。雪肥梅瘦。春色重帘透。　仔细端详，两眼星星溜。回廊走。咏诗千首。攀得高花嗅。

追和，意味着认可与摹习。此词摹写易安词中“少女情怀”，相比而言，虽然不能算是特别成功，却也并未流于“浅薄”。从另一方面看，许氏也算是以文学创作的方式，明确表达出了她在这首《点绛唇》作者归属上所持的观点。

鹧鸪天[①] 桂花

暗淡轻黄体性柔[②]。情疏迹远只香留[③]。何须浅碧轻红色，自是花中第一流[④]。 梅定妒，菊应羞。画阑开处冠中秋[⑤]。骚人可煞无情思，何事当年不见收[⑥]。

【注释】

① 鹧鸪天：柳永《乐章集》注正平调。《太和正音谱》注大石调。明蒋氏《九宫谱目》入仙吕引子。赵令畤词名《思越人》。李元膺词名《思佳客》。贺铸词有“剪刻朝霞钉露盘”句，名《剪朝霞》。韩淲词有“只唱骊歌一叠休”句，名《骊歌一叠》。卢祖皋词有“人醉梅花卧未醒”句，名《醉梅花》。

② 体性：禀性。朱淑真《青莲花》：“净土移根体性殊，笑他红白费工夫。”

③ “情疏”句：谓桂花幽香飘自远处。刘过《桂枝香》：“是天公余香剩馥，怪一树香风，十里相续。”

④ 第一流：第一等。刘义庆《世说新语·品藻》：“桓大司马下都，问真长曰：‘闻会稽王语奇进，尔邪？’刘曰：‘极进，然故是第二流中人耳。’桓曰：‘第一流复是谁？’刘曰：‘正是我辈耳。’”许浑《早秋寄刘尚书》：“天生心识富人侯，将相门中第一流。”

⑤ 画阑开处：李贺《金铜仙人辞汉歌》：“画栏桂树悬秋香，三十六

宫土花碧。”

⑥“骚人”二句：骚人，此处指屈原。可煞，犹云可是，疑问辞。周邦彦《花心动》：“问伊可煞于人厚。”何事，为何，何故。

【评析】

此词，录自宋陈景沂《全芳备祖》前集卷一三。

黄墨谷《重辑》本卷二以为此首乃“大观二年屏居乡里至建炎元年南渡以前之作”。陈祖美先生认为“当系词人结婚前后不久所作”。徐培均《笺注》本则谓“当为少年时所作”，理由是：“细审词意，终觉肤浅。”

此词看是咏桂，又似咏人。词从色、香两方面咏其独特风韵。不以明泽娇艳，而以秉性温雅取胜，所以，无须浅碧轻红，就能“妒”梅“羞”菊，自成花间第一流。全篇遗貌取神，展示并歌颂了一种对内在美的追求。

词作末句“何事当年不见收”的议论，是说在李清照看来，屈原在其《离骚》中曾遍引辟芷、秋兰、秋菊、芙蓉、芰荷以喻美德，却独未及桂花。其实，事实并非如此。《离骚》有云：“杂申椒与菌桂兮，岂惟纫夫蕙茝。”又曰：“矫菌桂以纫蕙兮，索胡绳之纚纚。”一再及桂。菌桂也是岩桂的一种，见嵇含《南方草木状》。有意思的是，跟李清照同时的陈与义，也持有相类似的观点，其《清平乐·木犀》（黄衫相倚）即云：“楚人未识孤妍，离骚遗恨千年。”对此，南宋张侃在其《拙轩词话》中给出过这样的解释：“桂有两种，陈去非参政《清平乐》词云云。盖楚人知有椒桂耳。”

需要附带提及的是，王灼《碧鸡漫志》卷二尝谓：“向伯恭用《满庭芳》赋木犀，约陈去非、朱希真、苏养直同赋，‘月窟蟠根，云岩分种’者是也。然三人皆用《清平乐》和之。”然向子諲《满庭芳》（月窟蟠根）序曰："岩桂风韵高古，平生心醉其间。昔转漕淮南，尝手植堂下，芗林此花为多。戏作是词，当邀徐师川诸公同赋。"虽未云约陈与义同作，但"戏作是词"之"戏"，也未必不可以对理解陈与义"楚人未识"二句，乃至李清照"何事当年"句的说法提供帮助。

李清照何以如此说，抑或是明知故问？陈祖美先生提出，这里面似乎有一种不易读出的深层寓意：即词人自知其出身并不显赫，比起朝廷中的诸多名公大臣，她一直深感其祖、父的地位是低下的，就像是自然界的岩桂，虽然其名位不能与御花园中"浅碧深红色"的芍药、牡丹相比，但它的清高脱俗、宜人香气，以及它作为中秋佳节的应时之花，又足以使其成为中秋之冠，惹来失期之梅和晚开之菊的种种妒忌。并进一步解释说：词人这样说，并不是要贬低她一向钟情的梅、菊，也不意味着她家的门第仍然多么低下，而是想通过对以香取胜的桂花的褒赞，暗示乃至彰显其自身内美之所在。

可见，如果不那么纠结于所谓门第低下一类求之过深的解读，或者年少之作不免"肤浅"一类先入为主的认知，此首相对纯粹的咏物词末句的议论，正是因了之前对桂花外形特质的成功白描所奠定的基础，才显得妙趣横生，令人叹服，整首词也因此而神形完足。蒋哲伦先生甚至由此而模仿《人间词话》之法，以其人之词句评价其人之词品曰："'何须浅碧深红色，自是花中第一流'，易安语也，其词品亦似之。"这一论断之所以能获得普遍认同，主要就在于，跟王国维以"画屏金鹧鸪"（《更漏子》）、"弦上黄莺语"（《菩萨蛮》）、"和泪试严妆"（《菩萨蛮》）、"映梦窗，零乱碧"（《秋思》）、"玉老田荒"（《祝英台近》）分别形容或比喻温庭筠、韦庄、冯延巳、吴文英、张炎等人的词一样，凭借的都是评家超强的审美嗅觉和综合判断力。

浣溪沙[①]

莫许杯深琥珀浓[②]。未成沉醉意先融。疏钟已应晚来风[③]。
瑞脑香消魂梦断[④]，辟寒金小髻鬟松。醒时空对烛花红[⑤]。

【注释】

①浣溪沙：唐教坊曲名。张泌词有"露浓香泛小庭花"句，名《小庭花》。贺铸名《减字浣溪沙》。韩淲词有"芍药酴醾满院春"句，名《满院春》；有"东风拂栏露犹寒"句，名《东风寒》；有"一曲西风醉木犀"句，名《醉木犀》；有"霜后黄花菊自开"句，名《霜菊黄》；有"广寒曾折最高枝"句，名《广寒枝》；有"春风初试薄罗衫"句，名《试香罗》；有"清和风里绿荫初"句，名《清和风》；有"一番春事怨啼鹃"句，名《怨啼鹃》。

②琥珀：喻酒色。李白《客中作》："兰陵美酒郁金香，玉碗盛来琥珀光。"

③疏钟：多指不时可以闻见的寺庙里的钟声。王维《黎拾遗昕裴秀才迪见过秋夜对雨之作》："寒灯坐高馆，秋雨闻疏钟。"

④瑞脑：即龙脑，香料名。今称冰片。段成式《酉阳杂俎》卷一八："龙脑，香树……一曰瘦者出龙脑香，肥者出婆律膏也。在木心中，断其树劈取之，膏于树端流出，斫树作坎而承之。"叶廷珪《香录》："乃深山穷谷中千年老杉树，其枝干不曾损动者则有香，若损动则气泄无脑。"

⑤"辟(bì)寒"二句：《拾遗记》卷七："昆明国贡嗽金鸟，……此鸟畏霜雪，乃起小屋处之，名曰辟寒台。宫人争以鸟吐之金用饰钗佩，谓之辟寒金。"辟寒金，此处指涂金的犀角篦梳。许浑《赠萧炼师》："还磨照宝镜，犹插辟寒金。"辟寒，一误作"碎寒"。烛花，灯花。萧绎《对烛赋》："烛烬落，烛花明。"

【评析】

此词原载宋曾慥《乐府雅词》卷下。

黄墨谷《重辑》本卷一以为此首乃“大观元年以前之作”。陈祖美先生认为“当是未婚少女所作闺情词”，并引吴熊和先生语曰：“是青春期因深闺寂寞而产生的一种朦胧而难以辨析的情绪……为这种情绪所困，心儿不宁，甚至醉也不成，梦也不成，不知如何排遣。”徐培均《笺注》本谓：“据此，姑置于元符年间。”

词中“莫许”一语，一般认为应作“莫诉”。诉，即辞酒不饮。常见语例有如韦庄《菩萨蛮》：“须愁春漏短。莫诉金杯满。”欧阳修《定风波》：“把酒花前欲问公。对花何事诉金钟。”又，“疏钟”二字原脱，王仲闻《校注》本据文津阁《四库全书》本《乐府雅词》校补，并谓“此二字不妥，疑亦臆补”。对异文、阙文、补文的训释，自然是有利于解读少女时代的李清照及其本首词作的。

李清照曾在《词论》中批评秦观词“譬如贫家美女，非不妍丽，而终乏富贵态”。她自己的这首《浣溪沙》，以色泽秾丽的“琥珀浓”“瑞脑香”“辟寒金”“烛花红”点缀其间，颇显华贵气象，的确是不乏“富贵态”。而且，词中高华的色调与深沉冲淡的抒情气氛相得益彰，使全篇带有一种含蓄高雅的气派，深得婉约之妙，清王士禛《花草蒙拾》所谓“婉约以易安为宗”。当然，王士禛此评，以下尚有“豪放惟幼安称首”。合而观之，似乎王士禛还是存留着传统上将李清照与男性诗人分而视之的态度。但正如艾朗诺《才女之累：李清照及其接受史》中所指出的：“从另一方面来说，婉约风格完全是词体文学的正体和尊体，它并非女词人的专属词风。王士禛将李清照定性为婉约风格的宗主人物，实际上是将其上升到了卓越超群的位置。”其中“卓越超群”，基本上就是杨慎《词品》卷二中所说的“不独雄于闺阁”的意思。

相比而言，许德蘋的和作，固然没有出现像“辟寒金小”句这样不甚妨碍理解的僻典，却也明显缺乏原作中那种含蓄深婉的心理刻画：

漠漠烟霏晚更浓。楼台金碧日融融。秋千架冷一丝风。　梅子黄时金错落，芭蕉绿处影蓬松。杜鹃催放映山红。

渔家傲[①]

雪里已知春信至，寒梅点缀琼枝腻[②]。香脸半开娇旖旎。当庭际。玉人浴出新妆洗[③]。　造化可能偏有意[④]。故教明月玲珑地[⑤]。共赏金樽沉绿蚁[⑥]。莫辞醉，此花不与群花比。

【注释】

①渔家傲：蒋氏《九宫谱目》入中吕引子。此调始自晏殊，因词有“神仙一曲渔家傲”句，取以为名。如杜安世词三声叶韵，蔡伸词添字者，皆变体也。另有十二月鼓子词，其十一月、十二月起句俱多一字，欧阳修词云：“十一月新阳排寿宴”，“十二月严凝天地闭”，欧阳玄词云：“十一月都城居暖阁”，“十二月都人供暖箑”。此皆因月令故多一字，非添字体也。

②腻：范成大《范村梅谱》谓腊梅“色酷似蜜脾”，故曰“腻”。

③玉人：多用以称美丽的女子。《世说新语·容止》：“裴令公有俊容仪，脱冠冕，粗服乱头皆好，时人以为玉人。”

④造化：大自然的化育创造，亦指自然。《庄子·大宗师》：“今一以天地为大炉，以造化为大冶，恶乎往而不可哉？”

⑤玲珑：明亮晶莹。李白《玉阶怨》：“却下水晶帘，玲珑望秋月。”

⑥绿蚁：酒面上的碎沫。谢朓《在郡卧病呈沈尚书》：“嘉鲂聊可荐，绿蚁方独持。”张铣注：“绿蚁，酒也。”

【评析】

此词原载宋黄大舆《梅苑》卷九。

黄墨谷《重辑》本卷二以为此首乃“大观二年屏居乡里至建炎元年南渡以前之作”。陈祖美先生则认为“当作于词人出嫁前夕”，“出嫁”的判断,来自词中“香脸半开娇旖旎”句以民俗入词的一语双关,即兼指腊梅的含苞欲放和如花美女的即将“开脸”出嫁。女子出嫁前几天,用线将脸上的汗毛绞净,将鬓角修齐,称作“开脸”,也叫“开面”;并谓:“其时她正豆蔻年华……其自矜自得之意,溢于言表,以梅自况之意甚明。”徐培均《笺注》本从之,并云:“此词风格尚欠老成,当为少年时作,时清照居汴京。”

此词既非李清照词名篇,也无脍炙人口的名句,但陈祖美先生认为,它在咏梅作品中有着“承祧前人和启迪后人的特殊作用”。并举例说,林逋《梅花》诗中“天与清香似有私”,似为此首中“造化可能偏有意”所本;其另一首《山园小梅》中“幸有微吟可相狎,不须檀板共金樽”二句,又似被李清照反意隐括为此首中“共赏金樽沉绿蚁”诸句。又,王十朋的一首《红梅》:“园林尽摇落,冰雪独相宜。预报春消息,花中第一枝。”如果说它是由这首《渔家傲》脱胎,恐怕也不是无稽之谈。从理论上讲,每一位作家在文学史的立体网络中,无一例外地都是处在承前启后的位置。但能否真正起到“特殊作用”,也确实需要经过类似的,也许应该是更为具体而微的研析。

跟词史上的多数咏物词一样,李清照词中所咏之梅,甚至可以认为就是她本人的化身,故其状梅之语,多系喻己之辞。如此首末句“此花不与群花比”,即应是喻指姣好无比、出人头地的作者自己。相比而言,许德蘋的“咏梅”和作中,就基本上没有易安原作中人、梅几乎合二为一的审美感觉:

为睹小园春色至,南枝已著铅华腻。暗引东风香旎旎。亭楼际。

忍寒正有人梳洗。　　莫是天公珍重意。移来琼艳清清地。酒盏浅斟浮玉蚁。须沉醉。娇桃文杏休相比。

减字木兰花①

卖花担上②，买得一枝春欲放③。泪染轻匀，犹带彤霞晓露痕。　　怕郎猜道，奴面不如花面好④。云鬓斜簪，徒要教郎比并看⑤。

【注释】

① 减字木兰花：《乐章集》注仙吕调。《梅苑》李子正词名《减兰》。徐介轩词名《木兰香》。《高丽史·乐志》名《天下乐令》。

② 卖花担上：宋时风俗。孟元老《东京梦华录》卷七："是月季春，万花烂熳，牡丹芍药，种种上市。卖花者以马头竹篮铺排，歌叫之声，清奇可听。"

③ 一枝春：即一枝花。《太平御览》卷九七〇引《荆州记》："陆凯与范晔相善，自江南寄梅花一枝，诣长安与晔，并赠花诗曰：'折花逢驿使，寄与陇头人。江南无所有，聊赠一枝春。'"黄庭坚《刘邦直送早梅水仙花》四首其一："欲问江南近消息，喜君贻我一枝春。"

④"奴面"句：奴，奴家，旧时女子自称。花面，如花的脸。形容女子貌美。李端《春游乐》二首其一："褰裳踏露草，理鬓回花面。"

⑤"徒要"句：徒要，蒋礼鸿《义府续貂》谓，即图要。唐无名氏《玉泉子》"翁彦枢"条："贫道老矣，何用金帛为？有乡人翁彦枢者，徒要及第耳。"比并，犹相比。敦煌词《苏幕遮》："莫把潘安，才貌相比并。"

【评析】

此词，当依王仲闻《校注》本所云录作李清照词："赵万里辑《漱玉词》云：'案汲古阁未刻本《漱玉词》收之，染作点，词意浅显，亦不似他作。'按以词意判断真伪，恐不甚妥，兹仍作清照词，不列入存疑词内。"徐培均《笺注》本认为"乃新婚后作"，故"肆意落笔"（王灼《碧鸡漫志》卷二），尽情表现青春气息与新婚之乐。

赵万里所谓"词意浅显"，乃浅俗轻巧之谓。这也是王灼相关词论所道出的一个事实，即《漱玉词》中的确有部分具有闾巷、市井意味的作品，尽管王氏曾对李清照及其词极尽攻击之能事。问题是，作为"闺房之事"的故意要郎品评"奴面不如花面好"之举，犹如"妆罢低眉问夫婿，画眉深浅入时无"（朱庆余《近试上张水部》），又明显受到唐无名氏《菩萨蛮》的文学影响：

牡丹含露真珠颗。美人折向庭前过。含笑问檀郎。花强妾貌强。

檀郎故相恼。须道花枝好。一向发娇嗔。碎挼按花打人。

并无甚低俗可言，更似不可以因此而将其摒弃于《漱玉词》之外。陈祖美先生甚至提出，这类比之于正统"易安体"更能体现词人对旧礼教冲撞的词作，反而体现出了一种"新进的思想意识"，也是李清照"压倒须眉"（李调元《雨村词话》卷三）之处。

其实，李清照能够名正言顺地压倒众多须眉词人，最终获得更多男性词评家的高度、一致认可，靠的应该不是这一类浅俗之作，就像柳永词史地位的确立，并不完全是依靠曾经获得苏轼高度赞赏的极少数雅词一样——赵令畤《侯鲭录》卷七引苏轼评柳永《八声甘州》"渐霜风凄紧，关河冷落，残照当楼"三句，认为"不减唐人高处"（吴曾《能改斋漫录》卷一六则作晁补之语），更不会是这类"乐而不淫"之作中，隐约为更后来的后来者所不无牵强地分析出的"某种思想意识"。

倒是陈祖美先生进一步提出的此词为李清照所作的推论，如此词中“云鬟斜簪”句所包容的意蕴，在其《蝶恋花》的“醉里插花花莫笑，可怜春似人将老”二句中得到了反意照应；《清平乐》（年年雪里），也是对此词的明确照应，确实都是从文本细读中发现的、另一个重要角度的内证材料。

浣溪沙　闺情

绣面芙蓉一笑开①。斜飞宝鸭衬香腮②。眼波才动被人猜。　一面风情深有韵③，半笺娇恨寄幽怀。月移花影约重来。

【注释】

①“绣面”句：绣面，一作“绣幕”。芙蓉，荷花。白居易《长恨歌》：“芙蓉如面柳如眉，对此如何不泪垂。”

②“斜飞”句：斜飞，一作“斜偎”。宝鸭，鸭形香炉。孙鲂《夜坐》：“划多灰杂苍虬迹，坐久烟消宝鸭香。”

③ 韵：标致。宋代俗语。《清波杂志》卷六：“盖时以妇人有标致者为韵。……宣和间，衣着曰韵缬，果实曰韵梅，词曲曰韵令。”

【评析】

此词，彭氏抄本无词题，此据《林下词选》卷一校补。赵万里《校辑》本案云：“《金瓶梅》第三十回引上阕，不著撰人。《诗词杂俎》本《漱玉词》收之，‘面’作‘幕’，词意儇薄，不类易安他作。王鹏运已疑之，未详所出。”将此首列入存疑之作的王鹏运《四印斋所刻词》本所“疑”在其注中，注谓：“此尤不类，明明是淑真‘月上柳梢头，人约黄昏后'词意。盖既污淑真,又污易安也。"赵氏《漱玉词序》又云:"《浣溪纱》'绣面芙蓉一笑开'一阕,虽又引见《古今词统》《草堂诗馀续集》诸书,顾词意儇薄,不似女子作,与易安他词尤不类,疑所云非实。"王仲闻《校注》本亦列此首为存疑篇目。

对此,徐培均《笺注》本辨曰:赵万里因《金瓶梅》曾引此词,故以"词意儇薄"疑之,似不足据。(案:欧阳修《南歌子》也曾为崇祯本《金瓶梅》第七十八回录作回首词:"凤髻金泥带,龙纹玉掌梳。走来窗下笑相扶。爱道画眉深浅、入时无。弄笔偎人久,描花试手初。等闲妨了绣功夫。笑问鸳鸯两字、怎生书。"仅"等闲"二句作"等闲含笑问狂夫。笑问欢情不减、旧时么"。同样的道理,也不可以因《金瓶梅》曾引该词而疑其为欧阳修作。)今查《金瓶梅词话》本,无此词,唯章回本收之,词末注:"右调《山花子》。"系承明刊《续草堂诗馀》之误。殊不知宋王灼《碧鸡漫志》卷二云:"易安居士……作长短句能曲折尽人意,轻巧尖新,姿态百出,闾巷荒淫之语,肆意落笔。"可见清照此阕"词意儇薄",亦其风格所致,不应存疑。《全宋词》录据赵万里《校辑》本,而作李清照词,是。并断曰:"此词盖建中靖国元年新婚后作。"

此词所写,无非约会、分别、别后惆怅、后约,与王鹏运误认作朱淑真词的欧阳修《生查子》一词"人约黄昏后"题材相若,而创作主体有别,与李清照上一首《减字木兰花》(卖花担上)风格高度相似。尤其是其中"眼波才动被人猜"句,"矜持"(吴衡照《莲子居词话》卷二。指相对于朱淑真"娇痴不怕人猜"的"放诞"而言)而又传神,"摹写娇态,曲尽如画"(赵世杰《古今女史》卷一二),很多词评家不仅不认为是"词意儇薄",反而认为是"善于言情"的"本色语":"盖词中雅俗字原可互相胜负。非文理不背,即可通用。此仅可为解人道也。"(田同之《西圃词说》)还认为,像宋祁《玉楼春》中"红杏枝头春意闹"句那样,"安排一个字,费许大力气",实不及李清照词中此类本色语之妙（贺裳《皱水轩词筌》）。要之，正如龙榆生《漱玉词叙论》所论："明诚在日，易安固一风流蕴藉之人物，言语文字之间，亦复何所避忌？"傅庚生于深微处颇见词心的分析，与之大抵相近："言情之所以善，亦各从其环境所触发之性灵耳。易安归湖州守赵明诚，文苑双镳，深闺绣闼，辄不免工愁善媚，有似水柔情，故绮情结于矜持之态。淑真所嫁非偶，市井之民家，粗俗无堪共语者，言出率性，辄凭气于刚骨，故慧心发为放诞之词。"（《中国文学欣赏举隅》）堪为共识。

以上诸家论述中，拿来作为参照物的朱淑真词，是指其《清平乐·夏日游湖》：

恼烟撩露。留我须臾住。携手藕花湖上路。一霎黄梅细雨。娇痴不怕人猜。随群暂遣愁怀。最是分携时候，归来懒傍妆台。

如果结合朱氏生平事迹，并从传统的"女为悦己者容"的角度来看，末句"归来懒傍妆台"已可明显见出其与李清照此词的不同之处，均可谓无所"避忌"，但两人所避忌者，似有许大差别。这个差别就在于，是否看上去已经不止是在心理防线上突破了传统伦理道德的底线。

清初著名词人王士禛，有《和漱玉词》17 首。其所见《漱玉词》，可能就是明崇祯间汲古阁刊《诗词杂俎》本，凡一卷，共 17 首，为现存最早的李清照词辑本。近些年来，专门针对《和漱玉词》的相关研究成果，有艾朗诺《才女之累：李清照及其接受史》、荣斌《读王士祯〈漱玉词〉札记》、江合友《论清初词坛对李清照的创作接受——以王士禛〈和漱玉词〉为中心》等，均各有所得，可供参考。王氏集中，和此首《浣溪沙》云：

渐次红潮趁靥开。木瓜香粉印桃腮。为郎瞥见被郎猜。 不逐晨风飘陌路，愿随明月入君怀。半床鞾梦待郎来。

其风神旖旎处，庶几近乎原作。相比而言，许德蘋表现平平的和作，则似相去较远：

窗外梅花冒雪开。一枝斜插映红腮。寿阳妆额费疑猜。　　鸳谱欲寻新恨事，凤笺还写旧情怀。江南春信又重来。

如梦令 ①

昨夜雨疏风骤。浓睡不消残酒。试问卷帘人 ②，却道海棠依旧。知否。知否。应是绿肥红瘦 ③。

【注释】

① 如梦令：宋苏轼词注：此曲本唐庄宗制，名《忆仙姿》，嫌其名不雅，故改为《如梦令》。盖因此词中有“如梦。如梦”叠句也。周邦彦又因此词首句，改名《宴桃源》。沈会宗词有“不见。不见”叠句，名《不见》。张辑词有“比著梅花谁瘦”句，名《比梅》。《梅苑》词名《古记》。《鸣鹤余音》词名《无梦令》。魏泰双调词名《如意令》。

② 卷帘人：指侍女。卢仝《楼上女儿曲》：“谁家女儿楼上头，指挥婢子挂帘钩。”辛弃疾《生查子》：“不见卷帘人，一阵黄昏雨。”

③ 绿肥红瘦：唐无名氏《后庭宴》：“万树绿低迷，一庭红扑簌。”韩琮《暮春浐水送别》：“绿暗红稀出凤城，暮云宫阙古今情。”

【评析】

此词，原载宋曾慥《乐府雅词》卷下。词题，《古今词统》作“春晚”，《彤管遗编》作“暮春”，《诗馀画谱》作“春景”，《草堂诗馀别录》前集作“春晓”。徐培均《笺注》本认为作于南渡前的“崇宁初”。

词作点化而非“点缀”（《草堂诗馀别录》前集）韩偓《懒起》诗意

（韩氏此诗也确实是颇有词体韵味），又能基本上泯除痕迹：

百舌唤朝眠，春心动几般。枕痕霞黯淡，泪粉玉阑珊。笼绣香烟歇，屏山烛焰残。　　暖嫌罗袜窄，瘦觉锦衣宽。昨夜三更雨，临明一阵寒。海棠花在否，侧卧卷帘看。

更为值得探究的是，词中“卷帘人”何指？吴小如《诗词札丛》谓指赵明诚，似误。陈祖美先生则提出了三点理由，以为把“卷帘人”视为小姐的丫鬟为妥：一是“赵君无嗣”。现在看来，赵明诚与李清照不仅没有儿子，想必连女儿也没有，所以在李清照的作品中，不大可能有与杜牧“绿叶成阴子满枝”相联系的语意；二是此词既含孟浩然《春晓》诗意，更是对韩偓《懒起》诗的隐括。从整首韩诗判断，主人公更像是一位少女，她与李清照所演之词的人物身份是相同的；三是这首轰动朝野的小词的写作和传播，既是奠定李清照“词女”地位的基础，也是赵、李两姓联姻的媒介，惟其婚前所作，才能使赵明诚为之大作相思“词女”之梦。总体而言，此说心思细密，结论也相比而言更为稳确，但不等于说给出的理由，尤其是其中第一条，就一定不让人觉得牵强。

李清照对大自然的变化非常敏感，常常能把这种感受写得非常细腻，如溢惜春之情于言表的这首《如梦令》，便是如此。以对话入词，丫鬟的漫不经心和小姐的敏感思致形成鲜明对比。丫鬟和小姐互动并对比的模式，是中国文学中多种文体所常用的，这篇作品，“短幅中藏无数曲折”（黄苏《蓼园词选》），而在语言上，“绿肥红瘦”一句，以具体喻抽象，在时间的突然凝聚中推出直观的形象，比对强烈而又鲜明。同时，由于身体的肥与瘦往往是人的精神状态的外在表现，因此，用于花与叶，便使之带上强烈的感情色彩，进一步深化了前人所开创的这一意境。

更有可说者，“绿肥红瘦”一语，明清女词人往往把它直接用于自

己的作品中。如沈善宝的《如梦令》,是用来感叹春天消逝之快:

才过禁烟节后。又值饯春时候。无语对东风,泪湿斑斑罗袖。休骤。休骤。忍见绿肥红瘦。

更多的时候,则是继承李清照创造"绿肥红瘦"的精神,加以灵活运用。如沈宜修的《柳梢青·初夏》:

绿暗薇屏。红飘荇镜,春付浮萍。束素寒消,薄罗香细,数尽归程。

新篁翠径初成。微雨后、荷珠溅倾。玉管声沉,桐花影外,一段闲情。

再如沈宜修《踏莎行·春暮》:

绿闹春残,红衔蕊少。水流依旧平堤杳。东风杨柳挂愁丝,杏花只送啼鹃老。　　燕子飞飞,征帆渺渺。天涯尽是王孙草。昼长屏掩博山寒,烟光日日屏前绕。

前者写蔷薇花谢,落红飘水,相当富于想象力地创造出屏风和镜子两个意象。后者更是用一"闹"字和"衔"字,不但描摹出春天消逝、令人感伤的景象,而且写出了一种生命力的转换。明清女词人对前代女词人,主要是在某些方面对李清照的超越,就是如此,首先把李清照的作品当作经典来学习和模仿,在此基础上,再从不同的方面、程度进行进一步的挖掘和创造。而在这些创造的过程中,她们也逐渐竖立起了自己的整体词史形象。

李清照此词被后人竭力模仿的例子,女性词人中还有如张玉娘的《如梦令·戏和李易安》:

门外车驰马骤。绣阁犹醺春酒。顿觉翠衾寒,人在枕边如旧。知否。知否。何事黄花俱瘦。

以及许德蘋的《如梦令·春晚》:

只恐东风归骤。花下留伊杯酒。一树小桃红,已觉妖娆非旧。知否。知否。天意恼人消瘦。

相比而言，王士禛的和作便似乎“隔”了一层：

帘额落花风骤。春思慵如中酒。久待不归来，解说相思如旧。堪否。堪否。坐尽宝炉香瘦。

男子所作的闺音，自然也就会少一些像追寻“卷帘人”何指那样的困惑或乐趣。

怨王孙①

帝里春晚②。重门深院。草绿阶前，暮天雁断。楼上远信谁传③。恨绵绵。　　多情自是多沾惹④。难拚舍⑤。又是寒食也⑥。秋千巷陌，人静皎月初斜。浸梨花。

【注释】

① 怨王孙：《碧鸡漫志》云：《河传》唐曲，今存者二。其一属南吕宫，前段仄韵，后段平韵；其一属无射宫，即《怨王孙》曲；外又有越调、仙吕调两曲。按，《河传》之名，始于隋代，其词则创自温庭筠。《花间集》所载唐词，句读韵叶，颇极参差，然约计不过三体。有前后段两仄两平四换韵者，如温庭筠“湖上”词以下十五首是也，内韦庄词名《怨王孙》，宋人多宗之，欧阳修词注越调，张先词有“海宇，称庆，与天同”句，更名《庆同天》；有前段仄韵，后段仄韵、平韵者，如孙光宪“风飐”词以下五首是也，宋词无填此调者；有前后段皆仄韵者，如张泌“渺莽”词以下七首是也，宋词亦宗之，《乐章集》注仙吕调，徐昌图词有“秋光满目”句，更名《秋光满目》。

② 帝里：京城。此指汴京。《晋书·王导传》：“建康，古之金陵，旧为帝里，又孙仲谋、刘玄德俱言王者之宅。”

③ “楼上”句：远信，远方的书信、消息。元稹《哭女樊四十韵》：“解

怪还家晚，长将远信呈。”谁传，一作“难传”。

④ 沾惹：宋时口语，意为招惹，招引。柳永《斗百花》：“刚被风流沾惹，与合垂杨双髻。”

⑤ 拚（pàn）舍：割舍。蔡伸《西楼子》：“何似蓦然拚舍、去来休。”

⑥ 寒食：宗懔《荆楚岁时记》：“去冬节一百五日，即有疾风甚雨，谓之寒食。禁火三日，造饧大麦粥。”

【评析】

此词，彭氏抄本无词题，《啸余谱》卷四题作“春景”。不过，此“题”也许只是词作题材的大体分类标识，跟应歌之选本如《草堂诗馀》等高度相似。正如宋翔凤《乐府馀论》所云：“《草堂》一编，盖以征歌而设，故别题‘春景’‘夏景’等名，使随时即景，歌以娱客，题吉席庆寿，更是此意。其中词语，间与集本不同，其不同者恒平俗，亦以便歌。以文人观之，适当一笑，而当时歌妓，则必需此也。”

《钦定词谱》卷一一《河传》第一首调下注曰：“李清照词有‘人静皎月初斜，浸梨花’句，更名《月照梨花》。”据此可断，在认为此首是李清照所作的诸多文献资料中，又多了《钦定词谱》这一条，尽管，并不完全清楚此《谱》所依文献究竟为何，又是否确凿无疑。徐培均《笺注》本则以为“可证为李词”，并定此词作于崇宁二年（1103）。

词写离情。时易安独居帝里，时时忆念“出仕宦”（《金石录后序》）的赵明诚，论者以为可与《楚辞·招隐士》中“王孙不归兮，春草萋萋兮”参看（李攀龙《草堂诗馀隽》卷二）。评点过此词的明清词评家，关注的焦点一般集中在：其一，单句的淬炼。如杨慎批点《草堂诗馀》卷二评“多情”句：“至情。”沈际飞《草堂诗馀》正集卷一谓：“贺词‘多情多感’独少此‘难拚却’三字。”“多情多感”句，实出自蔡伸《柳梢青》，而非贺铸词。吴灏《历朝名媛诗词》卷一一：“易安以词擅长，挥洒俊逸，亦能琢炼。最爱其‘草绿阶前，暮天雁断’，极似唐人。”要在揭示单个词句在整篇作品情感抒发中所能发挥的功用。其二，单字的锤炼。如王士禛《花草蒙拾》云：“‘皎月梨花’，本是平平，得一‘浸’字，妙绝千古，与‘月明如水浸宫殿’同工。”“月明如水”句，乃五代王衍诗句。在句篇关系、字句关系的关联阐释中，习惯于“攻”其一点，不及其余，本就是这种具有民族特色的古旧词学批评方式的突出特点。明白了这一点，也就不至于迷失在看似杂乱的评点文字，表面所呈现的盲人摸象，各执一端上了。

后来，王士禛的和作以及彭孙遹的“双重”和作“春暮和李易安同阮亭”：

碧天云晚。绿梧小院。帘额花轻，烟眉柳断。珠泪裹寄谁传。渍红绵。　　愁多自觉春相惹。怕相舍。则索厮守也。红窗刀尺初罢，银汉西斜。卜灯花。

春阴畹晚。蔷薇庭院。谢女楼空，秦娥梦断。倩柳色把情传。结缠绵。　　当初小喜将人惹。还抛舍。煞是无赖也。别来又过寒食，几树横斜。断肠花。

前词中“卜”字承受一篇情感之重，颇类易安。而彭氏词，则似乎同人酬和的痕迹要更为浓重一些。

一剪梅[①]

红藕香残玉簟秋。轻解罗裳，独上兰舟[②]。云中谁寄锦书来[③]，雁字回时[④]，月满西楼[⑤]。　　花自飘零水自流[⑥]。一种相思，两处闲愁[⑦]。此情无计可消除，才下眉头。却上心头[⑧]。

【注释】

①一剪梅：元高拭词注南吕宫。周邦彦词起句有“一剪梅花万样娇”句，取以为名。韩淲词有“一朵梅花百和香”句，名《腊梅香》。李清照词有“红藕香残玉簟秋”句，名《玉簟秋》。

②“轻解”二句：轻解，此处有轻挽、轻提义。罗裳，一作“罗裙”。《子夜四时歌》之《春歌》二十首其十：“春风复多情，吹我罗裳开。”兰舟，船的美称。《述异记》卷下：“木兰川在浔阳江中，多木兰树。昔吴王阖闾植木兰于此，用构宫殿也。七里洲中有鲁班刻木兰为舟，舟至今在洲中。诗家云木兰舟，出于此。”谢桃坊《李清照及其词》提出，“兰舟”只能解释为床榻，误。

③“云中”句：谁寄，一作“不见”。锦书，《晋书·列女传》：“窦滔妻苏氏，始平人也，名蕙，字若兰。善属文。滔，苻坚时为秦州刺史，被徙流沙。苏氏思之，织锦为回文旋图诗以赠滔，宛转循环以读之，词甚凄惋。”后世多用以指夫妇、情侣间书信。

④“雁字”句：雁字，雁群常在天空排成“一”字或“人”字形，因称“雁字”。传说雁能传书。回时，一作“来时”。白居易《江楼晚眺景物鲜奇吟玩成篇寄水部张员外》：“风翻白浪花千片，雁点青天字一行。”

⑤月满西楼：《四库》本《乐府雅词》《花庵词选》《古今词统》等俱无“西”字。月满，月圆。《释名·释天》：“望，月满之名也。”《后汉书·丁鸿传》：“闲者月满先节，过望不亏，此臣骄溢背君，专功独行也。”李贤注：“月满先节谓未及望而满也。”

⑥“花自”句：花自，一作“花月”，一作“花落”。崔涂《春夕》：“水流花谢两无情，送尽东风过楚城。”

⑦“两处”句：两处，一作“两地”。闲愁，一作“离愁”，一作“凝愁”，一无“闲”字。张碧《惜花》三首其一：“一窖闲愁驱不去，殷勤对尔酌金杯。”

⑧“此情”三句：才，一作“方”。却，一作“又”。范仲淹《御街行》：“都

来此事，眉间心上，无计相回避。”

【评析】

此词，原载宋曾慥《乐府雅词》卷下。《彤管遗编》续集卷一七调作《一枝花》。《唐宋诸贤绝妙词选》题作“别愁”，《草堂诗馀隽》卷二作“秋别”，《草堂诗馀》后集卷下作“离别”，《清绮轩词选》题作“闺思”。

此词曾被误为赵长卿词，张宗橚《词林纪事》卷一九曰：“又按汲古阁宋词，此词载入《惜香乐府》，恐误。”查此词载赵氏《惜香乐府》卷九，文字有异同。赵万里《校辑》本谓：“疑出于长卿手订。编者不察，遂误入赵集耳。”王仲闻《校注》本亦云：（误收之由，当在）“编者刘泽未细考，恐见有手迹即录，而不知其非长卿自作之故。”赵长卿，赵宋宗室，自号仙源居士，南渡后居南丰（今属江西）。恬于仕进，约生活于宁宗嘉定年间。所著《惜香乐府》九卷，按春、夏、秋、冬四景分类编排，词风清丽。

徐培均《笺注》本据《琅嬛记》中“易安结缡未久，明诚即负笈远游。易安殊不忍别，觅锦帕书《一剪梅》词以送之”，以及易安《金石录后序》所云“后二年，出仕宦，便有饭蔬衣綀，穷遐方绝域，尽天下古文奇字之志”，推定此词作于崇宁二年（1103）。而《校注》本稍早前已曾指出，以上系年依据中的《琅嬛记》，所云“不足据”。陈祖美先生更认为，此词是因受党争株连，被迫归宁后，思念赵明诚所作。

词写别后相思。起句兼写户内外景物又暗寓情意，显示环境气氛和感情色彩，领起全篇。以下，顺序描写由昼而夜所做之事、所触之景、所生之情。“轻解”二句写水面泛舟，暗寓离情。“云中”句，明写别后悬念。接以“雁字”二句，构成一种目断神迷的意境。换头句承上启下，即景又兼比兴。花落水流之景，既与上片“红藕”“独上”两句遥遥相拍合，又象喻人生、年华、爱情、离别，自然过渡到后面五句的直抒胸臆。“一种”二句，由己身推想到对方，也是上片“云中”句的补充和引申。合起来看，从“一种相思”到“两处闲愁”，是两情的分合与深化。其分合，表明此情是一而二、二而一的；其深化，则诉说此情已由“思”而化为“愁”。结拍三句，紧承这两句，因人已分在两处，心已笼罩深愁，此情也就当然难以排遣，最终是“才下眉头，却上心头”了。成功点化范仲淹《御街行》词句而稍胜之，在句与篇的相得益彰中，令人耳目一新。

在围绕此词是否存在“出韵”、原作是否脱去“西”字等问题上，又曾出现过不同的声音：

易安词稿一纸，乃清秘阁故物也。笔势清真可爱。此词《漱玉集》中亦载，所谓离别曲者耶？卷尾略无题识，仅有“点定”两字耳。录具于左（词略。所录唯“月满西楼”作“月满楼”），右调《一剪梅》。（张丑《清河书画舫》中集。案：王仲闻《校注》本按云：“名人收藏，流传有绪，当非伪迹。张丑尚见有《漱玉集》，是明末于世善堂藏本以外，或尚有别本流传也。”）

周永年曰：《一剪梅》惟易安作为善。刘后村换头亦用平字，于调未叶。若“云中谁寄锦书来”，与“此情无计可消除”，“来”字、“除”字不必用韵，似俱出韵。但“雁字回时月满楼”，“楼”字上失一“西”字。刘青田“雁短人遥可奈何”，“楼”上似不必增“西”字。（沈雄《古今词话·词辨》下卷引）

玉梅词隐云：易安精研宫律，所作何至出韵？周美成倚声专家，为南北宋关键，其《一剪梅》第四句均不用韵，讵皆出韵耶？窃谓《一剪梅》调当以第四句不用韵一体为最早。晚近作者，好为靡靡之音，徒事和畅，乃添入此叶耳。（况周颐《漱玉词笺》）

可见，易安词中“来”“除”二字不用韵，非不合律。又，据《唐宋诸贤绝妙词选》卷一〇、明抄本《乐府雅词》卷下，上片歇拍本为七字句，非流传之误。加以《词律》卷九以“雁字回时月满楼”句体李清照词为正体，而以“何事尊前，拍手误招”句体周邦彦词为别体；《钦定词谱》卷一三则以“何事尊前，拍手误招”句体清真词为“正体”，不列李清照词。又可见出，坚持词“别是一家”的李清照，跟她在《词论》中“隐含”的观点一致，在创制《一剪梅》的过程中，并未越清真“正体”雷池一步。

龙榆生《漱玉词叙论》评此首伤离之作有云：“充分表其浓挚悲酸情感，非如其他词人之代写闺情，终有‘隔靴搔痒’之叹。”王士禛的和作，似即难免此叹：

雁语金塘水渐秋。遥听菱歌，不见菱舟。望君何处最消魂，旧日青山，恰对朱楼。　　九曲长江天际流。似写相思，难寄新愁。梦魂几夜可曾闲，鹤子山头，燕子矶头。

许德蘋的和作，题作“秋别”，虽亦可称“善怀”，但相较于原作的“精秀特绝”（陈廷焯《白雨斋词话》卷二）、“低回宛折”（杨慎批点《草堂诗馀》引钟人杰语）处，却仍然不免有一段距离：

一阵凉生一片秋。渺渺烟波，轻送扁舟。横空雁影叫西风，望断天涯，更上层楼。　　但见行云逐水流。霜叶千林，尽是离愁。计程犹住古余杭，为避潮头，未过江头。

玉楼春[①]　红梅

红酥肯放琼瑶碎[②]。探著南枝开遍未[③]。不知蕴藉几多时[④]，但见包藏无限意。　　道人憔悴春窗底[⑤]。闲损阑干愁不倚[⑥]。要来小看便来休[⑦]，未必明朝风不起[⑧]。

【注释】

① 玉楼春:《花间集》顾敻词,起句有"月照玉楼春漏促"句,又有"柳映玉楼春日晚"句;《尊前集》欧阳炯词,起句有"春早玉楼烟雨夜"句,又有"日照玉楼花似锦,楼上醉和春色寝"句,取为调名。李煜词名《惜春容》。朱希真词名《西湖曲》。康与之词名《玉楼春令》。《高丽史·乐志》词名《归朝欢令》。《尊前集》注大石调,又双调;《乐章集》注大石调,又林钟商。皆李煜词体也。《乐章集》又有仙吕调词,与各家平仄不同。

② "红酥"句:红酥,胭脂类化妆品。韩维《夫人阁帖子》:"不待东风报花信,红酥彩缕斗芳妍。"琼瑶,美玉或美石,一作"琼苞"。《诗·卫风·木瓜》:"投我以木瓜,报之以琼瑶。"

③ 南枝:南枝向阳,梅花先开。朱翌《猗觉寮杂记》卷上:"梅用南枝事,共知青琐《红梅》诗云:'南枝向暖北枝寒。'李峤云:'大庾天寒少,南枝独早芳。'张方注云:'大庾岭上梅,南枝落,北枝开。'南唐冯延巳词云:'北枝梅蕊犯寒开。'则南北枝事,其来远矣。"

④ "不知"句:蕴藉,犹酝酿。《汉书·薛广德传》:"广德为人温雅有酝藉。"注引颜师古曰:"酝,言如酝酿也。藉,有所荐藉也。"时,一作"香"。

⑤"道人"句:道人,知人。道,犹知也,觉也。杜甫《严中丞枉驾见过》:"寂寞江天云雾里,何人道有少微星。"憔悴,瘦损。王建《调笑令》:"玉颜憔悴三年。谁复商量管弦。"

⑥"闲损"句:闲损,一作"闷损",一作"闲拍"。阑干,栏杆。用竹、木、砖石或金属等构制而成,设于亭台楼阁或路边、水边等处作遮拦用。李白《清平调》:"解释春风无限恨,沉香亭北倚阑干。"

⑦ "要来"句:要来,邀来。陶渊明《桃花源记》:"便要还家,设酒杀鸡作食。"小看,一作"小著",一作"小酌"。休,句末语助词,犹罢、了。

⑧"未必"句:白居易《花前叹》:"欲散重拈花细看,争知明日无风雨。"

【评析】

此词，原载宋黄大舆《梅苑》卷八。

黄墨谷《重辑》本卷二以为此词乃“大观二年屏居乡里至建炎元年南渡以前之作”。陈祖美先生认为作于崇宁三年（1104），题旨“当是借对红梅未来命运的关注，寄寓了作者本人因受新旧党争株连，朝不保夕的身世之叹”。徐培均《笺注》本以当年夏六月甲辰，重定党籍，将元祐、元符党人及上书邪等者，合为一籍，共三百九人，李清照之父格非名在“余官”第二十六人；而乃翁赵挺之属新党，是岁九月乙亥，自右光禄大夫、中书侍郎除门下侍郎，故认为陈说可从，并谓“歇拍二句似有所寓，谓荣华不会长久，盖讽喻赵挺之也”。

词咏红梅。其中，歇拍二句被认为能得“此花之神”（朱彝尊《静志居诗话》卷一八）。实词中传神之笔，又不只此二句。清初王又华《古今词论》引张砥中曰：“凡词前后两结最为紧要。前结如奔马收缰，须勒得住，尚存后面地步，有住而不住之势。”此首前结“但见”句，正是如此，有水穷云起，带出下意之妙。后结“要来”二句，似“众流归海”，势在必然，亦令人骋想无极，颇有“似尽而未尽”之妙。有此二结，此首在咏物词中自属上乘之作。

当然，咏梅之作最是难工，索解也尤为不易。所以，能像陈祖美先生那样，论世知人，洞彻词心，觅得词中寓意所在，几于无懈可击，自然至为难得，可遇难求。从这个角度来看，许德蘋的和作，虽然不能像原作那样熔铸身世之感，却也可称神不似而形似：

东君击得珊瑚碎。点缀南枝开也未。却嫌玉骨冷清清，洒遍胭脂方称意。　　几回收拾霜毫底。疏影横斜竹外倚。多情野鹤不知寒，守住红妆眠未起。

庆清朝[①]

禁幄低张[②],雕栏巧护[③],就中独占残春[④]。容华淡伫[⑤],绰约俱见天真[⑥]。待得群花过后,一番风露晓妆新[⑦]。妖娆态[⑧],妒风笑月[⑨],长殢东君[⑩]。　　东城边,南陌上[⑪],正日烘池馆,竞走香轮。绮筵散日,谁人可继芳尘。更好明光宫里,几枝先向日边匀[⑫]。金尊倒[⑬],拚了画烛,不管黄昏。

【注释】

① 庆清朝:一作《庆清朝慢》。

② 禁幄:禁苑中张设之帷幄。李清照喜爱芍药,或因赵明诚家乡东武(今山东诸城)习俗之故。《全芳备祖》卷三:"东武旧俗,每岁四月大会于南禅、资福两寺,芍药供佛,而今岁最盛。"

③ 雕栏:一作"彤栏"。华美的栏杆。李煜《虞美人》:"雕阑玉砌应犹在,只是朱颜改。"

④ 独占残春:即陶谷《清异录》中所谓"殿春":"唐末文人以芍药为婪尾春者,盖婪尾酒为最后之杯,芍药殿春,故名。"

⑤ 容华淡伫:王观《扬州芍药谱》之"中之上品"有"素妆残"一种:"退红,茅山冠子也,初开粉红,即渐退,白青心而素淡。"淡伫,一作"淡泞",一作"淡沱"。

⑥ "绰约"句:绰约,一作淖约。《本草纲目·芍药》:"时珍曰:芍药,犹婥约也。婥约,美好貌。此草花容婥约,故以为名。"天真,自然纯真。冯延巳《忆江南》:"玉人贪睡坠钗云,粉消妆薄见天真。"

⑦ 晓妆新:芍药之一种。《扬州芍药谱》:"晓妆新,白缬子也,如小旋心状,顶上四向,叶端点小,殷红色。每一朵上,或三点,或四点,或五

点，象衣中之点缬也。”

⑧ 妖娆态：一作“妖娆艳态”，误衍一“艳”字。《扬州芍药谱》谓花品有积娇红、醉西施、醉娇红，此类是也。

⑨ 妒风笑月：指妒娇红、怨春红、妒鹅黄、合欢芳等芍药品种。

⑩ “长殢（tì）”句：殢，纠缠不清，与泥（昵）人之“泥”义同。柳永《促拍满路花》：“最是娇痴处，尤殢檀郎，未教拆了秋千。”东君，司春之神。

⑪ “东城边”二句：指汴京郊外游览之处。《东京梦华录》卷六：“收灯毕，都人争先出城探春。州南则玉津园外学，方池亭榭。玉仙观转龙湾西去，一丈佛园子、王太尉园，奉圣寺前孟景初园，四里桥望牛冈、剑客庙。自转龙湾东去，陈州门外，园馆尤多。州东宋门外快活林、勃脐陂、独乐冈、砚台、蜘蛛楼、麦家园、虹桥、王家园。曹、宋门之间东御苑、乾明崇夏尼寺。州北李驸马园。州西新郑门大路，直过金明池西道者院，院前皆妓馆。”

⑫ “更好”二句：宫里，一作“宫殿”。化用李白《清平调》：“一枝红艳露凝香，云雨巫山枉断肠。借问汉宫谁得似，可怜飞燕倚新妆”“名花倾国两相欢，长得君王带笑看”。明光宫，汉宫名。汉有明光宫三，此在甘泉宫中。《三辅黄图》卷三：“武帝求仙起明光宫，发燕赵美女二千人充之。”日边，帝王左右。

⑬ 金尊：酒尊的美称。陈子昂《春夜别友人》二首其一：“银烛吐青烟，金尊对绮筵。”

【评析】

此词，录自彭氏抄本。他本调名多作《庆清朝慢》，“慢”字疑误添，当依《钦定词谱》去之。

陈祖美先生以为此词“大致是在作者结婚一周年的前夕所填”。徐培均《笺注》本则认为“盖崇宁间作于汴京”。

此词各本无题。也自来没人明确过其主题。主题不明，理解当然为难。或以为按前三句“禁幄低张，雕栏巧护，就中独占残春”，所咏之物该确定为牡丹（靳极苍《百家唐宋词新话》）。又或者以为词中有“就中独占残春”“绰约俱见天真”等句，当是咏芍药之作（黄墨谷《重辑李清照集》）。因为作品所具有的审美张力，导致不同的人根据相同的文献依据，却作出了大相径庭的判断。陈祖美先生结合词人的审美情趣、品格爱好，提出这首见物不见名的咏物词，就是咏芍药，并以词中“待得群花过后”云云为补充论据，判定不少论者以为咏牡丹是误解。

其实，这首词只是上片咏芍药。下片写的是郊游盛况，呈现出一派承平气象。下片词境，与孟元老《东京梦华录》卷七“清明节”所记，颇为相似：“都城人出郊，……节日亦禁中出车马，……莫非金装绀幰，锦额珠帘，绣扇双遮，纱笼前导，士庶阗塞诸门。纸马铺皆于当街用纸衮叠成楼阁之状。四野如市，往往就芳树之下，或园囿之间，罗列杯盘，互相劝酬。都城之歌儿舞女，遍满园亭，抵暮而归。”可见作者当时生活的潇洒优雅。仿佛脱节的上、下片之间，似暗实明的勾连处，在于为了观赏芍药，词人和“诗伴爱侣”（陈祖美语），乘着宝马香车，遍游东城南陌，享尽华筵珍馐，等等。

相比而言，许德蘋调作《庆清朝慢》的和作，就显得更像一首相对纯粹的咏物之作，而少了些许绮陌游赏的欢快：

燕影穿帘，莺声选树，兰闺倦对芳春。长吟短咏，握管空拟清真。好把低颦浅笑，几回着意巧翻新。看湖上，淡妆浓抹，羞煞文君。

梅魂清，鹤梦杳，正寸心千转，暗逐征轮。重重幕外，飞来野马成尘。折得一枝幽艳，和香粘露粉朱匀。�屏倚，怎样描出，似醉昏昏。

不过，许氏如此着笔，却也可以被视为是以创作的形式，最先间接反映出对易安原唱之主旨及其艺术表现的基本判断，所谓咏物而又不止于咏物，余味不穷。

行香子[①]

草际鸣蛩，惊落梧桐。正人间天上愁浓。云阶月色[②]，关锁千重。纵浮槎来，浮槎去，不相逢[③]。　　星桥鹊驾[④]，经年才见[⑤]，想离情别恨难穷。牵牛织女，莫是离中[⑥]。甚霎儿晴，霎儿雨，霎儿风[⑦]。

【注释】

① 行香子：《中原音韵》《太平乐府》俱注双调，蒋氏《九宫谱目》入中吕引子。

② 月色：一作“月地”。韦瓘《周秦行纪》：“香风引到大罗天，月地云阶拜洞仙。”

③“纵浮槎”三句：浮槎，传说中往来于海上与天河之间的木筏。《博物志》卷三：“旧说云，天河与海通。近世有人居海渚者，年年八月，有浮槎去来不失期。人有奇志，立飞阁于槎上，多赍粮，乘槎而去。十余日中，犹观星月日辰，自后芒芒忽忽，亦不觉昼夜。去十余日，奄至一处，有城郭状，屋舍甚严。遥望宫中，多织妇。见一丈夫，牵牛渚次饮之。牵牛人乃惊问曰：‘何由至此？’此人具说来意，并问此是何处。答曰：‘君还至蜀郡，访严君平则知之。’竟不上岸。因还如期。后至蜀，问君平，曰：‘某年月日有客星犯牵牛宿。’计年月，正此人到天河时也。”

④ 星桥鹊驾：相传农历七夕，牛郎织女渡河相会，乌鹊为之架桥。李商隐《七夕》：“鸾扇斜分凤幄开，星桥横过鹊飞回。”

⑤ 经年：经过一年。杜牧《七夕》：“云阶月地一相过，未抵经年别恨多。”

⑥“牵牛”二句：曹丕《燕歌行》：“牵牛织女遥无期。”李善注：“《史

记》曰：'牵牛为牺牲，其北织女。织女，天女孙也。'曹植《九咏》注曰：'牵牛为夫，织女为妇。织女、牵牛之星，各处一旁，七月七日得一会同矣。'"

⑦ "甚霎儿"三句：一作"甚一霎儿晴，一霎儿雨，一霎儿风"，三"一"字疑误衍。甚，正。霎儿，即一霎儿。宋时山东方言。辛弃疾《丑奴儿·博山道中效李易安体》："千峰云起，骤雨一霎儿价。"

【评析】

此词，原载宋曾慥《乐府雅词》卷下。

黄墨谷《重辑》本卷三以为此词乃"建炎元年南渡以后之作"。陈祖美先生谓"或作于崇宁三、四年间（1104–1105）"。据王仲闻《李清照事迹编年》，当时政界风云变幻：崇宁三年夏六月，重定党籍，元祐党人被刻石朝堂，蔡京奉诏书元祐奸党姓名进呈；九月，赵挺之自光禄大夫、中书侍郎除门下侍郎。四年春三月，赵挺之除尚书右仆射（右相），夏六月罢相。五年春正月乙巳，毁《元祐党人碑》；（《元祐党人碑》，亦称《元祐党籍碑》、《元祐奸党碑》。凡三种：其一、崇宁元年（1102）徽宗赵佶正书。刻于内府端礼门。已毁。其二、崇宁二年蔡京正书。敕令诸州据以刊石。其三、崇宁三年刻于朝堂。正书。无书人姓名。已毁。碑文列司马光、苏轼、苏辙、秦观、黄庭坚等三百九人为奸党。今传世者，惟广西壮族自治区有两刻：一在桂林龙隐岩石壁间，为庆元四年（1198）戊午梁律刊，后有吉州饶祖尧跋。石已剥落，且被镵划，八分书已漫漶三分之一。一在融安真仙岩内，为嘉定四年（1211）沈暐刻，下有暐跋。）丁未，赦天下；庚戌，叙复元祐党人。徐培均《笺注》本据而断曰：词盖崇宁五年七夕作。

词写牛女七夕相会事，表达对会少离多的牛郎织女的同情。主旨看似寻常，以至于历来读者几无异辞，却因为词作颇切时政及自身情形，使得常见题材而能翻出深意和新意。至于个中"深意和新意"究竟为何，陈祖美先生的部分读解，是一如既往的透彻且与众不同：因为党争的株连，一对志同道合的新婚夫妇，变成了常年分离的人间牛女。又，在纳妾盛行的宋代，很难设想赵明诚会像“天上”的牛郎那样，永远保持着对“人间”的织女李清照的如同初婚之爱。这种可想而知的政治文化背景，还同时反映在词中“浮槎”数句的出典上——天上的牛女名为夫妻，实被分离，这个典故本身简直就是崇宁中期赵、李之间实际境况的写照。

七夕题材，因为内容本身特别容易为女性所关注，所以，明清尤其是清代女词人，不仅写得多，而且较前人又翻出了更多新意。如杨琇的《西江月》：

镜里双蛾时蹙，枕边香泪长抛。邻姬无事爱吹箫。不管旁人潦倒。

露下野莲有子，风凉秋燕离巢。银河千丈也填桥。天上原来恁巧。

将喜鹊之同情、牛女之深情都带过不提，却以妒忌的语气，突出词末二句“银河千丈也填桥。天上原来恁巧”中“千丈”及“巧”字，仿佛纯粹站在旁观者的角度，实则暗示自己与情人相距并不远，却难得一见。意似不忠厚，正是感伤身世的过激之辞。又如邓瑜的《鹊桥仙·七夕词索和璞斋》（凉风瑟瑟）、张玉珍的《鹊桥仙·七夕》（香消碧篆）和黄婉璚的《七娘子·七夕》（闲庭永夜金风细），各篇都能转换不同的角度来写，争奇斗艳，自出机杼，又可说是对秦观《鹊桥仙》（纤云弄巧）不同程度的继响。

秦观词的翻案之妙，在于一反《古诗十九首》之悲切，通过表现对情感质量的追求，极大地提升了词品。仅就“深意”一点而言，与后出的易安此词可称双璧。许德蘋的和作，相比于上述诸作而言，稍显囿于对易安原作浅表层次的模拟：

阶下秋蛩。井畔疏桐。正今宵、牛女情浓。经年别绪，愁诉重重。料星桥南，星桥北，喜相逢。　人间乞巧，好陈瓜果，也怜他、离恨无穷。银湾斜转,砧杵声中。剩一炉烟,一钩月,一帘风。

南歌子[①]

天上星河转,人间帘幕垂。凉生枕簟泪痕滋。起解罗衣、聊问夜何其[②]。　　翠贴莲蓬小,金销藕叶稀[③]。旧时天气旧时衣。只有情怀、不似旧家时[④]。

【注释】

① 南歌子:唐教坊曲名。此词有单调双调。单调者,始自温庭筠词,因词有"恨春宵"句,名《春宵曲》。张泌词本此添字,因词有"高卷水晶帘额"句,名《水晶帘》;又有"惊破碧窗残梦"句,名《碧窗梦》。郑子聃有"我爱沂阳好"词十首,更名《十爱词》。双调者,有平韵、仄韵两体。平韵者始自毛熙震词,周邦彦、杨无咎、僧挥五十四字体,无名氏五十三字体,俱本此添字。仄韵者始自曾慥《乐府雅词》,惟石孝友词最为谐婉。周邦彦词名《南柯子》。程垓词名《望秦川》。田不伐词有"帘风不动蝶交飞"句,名《风蝶令》。

② 夜何其(jī):犹言夜何时。其,表疑问的语气词。《诗·小雅·庭燎》:"夜如何其?夜未央。"

③ "翠贴"二句:指衣上贴绣(绣品之一种)。温庭筠《菩萨蛮》:"新贴绣罗襦,双双金鹧鸪。"

④ 旧家:犹云从前。家为估量之辞。周邦彦《瑞龙吟》:"唯有旧家秋娘,声价如故。"

【评析】

此词，原载宋曾慥《乐府雅词》卷下。

陈祖美先生以为，此词“当作于宋建炎三年深秋、赵明诚病卒后的一段时间”。王仲闻《校注》本《后记》亦谓当作于南宋时期，又云：词中“旧时”“旧家时”主要是回首她自己的过去，但也并不排斥某一些同时回忆国家民族繁荣景象的成分。这样的作品，假使是在北宋时期写的，那就没有多大意义，必须又作别论了。

徐培均《笺注》本则力排众议，认为“词盖屏居青州不久作”。大观元年（1107）三月丁酉，赵挺之罢右仆射，癸丑，卒于京师；七月，追夺所赠司徒，落观文殿大学士。于是全家徙居青州。又谓：词作首句所云“天上星河转”，即写七月天气，兼喻时局变化，家道中落。“翠贴”二句，指家寒而著旧时绣衣。李清照《金石录后序》尝言：屏居乡里时，“始谋食去重肉，衣去重采，首无明珠翡翠之饰，室无涂金刺绣之具。”盖因赵挺之一死，家产抄没，故生活愈加困顿。其说亦可从。

此词结构简单而分明，上片由景及情，下片睹物感怀。诸说相左，固然无碍于对词作部分内容的解读，却也不可避免地给后来的摹习者带来了一定的困惑。比如许德蘋的和作，便似乎能够反映许氏对于易安词旨的又一种理解，其所蕴含的情感冲击力度，也就相比于原作相应地平淡了许多：

竹径凉风袅，莲房晓露垂。新过小雨带烟滋。卧听朝来、风讯倍凄其。　　砌畔葵心冷，堤边柳发稀。渐添酒债渐添衣。一样帘栊、不似艳阳时。

多丽[①] 咏白菊

小楼寒，夜长帘幕低垂。恨萧萧、无情风雨[②]，夜来揉损琼肌[③]。也不似、贵妃醉脸[④]，也不似、孙寿愁眉[⑤]。韩令偷香[⑥]，徐娘傅粉[⑦]，莫将比拟未新奇。细看取、屈平陶令，风韵正相宜。微风起，清芬酝藉，不减荼蘼[⑧]。　　渐秋阑、雪清玉瘦，向人无限依依。似愁凝、汉皋解佩[⑨]，似泪洒、纨扇题诗[⑩]。明月清风[⑪]，浓烟暗雨，天教憔悴度芳姿[⑫]。纵爱惜、不知从此，留得几多时。人情好，何须更忆，泽畔东篱[⑬]。

【注释】

① 多丽：一名《鸭头绿》。周格非词名《陇头泉》。此调有平韵、仄韵两体。

② 萧萧：一作"潇潇"。陶渊明《咏荆轲》："萧萧哀风逝，淡淡寒波生。"

③ 琼肌：肌肤如美玉，喻白菊。一作"瑶肌"。晏殊（一作欧阳修）《玉楼春》："红绦约束琼肌稳，拍碎香檀催急衮。"

④ 贵妃醉脸：杨贵妃醉酒时的脸庞，因有醉意，分外娇艳。李濬《松窗杂录》尝以贵妃醉脸比牡丹："会春暮，内殿赏牡丹花。上颇好诗，因问修己曰：'今京邑传唱牡丹花诗，谁为首出？'修己对曰：'臣尝闻公卿间多吟赏中书舍人李正封诗曰：国色朝酣酒，天香夜染衣。'上闻之，嗟赏移时。杨妃方恃恩宠，上笑谓贤妃曰：'妆镜台前，宜饮以一紫金盏酒，则正封之诗见矣。'"

⑤ 孙寿愁眉：愁眉，一作"低眉"。《后汉书·梁冀传》："妻孙寿，色美而善为妖态，作愁眉、啼妆、堕马髻、折腰步、龋齿笑，以为媚惑。"李贤注引《风俗通》："愁眉者，细而曲折。"

⑥ 韩令偷香:《世说新语·惑溺》:“韩寿美姿容,贾充辟以为掾。充每聚会,贾女于青琐中看,见寿,说之,恒怀存想,发于吟咏……寿闻之心动,遂请婢潜修音问,及期往宿。寿跷捷绝人,逾墙而入,家中莫知。自是充觉女盛自拂拭,说畅有异于常。后会诸吏,闻寿有奇香之气,是外国所贡,一著人则历月不歇。充计武帝唯赐己及陈骞,余家无此香,疑寿与女通……乃托言有盗,令人修墙。使反曰:‘其余无异,唯东北角如有人迹,而墙高非人所逾。’充乃取女左右婢考问,即以状对。充秘之,以女妻寿。”徐培均《笺注》本谓:韩寿应称韩掾,此因平仄所限,且避免与前句“孙寿”重复,故易“掾”为“令”。

⑦ 徐娘傅粉:《南史·梁元帝徐妃传》:“讳昭佩,东海郯人也……帝左右暨季江有姿容,又与淫通。季江每叹曰:‘柏直狗虽老,犹能猎,萧溧阳马虽老,犹骏;徐娘虽老,犹尚多情。’”傅粉,乃何晏事,移植于徐娘。《世说新语·容止》:“何平叔美姿仪,面至白。魏明帝疑其傅粉,正夏月,与热汤饼。既啖,大汗出,以朱衣自拭,色转皎然。”

⑧ 荼蘼:夏初开花,色似酴醿酒。张邦基《墨庄漫录》卷九:“酴醿花或作荼蘼,一名木香,有二品。一种花大而棘,长条而紫心者为酴醿。一品花小而繁,小枝而檀心者为木香。”

⑨ 汉皋解佩:《太平广记》卷五九引《列仙传》:“郑交甫常游汉江,见二女,皆丽服华装,佩两明珠,大如鸡卵。交甫见而悦之,不知其神人也。谓其仆曰:‘我欲下请其佩。’仆曰:‘此间之人皆习于辞,不得,恐罹悔焉。’交甫不听,遂下与之言曰:‘二女劳矣。’二女答曰:‘客子有劳,妾何劳之有?’交甫曰:‘橘是橙也,我盛之以笥。令附汉水,将流而下,我遵其旁搴之。知吾为不逊也,愿请子佩。’二女曰:‘橘是橙也,盛之以莒。令附汉水,将流而下。我遵其旁,卷其芝而茹之。’手解佩以与交甫,交甫受而怀之。既趋而去,行数十步,视怀空无珠,二女忽不见。”汉皋,山名,在今湖北襄阳西北。

⑩ 纨扇题诗：汉班昭，成帝时入宫，后被立为婕妤。后赵飞燕得宠，颇骄妒，昭退居东宫，作《怨歌行》："新裂齐纨素，皎皎如霜雪。裁为合欢扇，团团似明月。出入君怀袖，动摇微风发。常恐秋节至，凉风夺炎热。弃捐箧笥中，恩情中道绝。"纨，洁白细致的薄绸细绢。

⑪ 明月清风：明月，一作"朗月"。《南史·谢譓传》："有时独醉，曰：'入吾室者，但有清风；对吾饮者，唯当明月。'"

⑫"天教"句：天教，上天示意，以为教诲。《晏子春秋·谏上十八》："日暮，公西面望，睹彗星。召伯常骞，使禳去之。晏子曰：'不可，此天教也。'"度，一作"瘦"。

⑬ 泽畔：喻归隐。《楚辞·渔父》："屈原既放，游于江潭，行吟泽畔，颜色憔悴。"

【评析】

此词，原载宋曾慥《乐府雅词》卷下。词题，《历代诗馀》卷九九作"兰菊"，此据汪本校补。

黄墨谷《重辑》本卷二谓此词乃"大观二年屏居乡里至建炎元年南渡以前之作"。徐培均《笺注》本则推定为大观元年九月作，时李清照偕赵明诚屏居青州乡里。

词咏白菊，似有政治寓托，而非只是因为白菊可以象征人格的纯洁高雅。风雨揉损琼肌，盖喻政治风波对赵家之打击；不似贵妃、孙寿、韩令、徐娘云云，盖喻不屑取媚蔡京等权贵。而屈平遭谗去国、陶潜挂冠隐退，正借喻明诚与自己屏居青州。陈祖美先生则认为，这首"地道的"咏物词，其中除了含有尚未完全化解的政治块垒外，又平添了"特别耐人寻味"的所谓"婕妤之叹"，即李清照因明诚有外遇而被冷落。并提出：从表面看，此词过于堆砌地使用事典（况周颐《珠花簃词话》则谓，因有清气流行其间，这些典事不仅"不嫌堆垛"，而且有"镂金错绣而无痕迹”之胜),实际上很可能是作者故意用一些无关紧要或不相干的故实,来掩盖“泽畔东篱”和“解佩”“纨扇”这四个涉及她内心创伤的重要故实。

“婕妤之叹”,还有“庄姜之悲”,在陈祖美先生的易安词解读中,或许未必都是出于女性学者的细腻与敏感,却也屡见而非一见,几乎已经成为了某种定向模式。当然,李清照词掉书袋般的用典,想必也是造成这种倾向的客观缘由之一。

后来,许德蘋的和作,题为“白菊”,倒更像是一首用典不那么多的、“地道的”咏白菊词:

乍重阳,漫天清露珠垂。听鸣秋、千林黄叶,飕飕寒色侵肌。也记起、玉妃贴鬓,也记起、青女低眉。三径萧疏,千株冷澹,不随春艳斗妍奇。正好趁、持螯把酒,风趣算偏宜。满头插,粉花玉蕊,错认酴醿。

向园林、秋光渐老,傲霜挺秀相依。有宫人、乍吟愁赋,有倦客、重咏新诗。旅邸情怀,柴桑伴侣,颓然野鹤旧容姿。忍守着、孤标晚节,知遇雁来时。西风紧,归来彭泽,检点疏篱。

如梦令

常记溪亭日暮[①]。沉醉不知归路。兴尽晚回舟[②],误入藕花深处[③]。争渡[④]。争渡。惊起一行鸥鹭[⑤]。

【注释】

①“常记”句:常记,一作“尝记”。溪亭,山东济南名泉。嘉庆《一统志》卷一六二引《齐乘》:“历下名泉,有曰金线、曰趵突、曰皇华、曰柳絮、曰卧牛、曰东亭、曰漱玉、曰无忧、曰石湾、曰湛露、曰满井、曰北煮糠、曰散

水，曰溪亭……总七十二，见《名泉碑》。”据苏辙《题徐正权秀才城西溪亭》《和李诚之待制燕别西湖》等诗，溪亭亦为地名。在济南城西，所濒之湖，亦在历城之西，时称西湖。湖上可燕饮。

② 晚回舟：一作“欲回舟”。回舟，犹回船。谢朓《新治北窗和何从事》：“回舟方在辰，何以慰延颈。”

③ 藕花：一作“芙蕖”。孟郊《送李翱习之》：“新秋折藕花，应对吴语娇。”

④ 争渡：抢着划。庾信《春赋》：“开上林而竞入，拥河桥而争渡。”刘禹锡《大堤行》：“日暮行人争渡急，桨声鸦轧满中流。”王延梯《漱玉集注》、吴小如《诗词札丛》释为“怎渡”，误。

⑤ 一行鸥鹭：一作“一滩鸥鹭”，一作“一行鸳鹭”。鸥鹭：鸥鸟和鹭鸟的统称。朱淑真《愁怀》：“鸥鹭鸳鸯作一池，须知羽翼不相宜。”

【评析】

此词，录自彭氏抄本。《唐宋诸贤绝妙词选》有词题作“酒兴”。别见杨金本《草堂诗馀》前集卷上，误作苏轼词；《词林万选》卷四，误作无名氏词，注“或作李易安”。王仲闻《校注》本谓：“《词林万选》所注或作某某，殆为毛晋所加，非杨慎原文。”又见《汇选历代名贤词府全集》卷一、《唐词纪》卷五、《古今词话·词辨》卷上、《历代诗馀》卷一一二引《古今词话》，俱误作吕洞宾词。

关于此词的创作时地，徐培均《笺注》本曾有过这样的推论：据新发现曲阜孔林之石碑载：“提点刑狱历下李格非，崇宁元年正月二十八日，率遹、迥、迒、远、□恭拜林冢之下。”自崇宁元年正月至七月，李格非任“提点京东路刑狱，以党籍罢”（见《宋史》本传）。碑文刻着“历下李格非”，可证在其任提刑约七月多的时期内曾居济南。此时李格非既居济南甚久，李清照可能归宁时泛舟西湖。又大观二年

（1108）三月八日，李格非与齐州守梁彦深、濮州守武安国等六人，同游州之佛慧山（见《济南金石志》卷二）。是时曾作《历下水记》，“叙述甚详，文体有法”（张邦基《墨庄漫录》）。可见李格非仍家居济南，是时李清照屏居青州，相距不远，可能来济南省亲，其间似亦可能游湖。其他时间易安居济南，则未见文献记载。此词当作于游湖后不久。相较而言似更为可从。

词作纪游。龙榆生《漱玉词叙论》评曰：“矫拔空灵，极见襟度之开拓。”陈祖美先生进一步发挥说：能够写出如此别具一格、豪迈倜傥之作的李清照，人称“倜傥有丈夫气，乃闺阁中之苏、辛，非秦、柳也”（沈曾植《菌阁琐谈》）。这首《如梦令》，景象非常开阔，情辞极其酣畅。作品的这种豪迈气度，固然与作者的气质有关，但是气质也不完全是天生的。壮阔的齐鲁山川，珍珠般翻滚的故乡明水、数不清的活水甘泉，为词人提供了驰骋豪兴遐想的前提，涵育了她的胸襟怀抱。李清照那种独有的投身大自然、钟情于山水风物的童心和志趣，与其壮怀激越的作品，在一定意义上是相通的。并谓：此词被有些版本当做苏轼、吕洞宾等大家、名家之手笔，再生动不过地说明，词人及此首带有“仙气”的豪迈之什，堪与须眉、“仙人”相匹敌。

相比而言，王士禛的和作以及许德蘋题为“荷花”的和作，就都显得有逸兴而乏壮采：

送别西楼将暮。望断王孙归路。昨夜梦郎归，还是旧时别处。前渡。前渡。记得柳丝春鹭。

落日亭亭烟暮。一棹出花迷路。听唱采莲歌，声在鸥波深处。沙渡。沙渡。香梦好圆鸳鹭。

青玉案[1]

一年春事都来几[2]。早过了、三之二[3]。绿暗红嫣浑可事[4]。绿杨庭院，暖风帘幕，有个人憔悴[5]。　　买花载酒长安市。争似家山见桃李[6]。不枉东风吹客泪。相思难表，梦魂无据，唯有归来是[7]。

【注释】

① 青玉案：汉张衡诗："何以报之青玉案。"调名取此。《中原音韵》注双调。《太和正音谱》注高平调。蒋氏《九宫谱目》入中吕引子。韩淲词，有"苏公堤上西湖路"句，名《西湖路》。

② 都来：算来。叶清臣《贺圣朝》："花开花谢，都来几许。且高歌休诉。"

③ 三之二：三分之二。宋时方言。此谓清明节后。二音腻。

④ 可事：小事，宋时方言。可，轻易之辞。薛嵎《买山范湾自营藏地》："十万买山浑可事，放教身死骨犹香。"

⑤ 个人：个，指点辞，犹这也、那也。个人，那人。此处李清照自指。周邦彦《瑞龙吟》："黯凝伫。因念个人痴小，乍窥门户。"

⑥ "争似"句：争似，一衍作"又争似"。怎似。刘禹锡《杨柳枝》九首其四："城中桃李须臾尽，争似垂杨无限时。"家山，家乡。此指青州。钱起《送李栖桐道举擢第还乡省侍》："莲舟同宿浦，柳岸向家山。"

⑦ "唯有"句：李清照《指南录后序》："后屏居乡里十年……每饭罢，坐归来堂烹茶，指堆积书史，言某事在某书某卷第几页第几行，以中否角胜负，为饮茶先后。中即举杯大笑，至茶倾覆怀中，反不得饮而起。甘心老是乡矣。"陶渊明《归去来兮辞》有云："倚南窗以寄傲，审容膝之易安。"

李清照之归来堂及易安居士号，皆取义于此。

【评析】

此词，录自彭氏抄本。《草堂诗馀正集》署欧阳修作，注：“一刻易安。”《类编草堂诗馀》《古今词统》题作“春日怀旧”。杨金本《草堂诗馀》题作“春情”。《草堂诗馀隽》亦作欧阳修词。

王仲闻《校注》本列此词入存疑之作，云：“此首或为无名氏词，《类编草堂诗馀》误以为欧阳修作……各本《草堂诗馀》而外，误以此首为欧阳修作者，尚有《词学筌蹄》卷五、《汇选历代名贤词府全集》卷三、《花草新编》卷三、《花草粹编》卷七、《词综》卷四、《古今图书集成·人事典》卷一〇五、《词轨》卷四、《蓼园词选》等书。近人周泳先《唐宋金元词钩沉》、唐圭璋《全宋词》（初版本），咸承其误。”徐培均《笺注》本谓：观歇拍“相思难表”三句，知李清照夫妇当已回到青州；又词中“买花载酒”二句，是说在京做官，不如在青州屏居可赏春光，据知“词当作于大观二年（1108）三月初”。

这首词仅有的几则评语，都以为此词乃欧阳修之作如杨慎批点《草堂诗馀》卷三：“离思黯然。道学人亦作此情语。”又，《草堂诗馀隽》卷二：“春深景物繁华，最能动人情思。欧阳公□足之乎？”又，黄苏《蓼园词选》：“此词不过有不得已心事，而托之思妇耳。‘一年’二句，言年光已去也。‘绿暗’四句言时，芳菲不可玩，而自己心绪憔悴也。所以憔悴，以不见家山桃李，苦欲思归耳。大意如此。但永叔未必迫于思归者，亦有所不得已者在耶？当于言外领之。”各家之说，是否惬于易安心境，已无可深论。倒是黄苏“永叔未必迫于思归”云云，却似乎可以反证此词并非欧阳修所作。

新荷叶[1]

薄露初零，长宵共、永昼分停[2]。绕水楼台，高耸万丈蓬瀛。芝兰为寿[3]，相辉映、簪笏盈庭[4]。花柔玉净，捧觞别有娉婷[5]。

鹤瘦松青，精神与、秋月争明[6]。德行文章，素驰日下声名[7]。东山高蹈，虽卿相、不足为荣。安石须起，要苏天下苍生[8]。

【注释】

① 新荷叶：蒋氏《九宫谱》作正宫引子。赵抃词名《折新荷引》，又因词中有“画桡稳，泛兰舟”句，或名《泛兰舟》，然与仄韵《泛兰舟》调迥别。

② “薄露”二句：分停，又称停分，义即平分。董仲舒《春秋繁露·阴阳出入上下》：“至于中秋之月，阳在正西，阴在正东，谓之秋分。秋分者，阴阳相半也，故昼夜均而寒暑平。”李山甫《项羽庙》：“停分天下犹嫌少，可要行人赠纸钱。”

③ 芝兰：杨炯《唐恒州刺史建昌公王公神道碑》：“芝兰有秀，羔雁成行。”

④ 簪笏（hù）：古代臣僚上朝，执笏（手版）簪笔，以备书事。因而借喻官宦。王勃《秋日登洪州府滕王阁饯别序》：“舍簪笏于百龄，奉晨昏于万里。”

⑤ 娉（pīng）婷：辛延年《羽林郎》：“不意金吾子，娉婷过我庐。”

⑥ 秋月争明：顾恺之《神情》：“秋月扬明辉，冬岭秀孤松。”

⑦ “德行”二句：晁补之元祐间供职秘书省，与黄庭坚、秦观、张耒并称“苏门四学士”。黄庭坚《卧陶轩为无咎作》：“城南晁正字，国器无等双。”日下，京师，此指汴京。《世说新语·排调》：“荀鸣鹤、陆士龙二

人未相识,俱会张茂先坐。张令共语,以其并有大才,可勿作常语。陆举手曰:‘云间陆士龙。’荀答曰:‘日下荀鸣鹤。’”徐震堮校笺:“日下,指京都。荀,颍川人,与洛阳相近,故云。”

⑧“东山”四句:《世说新语·排调》:“谢公在东山,朝命屡降而不动。后出为桓宣武司马,将发新亭,朝士咸出瞻送。高灵……戏曰:‘卿屡违朝旨,高卧东山,诸人每相与言:安石不肯出,将如苍生何?今亦苍生将如卿何?’”东山,在今浙江上虞西南,谢安曾在此隐居。谢安,字安石。苏,缓解,解除。

【评析】

此词,原载中国国家图书馆藏明钞本《诗渊》,后为孔凡礼先生录入《全宋词补辑》。

这是一首寿词。寿主究竟是谁,陈祖美先生最先初步认定为晁补之,徐培均先生随后通过严密的考证,对此予以明确认定。另有学者提出过自己的看法:一是把寿主说成是朱敦儒,以朱氏与李清照有交往,并写过《鹊桥仙·和李易安金鱼池莲》为佐证;二是质疑寿主为朱敦儒的说法,却也并未指出寿主到底是何许人。之后,也还有学者表达不同意见,认为寿主也有可能是韩肖胄。

确认了寿主,也就等于大致确定了这首词的创作时地。时间是徽宗大观二年(1108)秋,地点大概在晁补之的闲居之地缗城(今山东金乡)之东皋,与李清照夫妇当时屏居之地青州相隔不远。至于有学者关注的是李清照偕赵明诚亲往祝寿,还是私下作词遥祝致敬的问题,实际上对品读此词也许并非特别紧要,至少不致于造成太大的理解上的偏差。

确定了寿主晁补之,这首易安早期寿词的读解,也就自然变得顺理成章,几无一字无来处。整首词作,先点出晁补之生日在秋分(朱敦儒的生日是正月十四日，这一内证，正可以成为此词非为朱氏寿诞而作的有力证据）。再指明晁氏晚年隐居所在地。据晁氏《归来子名缗城所居记》、陈鹄《西塘集耆旧续闻》卷三，其中“楼台”，似指松菊堂、遐观楼；“绕水”云云，似指所瞰之池水。蓬瀛，则是用以比喻归去来园的超尘脱俗。以下，以芝兰比喻晁氏有佳子弟，系指张耒《晁无咎墓志铭》中所云“男二人：公为、公汝”。再以“娉婷”形容侍女的美好姿态。下片转写寿主，先喻指其风神清朗，兼切时令。再称誉寿主德行文章早负盛名。最后，联系本年大赦，党人渐次起复的实际，因用东晋谢安典事，借以表达企盼寿主复出之意。这实际上是借颂寿他人之酒杯，浇一己忧国忧民之垒块，所以，略微突破了传统寿词的庸俗格套。

忆秦娥①

临高阁。乱山平野烟光薄。烟光薄。栖鸦归后，暮天闻角②。　　断香残酒情怀恶③。西风催衬梧桐落④。梧桐落。又还秋色⑤，又还寂寞。

【注释】

① 忆秦娥：元高拭词注商调。按，此词昉自李白，自唐迄元，体各不壹。要其源，皆从李词出也。因词有“秦娥梦断秦楼月”句，故名《忆秦娥》，更名《秦楼月》。苏轼词有“清光偏照双荷叶”句，名《双荷叶》。无名氏词有“水天摇荡蓬莱阁”句，名《蓬莱阁》。至贺铸始易仄韵为平韵。张辑词有“碧云暮合”句，名《碧云深》。宋媛孙道绚词有“花深深”句，名《花深深》。

② 角：画角。形如竹筒，本细末大，以竹木或皮革制成，外施彩绘，故

称。发声哀厉高亢，古时军中多用以警昏晓。陈子昂《和陆明府赠将军重出塞》："晚风吹画角，春色耀飞旌。"

③ 情怀：一作"襟怀"。心境。杜甫《北征》："老夫情怀恶，呕泄卧数日。"

④ 催衬：通"催趁"，宋时口语，义犹催促、催赶。徐安国《红梅未开以汤催趁之》："频将温水泛花枝，催得红梅片片飞。"宋无名氏《九张机》："东风宴罢长洲苑，轻绡催趁，馆娃宫女，要换舞时衣。"

⑤ "又还"句：又还，一作"天还"。秋色，一作"愁也"。

【评析】

此词，录自宋陈景沂《全芳备祖》后集卷一八。又见杨金本《草堂诗馀》前集卷上、《花草粹编》卷三，无撰人姓名。王本题作"咏桐"。王仲闻《校注》本谓："《全芳备祖》各词，收入何门，即咏何物。惟陈景沂常多牵强附会。此词因内有'梧桐落'句，故收入梧桐门，实非咏桐词。"

此词，黄墨谷《重辑》本列为"建炎元年南渡以后之作"。陈祖美先生以为作于建炎三年（1129）深秋赵明诚病卒后，并称之为悼亡词。其依据是：桐死、桐落在古典诗词中也可指丧夫。如《大唐新语》卷三即云："安定公主初降王同皎，后降韦擢，又降崔铣。铣先卒，及公主薨，同皎子繇为驸马，奏请与其父合葬，敕旨许之。给事中夏侯铦驳曰：'公主初昔降婚，梧桐半死；逮乎再醮，琴瑟两亡。'"徐培均《笺注》本则认为作于大观二年（1108）重阳，时明诚方出游，李清照登高怀远而赋也。依据是：细玩词境，乃乡村景色。据明诚《青州仰天山罗汉洞题名》："余以大观戊子之重阳，与李擢德升同登兹山。"时值晚秋，北方早寒，正梧桐叶落之际，而南望青州附近，亦有"乱山平野"。

词以萧瑟秋景写凄凄离情。登临高阁，凭栏纵目，焚香置酒，欲借以消释忧闷。但目睹乱山、平野、烟光、晚鸦、飘桐，飒飒西风，凄鸣画角，不禁又生出满腹愁情。许德蘋的和作，题作“咏桐”，貌似咏物，却能贴紧易安词心，而不仅仅是普泛化地借以发抒悲秋之怀而已：

凭山阁。绿云扰扰罗衫薄。罗衫薄。寒蛩鸣处，暗寻篱角。那堪犹有霜风恶。银床叶叶惊吹落。惊吹落。一番秋信，几回寂寞。

醉花阴[①]

薄雾浓氛愁永昼[②]。瑞脑销金兽[③]。时节又重阳[④]，宝枕纱厨[⑤]，半夜凉初透。　东篱把酒黄昏后[⑥]。有暗香盈袖。莫道不销魂[⑦]，帘卷西风，人比黄花瘦[⑧]。

【注释】

① 醉花阴：《中原音韵》注黄钟宫。《太平乐府》注中吕宫。

② 浓氛：一作“浓阴”，一作“浓云”。阴阳二气交会所形成的雾气。《乐府雅词》作“浓云”。况周颐《珠花簃词话》所云甚辨：“中山王《文木赋》：‘奔电腾云，薄雾浓氛。’易安《醉花阴》首句用此。俗本改‘氛’作‘云’，陋甚，升庵杨氏尝辨之。且即付之歌喉，‘云’字殊不入律，不如‘氛’字起调，可谓知者道耳。”

③ “瑞脑”句：销，一作“喷”。金兽，一作“香兽”，金属兽形香炉。洪刍《香谱》：“香兽以涂金为狻猊、麒麟、凫鸭之状，空其中以燃香，使香自口出，以为玩好。”

④ 时节：一作“佳节”。时令，季节。杜甫《春夜喜雨》：“好雨知时节，当春乃发生。”

⑤ “宝枕”句：宝枕，一作“玉枕”。指三国魏甄后的玉镂金带枕。据

《文选·曹植〈洛神赋〉》李善题注，曹植持此枕，至洛水，思甄后而作《感甄赋》，即《洛神赋》。李贺《春怀引》："宝枕垂云选春梦，钿合碧寒龙脑冻。"纱厨，纱帐。俞平伯《唐宋词选释》云："近代以木做格扇，形如小屋，用以避蚊，中可置榻，框上糊以轻纱，大抵是绿色的，叫'碧纱厨'。"

⑥"东篱"句：东篱，陶渊明《饮酒二十首》其五："采菊东篱下，悠然见南山。"后因指菊花或菊圃。把酒，一作"把菊"。手执酒杯。谓饮酒。孟浩然《过故人庄》："开轩面场圃，把酒话桑麻。待到重阳日，还来就菊花。"

⑦销魂：谓灵魂离开肉体，形容极其哀愁。江淹《别赋》："黯然销魂者，唯别而已矣。"

⑧"帘卷"二句：谢逸《醉落魄》："帘卷黄昏，一阵西风入。"人比，一作"人似"。黄花，菊花。《礼记·月令》陈澔注："鞠色不一，而专言黄者，秋令在金，金自有五色而黄为贵，故鞠色以黄为正也。"题司空图《诗品》："落花无言，人淡如菊。"

【评析】

此词，录自彭氏抄本。《乐府雅词》《花庵词选》有词题，均作"九日"。《古今词统》题作"重阳"。

此词，黄墨谷《重辑》本卷二以为"当作于宣和三年，时明诚出守莱州，而清照居青州"。陈祖美先生认为作于崇宁三年，写因为党争的株连，被迫离京而产生的离愁别恨，以及对自己未来命运的喟叹。徐培均《笺注》本则谓：据李清照《感怀诗序》："宣和辛丑八月十日到莱。"可证是岁重阳节前已随夫居莱州任所，不在青州。黄说不确。又定此词作于大观二年（1108）重阳。理由是：据赵明诚《青州仰天山罗汉洞题名》："余以大观戊子之重阳，与李擢德升同登兹山。"仰天山，在今山东青州西南。明诚至仰天山罗汉洞观月，当流连忘返，而清照独居青州归来堂，重阳赏菊，无人相伴，故作此词，以抒寂寞无聊之感。

词作抒发重阳佳节怀人心绪。上片的薄雾浓云，昼永夜凉，写出无法消解的愁闷和幽怨。下片的把酒独酌，菊香盈袖，写出令人消魂的执著和凄苦。结末“莫道不消魂”三句，以女性声口借花喻人，表达浓浓相思情意，尤为婉转动人。据《琅嬛记》卷中记载，这首词还曾引出过一段趣事：

易安以重阳《醉花阴》词函致明诚。明诚叹赏，自愧弗逮，务欲胜之。一切谢客，忘食忘寝者三日夜，得五十阕，杂易安作以示友人陆德夫。德夫玩之再三，曰：“只三句绝佳。”明诚诘之，答曰：“莫道不消魂，帘卷西风，人比黄花瘦。”正易安作也。（案：王仲闻《校注》本谓：赵明诚喜金石刻，平生专力于此，不以词章名。《琅嬛记》所引《外传》，不知何书，殆出自捏造。所云“明诚欲胜之”，必非事实。）

虽类小说家言，也不妨视为易安词在后世所发挥的传播效应的一部分。而且，有此记载，“好事者就不至于异想天开、凭空分析了”（宛敏灏《词学概论》）。

后来，王士禛的和作、彭孙遹题为“和漱玉词同阮亭作”的和作以及许德蘋题作“九日”的和作：

香闺小院闲清昼。屈戌交铜兽。几日怯轻寒，箫局香浓，不觉春先透。　　韶光转眼梅花后。又催裁罗袖。最怕日初长，生受莺花，打叠人消瘦。

花影枝枝摇午昼。桂炷销狮兽。愁病怯登高，几阵西风，吹得罗裳透。　　阑干星月三更后。玉露沾香袖。心事寄谁行，约略腰身，转觉秋来瘦。

绿绮调弦消静昼。甲煎添香兽。枫叶几重重，一夜相思，染得猩红透。　　茱萸插遍登高后。引好风吹袖。只为暗悲秋，人比山容，也带三分瘦。

虽然写的都是相思,前两首的男子而作闺音也并不让人觉得太过生硬,许氏之作中还有“人比山容,也带三分瘦”这样的秀句。

凤凰台上忆吹箫[1]

香冷金猊[2],被翻红浪[3],起来慵自梳头。任宝奁尘满[4],日上帘钩[5]。生怕离怀别苦[6],多少事、欲说还休。新来瘦[7],非干病酒[8],不是悲秋[9]。　休休[10]。这回去也,千万遍阳关[11],也则难留[12]。念武陵人远[13],烟锁秦楼[14]。唯有楼前流水[15],应念我、终日凝眸。凝眸处[16],从今又添,一段新愁。

【注释】

① 凤凰台上忆吹箫:《列仙传拾遗》云:萧史善吹箫,作鸾凤之声,秦穆公有女弄玉,善吹箫,公以妻之,遂教弄玉作凤鸣,居十数年,凤凰来止,公为作凤台,夫妇止其上,数年,弄玉乘凤,萧史乘龙去。调名取此。《高丽史·乐志》一名《忆吹箫》。

② 金猊(ní):金属狻猊型香炉。陆容《菽园杂记》卷二:“金猊,其形似狮,性好火烟,故立于香炉盖上。”谢逸《燕归梁》:“六曲阑干翠幕垂。香烬冷金猊。”

③ 被翻红浪:此谓锦被乱摊于床上,如起伏之波浪。柳永《凤栖梧》:“酒力渐浓春思荡。鸳鸯绣被翻红浪。”辛弃疾《临江仙》:“被翻红锦浪,酒满玉壶冰。”

④ “任宝奁”句:贺铸《忆仙姿》:“销黯。销黯。门共宝奁长掩。”尘满,一作“闲掩”。

⑤ 日上帘钩：杜甫《落日》："落日在帘钩，溪边春事幽。"此处反其意而用之。

⑥ "生怕"句：生怕，只怕，唯恐。曹唐《勖剑》："生怕雷霆号涧底，长闻风雨在床头。"离怀别苦，一作"闲愁暗恨"，一作"见花开花谢"。

⑦ 新来：一作"今年"，一作"朝来"，一作"今来"。近来。宋时口语。

⑧ 非干病酒：非干，不是因为。马令《南唐书·冯延巳传》："元宗乐府辞云'小楼吹彻玉笙寒'，延巳有'风乍起，吹皱一池春水'之句，皆为警策。元宗尝戏延巳曰：'吹皱一池春水，干卿何事？'"病酒，因饮酒过量而致病。《史记·魏公子列传》："日夜为乐饮者四岁，竟病酒而卒。"

⑨ 悲秋：对秋景而伤感。宋玉《九辩》："悲哉秋之为气也，萧瑟兮草木摇落而变衰。"

⑩ 休休：一作"明朝"。犹言罢了罢了。

⑪ "千万遍"句：阳关，古送别曲。以王维《送元二使安西》为歌辞。千万遍，乃夸张之辞，极言离情之深。

⑫ 也则：宋时口语。犹也是。则，一作"即"。

⑬"念武陵"句：一作"空邻伫武陵人远"。人远，一作"春晚"。武陵人，兼用陶渊明《桃花源记》武陵人入桃源及《幽明录》所载刘晨、阮肇误入天台山遇二仙女事。此处以武陵人借指赵明诚。

⑭"烟锁"句：一作"云锁重楼"。秦楼，即凤台、凤凰台。此处化用《列仙传》弄玉与萧史仙凡相爱的典故，既写对赵明诚的思念、孤栖之寂寞，亦暗合调名，照应题旨。

⑮ "唯有"句：唯有，一作"记取"。流水，一作"绿水"。楼前流水：喻相思。

⑯ 凝眸：一作"盼望"。注视，目不转睛地看。李商隐《闻歌》："敛笑凝眸意欲歌，高云不动碧嵯峨。"

【评析】

此词，原载宋曾慥《乐府雅词》卷下、宋黄升《花庵词选》卷十。汪本有词题作“闺思”，《草堂诗馀》后集题作“离别”，《古今词统》《花草粹编》《诗词杂俎》均题作“闺情”。

黄墨谷《重辑》本卷二以为此词“当作于宣和三年（1121），时清照居青州”。陈祖美先生认为是写于屏居乡里十年结束，赵明诚重返仕途之际，词中或许存在夫妻关系有始无终或有名无实的“难言之隐”。徐培均《笺注》本则谓“当作于大观三年（1109）九月”，理由是：赵明诚爱好金石碑刻，屏居青州后常出外寻访名山胜迹。有《长清灵岩寺题名》曰：“东武赵明诚德甫、东鲁李擢德升、跃时升，以大观三年九月十三日同来，凡留两日乃归。”此次出游长清，跋山涉水，极为辛劳，故清照苦苦挽留。然明诚“致力于斯，可谓勤且久矣，非特区区为玩好之具而已”（《金石录序》），仍然执意要去。清照终于叹曰：“休休！这回去也，虽千万遍阳关，也则难留。”词中以“武陵人”喻明诚，当亦含远游之意。又云“不是悲秋”，意谓当秋而不悲，时令亦与明诚赴长清相合。因清照苦苦留恋，故明诚在灵岩“凡留两日”而归。

李清照提出“别是一家”说，在她自己不多的作品中，尽力恪守规程，以创作示范、印证自己提出的理论。如这首记录李清照自己情感历程的《凤凰台上忆吹箫》，有“岂无膏沐，谁适为容”（《诗·卫风·伯兮》）之意，写的是与丈夫离别后的相思情深，离愁的苦涩以及眷恋的幸福，三者彼此交织，声声有和鸣之奏。其中，上、下片结三句便细分阴阳，正是其词论的忠实实践。当然，吴熊和《关于李清照 < 词论 >》一文则谓：李清照于词调声韵，在理论上极为关注。然而理论倡导是一回事，实际创作又是一回事。李清照词数十首，是否与她的声律主张相符，亦尚待验证。南宋词人每推许清真词音律之严，今人杨易霖且有《周词订律》之作，一一考订清真词的四声阴阳。李清照的众多词调,“从词律上讲似乎无需如此讲究,从其创作实际来讲,则或许也未必如此讲究”。

词中“念武陵人远,烟锁秦楼”二句,沈祖棻先生的解读是:“是用两个著名的仙凡恋爱的故事,形象地表达人去楼空之意。”陈祖美先生则认为:“秦楼”并不是照搬萧史、弄玉的爱情故事,而可能同时取意于李白《凤台曲》的“曲在身不返,空余弄玉名”,表达李清照内心的担忧:自己虽曾陪伴丈夫屏居十年,到头来,却可能形单影只,被留在烟雾笼罩的闺楼之中。“念武陵人远”其实寓意担心赵明诚有“天台”“崔护”之遇。当然,词中是否确有此难以启齿的隐衷,似乎还可以再讨论。

这首词之所以格外曲折含蓄,一个重要的原因,在于弥漫全篇的“深一层写法”(夏承焘等《唐宋词选》)——如“唯有楼前流水,应念我、终日凝眸”二句的不说想寄情流水,却说流水应念我——所取得的卓越审美效果。相比而言,王士禛的和作、彭孙遹题为“和漱玉词同阮亭作”的和作以及许德蘋题作“闺情”的和作:

镜影圆冰,钗痕却月,日光又上楼头。正罗帏梦觉,红褪缃钩。睡眼初瞷未起,梦里事、寻忆难休。人不见,便须含泪,强对残秋。
悠悠。断鸿南去,便潇湘千里,好为侬留。又斜阳声远,过尽西楼。颠倒相思难写,空望断、南浦双眸。伤心处,青山红树,万点新愁。

宝鸭抛烟,寒螀泣露,兰桡催发湖头。正银河清浅,残月如钩。多少情悰欲说,知无奈、则索行休。纱窗静,几株疏柳,一片清秋。
堪忧。个人何处,那衣香手粉,仿佛还留。忆旧年此夜,花压层楼。静对金波似水,桃笙上、隐隐回眸。伤心处,依然花月,添却离愁。

暖水池塘,轻云台榭,一年韶景开头。见草生庭砌,初茁如钩。多少蜂狂蝶闹，空触起、往事无休。从今记，伤春意味，胜似悲秋。相将。二分春色，还却向花阴，密处句留。任差池双燕，暗绕西楼。知否楼头人倦，红紫艳、怕展双眸。双眸远，漫天絮飞，怎比侬愁。

各篇尤其是其中末三句，可谓情景交融，各极其妙，但却都不免离易安词有一定的差距。这是与经典的距离。

浣溪沙

小院闲窗春色深。重帘未卷影沉沉[①]。倚楼无语理瑶琴[②]。　远岫出云催薄暮[③]，细风吹雨弄轻阴。梨花欲谢恐难禁[④]。

【注释】

①"重帘"句：重帘，一层层帘幕。温庭筠《菩萨蛮》："夜来皓月才当午，重帘悄悄无人语。"沉沉，深邃貌。亦指幽静。

② 瑶琴：琴之美称。鲍照《拟古》八首其七："明镜尘匣中，瑶琴生网罗。"李清照多才多艺，亦能弹琴。尝有铭刻于一古琴上（铭曰："岐山之桐，斫其形兮。冰雪之丝，宣其声兮。巍巍之魂，和性情兮。广寒之秋，万古流兮"）。

③ "远岫（xiù）"句：岫，山有穴曰岫。出云，一误作"出山"。顾敻《更漏子》："帘半卷。屏斜掩。远岫参差迷眼。"

④"梨花"句：借梨花写闺怨，古代诗词中常见之。欲谢，一作"欲卸"。

【评析】

此词，原载宋曾慥《乐府雅词》卷下。别又误作欧阳修、周邦彦词，或不著撰人。赵万里《校辑》本案："至正本《草堂诗馀》前集上引与欧阳修词衔接，不著撰人，《类编》本因以为欧作，失之。"王仲闻《校注》本注云："按嘉靖间顾汝所刻《类编草堂诗余》卷一载此词，并无撰人姓名，实不作欧阳修。疑李、赵二氏所据之《类编草堂诗馀》，或为别本。沈际飞《草堂诗馀》注：'一刻欧阳。'毛本《片玉词补遗》注：'或刻欧阳永叔。'殆皆本胡桂芳本或韩俞臣本《类编草堂诗馀》。"

陈祖美先生以为，此词"当作于李清照待字汴京之时，且属少女怀春之什"。徐培均《笺注》本谓：汴京地处平原，无山，据词中"远岫"句，似作于屏居青州时期。又据明《临朐县志》、明《青州府志》所载，以及于中航《李清照年谱》所云赵明诚大观戊子题名即在罗汉洞附近崖壁上，可知清照所见之"远岫出云"，乃仰天山罗汉洞，而作词时间亦在大观某年之春天。

《笺注》本此说不为无理。只是，这些推论，都建立在李清照词中"远岫"云云是实景实写的基础上。而词的创作，却往往未必如此，是完全允许想象、虚构，乃至点"铁"成金般的化用的。就像陈祖美先生说的，"远岫"句，也可以是对谢朓"窗中列远岫"（《郡内高斋闲望答吕法曹》）和陶渊明"云无心以出岫"（《归去来兮辞》）二诗句的檃括，意谓云霓从远处的山峦飘起，加速了暮色的降临。

篇中由"梨花欲谢"引发，而托于瑶琴的闺中春情，言外不免流露出对人生的淡淡伤感，正沈际飞所谓"淡语"中有"致语"（《草堂诗馀》正集卷一）。"远岫"句所写情景，自然是包含在笼罩全篇的惜春情绪中的。许德蘋和作中的"紫燕"句，完全可以拿来跟这一句相对照：

千尺寒潭深复深。桃花影与夕阳沉。何心起弄断纹琴。　紫燕穿残花寂寂，黄鹂叫碎月阴阴。无聊怎得把愁禁。

它们都出现在词中承上启下的紧要之处，也都是颇为有助于抒写闺中愁怨的"丽语"（杨慎评点《草堂诗馀》卷一）。

浣溪沙

髻子伤春慵更梳①。晚风庭院落梅初。淡云来往月疏疏②。　玉鸭熏炉闲瑞脑③，朱樱斗帐掩流苏④。遗犀还解辟寒无⑤。

【注释】

①“髻子”句：髻子，古代妇女发式，或名缬子髻。始自两晋。秦观《临江仙》：“髻子偎人娇不整，眼儿失睡微重。”慵更梳，一作“懒更梳”。

②“晚风”二句：落梅初，梅花刚落，指暮春时节。疏疏，朦胧貌。

③“玉鸭”句：玉鸭熏炉，炉形似鸭者。玉鸭，指瓷制。铜制者称金鸭。毛滂《诉衷情》：“短疏萦绿象床低，玉鸭度香迟。”瑞脑，香料名，一误作“玛脑”。闲瑞脑，意谓香料闲置未燃。

④“朱樱”句：朱樱，帐之颜色。《唐本草》谓樱桃熟时深红色者谓之朱樱。左思《蜀都赋》：“朱樱春熟，素柰夏成。”斗帐，形如覆斗之小帐。《释名·释床帐》：“小帐曰斗帐，形如覆斗也。”《古诗为焦仲卿妻作》：“红罗复斗帐，四角垂香囊。”流苏，用羽毛或丝线编制的排穗，列于帐子上沿之装饰品。韦庄《天仙子》：“深夜归来长酩酊，扶入流苏犹未醒。”

⑤“遗犀”句：指帐上镇帏犀。遗犀，一作“通犀”。帏上悬犀，使不因风而动，且有辟寒意。王仁裕《开元天宝遗事》卷上：“开元二年冬至，交趾国进犀一株，色黄如金。使者请以金盘置于殿中，温温然有暖气袭人。上问其故，使者对曰：‘此辟（bì）寒犀也。顷自隋文帝时，本国曾进一株，直至今日。’上甚悦，厚赐之。”犀，指犀牛角，中有白线贯通两端，故称通犀，或通天犀。

【评析】

此词，录自彭氏抄本。《花草粹编》卷二、《古今词统》卷四有词题作“闺情”。赵万里《校辑》本案：“《诗词杂俎》本《漱玉词》收之，与《花草粹编》同。”《全宋词》收作李清照词。王仲闻《校注》本列为存疑之作，按云：“此首别见《花草粹编》卷二，无撰人姓氏，其前为李清照‘淡荡春光寒食天’《浣溪沙》一阕。《续草堂诗馀》等以为李清照作，未知何据。”徐培均《笺注》本以《草堂诗馀》等刻本往往前一首署撰人姓名，后一首省略，谓此首宜从赵说，作李清照词。

陈祖美先生以为此词“在汴京待字期间所写”。《笺注》本则疑政和间作于屏居青州之时。盖此时赵明诚常外出考察，搜求古文碑刻，清照家居，每感寂寞，故作此词以抒情。

词作伤春怀远。如许寂寥孤苦情状，隐寓于凄清的自然晚景和空落的室内之景中，或即周济所谓“清出”处（《介存斋论词杂著》）。

后来，王士禛的和作，努力追求原作的“有唐调”（谭献《复堂词话》），妩媚而不失轻佻：

奁畔豪犀间玉梳。新妆才罢晓寒初。曲栏花日影扶疏。　　金鸭暖香消柱蠹，夜蝉轻翅上桃苏。问郎曾解画眉无。

许德蘋的和作，写的则是秋闺慵闲情致：

连日伤秋髻不梳。织乌西仄起来初。一堤杨柳渐萧疏。　　鸥鹭闲情常自睡，芙蓉醉意未全苏。雁来还问有书无。

需要注意的是，这首《浣溪沙》和《如梦令》（昨夜雨疏风骤），曾跟《凤凰台上忆吹箫》（香冷金猊）、《醉花阴》（薄雾浓云愁永昼）、《声声慢》（寻寻觅觅）、《念奴娇》（落日镕金）等五首一道，被朱祖谋收入其初编本《宋词三百首》，而稍后又为重编本《宋词三百首》所删除。个中缘由，虽然没有同样被重编本黜落的苏轼《念奴娇》（大江东去）那么引人关注，却也未必不值得探究（详参张晖《选家手眼与创作风会——从〈宋词三百首〉论朱祖谋的词学思想》,载沙先一、张晖《清词的传承与开拓》)。

点绛唇

寂寞深闺,柔肠一寸愁千缕[1]。惜春春去。几点催花雨[2]。

倚遍阑干[3],只是无情绪。人何处。连天芳树[4]。望断归来路[5]。

【注释】

①“柔肠”句:晏殊《木兰花》:“无情不似多情苦。一寸还成千万缕。”柔肠,一作“愁肠”。

② 催花雨:清明时节之雨。王庭珪《桃源忆故人》:“催花一霎清明雨。留得春风且住。”

③ 倚遍阑干:宋词中凡云“倚阑”“凭阑”“倚楼”“倚遍阑干”,犹云凝望,皆为念远怀人之义。

④ 芳树:一作“芳草”,不叶韵。泛指佳木,花木。阮籍《咏怀》八十二首其十三:“芳树垂绿叶,清云自逶迤。”

⑤“望断”句:望断,向远处望直至看不见。韦庄《木兰花》:“独上小楼春欲暮,望断玉关芳草路。”

【评析】

此词,录自彭氏抄本。汪本有词题作“闺思”,《古今女史》作“闺怨”。

陈祖美先生认为,此词写作地点在青州的可能性更大,甚至可以说，这首词的规定情境只能在赵明诚离开青州以后。写作时间大致在清明过后的“花事了”的季节。徐培均《笺注》本则谓：屏居青州后，明诚常外出寻访古迹，有《长清灵岩寺题名》曰：“丙申（1116）三月四日，复过此。”三月四日正春雨“催花”之际，词当作于是时。

词写惜春与怀人之情。结构简当：上片由情及景，在抒情中写景；下片在写景中抒情。其情思，与韦庄的两首《应天长》相仿：

绿槐阴里黄莺语。深院无人春昼午。画帘垂，金凤舞。寂寞绣屏香一炷。　　碧天云，无定处。空有梦魂来去。夜夜绿窗风雨。断肠君信否。

别来半岁音书绝。一寸离肠千万结。难相见，易相别。又是玉楼花似雪。　　暗相思，无处说。惆怅夜来烟月。想得此时情切。泪沾红袖黦。

后来，王士禛的和作，题作“春词”，写来生动如画，又景中含情：

水满春塘，柳绵又蘸黄金缕。燕儿来去。阵阵梨花雨。　　情似黄丝，历乱难成绪。凝眸处。白蘋青草，不见西洲路。

相比而言，许德蘋的和作就显得比较平浅：

为惜韶华，劝君把酒歌金缕。送春归去。都半风和雨。　　有雁南飞，只是添离绪。人何处。曲堤深树。梦绕青青路。

念奴娇[①]

萧条庭院，又斜风细雨[②]，重门须闭[③]。宠柳娇花寒食近[④]，种种恼人天气[⑤]。险韵诗成[⑥]，扶头酒醒[⑦]，别是闲滋味。征鸿过尽，万千心事难寄[⑧]。　　楼上几日春寒，帘垂四面，玉阑干慵倚。被冷香消新梦觉，不许愁人不起。清露晨流，新桐初引[9]，多少游春意。日高烟敛，更看今日晴未。

【注释】

① 念奴娇：《碧鸡漫志》云大石调，又转入道调宫，又转入高宫大石调。姜夔词注双调。元高拭词注大石调，又大吕调。苏轼“赤壁怀古”词有“大江东去，一樽还酹江月”句，因名《大江东去》，又名《酹江月》，又名《赤壁词》，又名《酹月》。曾觌词名《壶中天慢》。戴复古词有“大江西上”句，名《大江西上曲》。姚述尧词有“太平无事，欢娱时节”句，名《太平欢》。韩淲词有“年年眉寿，坐对南枝”句，名《寿南枝》，又名《古梅曲》。姜夔词名《湘月》，自注即《念奴娇》鬲指声。张辑词有“柳花淮甸春冷”句，名《淮甸春》。米友仁词名《白雪词》。张翥词名《百字令》，又名《百字谣》。丘长春词名《无俗念》。游文仲词名《千秋岁》。《翰墨全书》词名《庆长春》，又名《杏花天》。此调有平韵、仄韵二体，句读参差，大同小异，可各以类列。

② “萧条”二句：萧条，寂寞冷落。《楚辞·远游》：“山萧条而无兽兮，野寂漠其无人。”又，一作“有”。斜风细雨，形容小的风雨。张志和《渔歌子》：“青箬笠，绿蓑衣。斜风细雨不须归。”

③ “重门”句：重门，指屋内的门。张元幹《怨王孙》：“红潮醉脸，半掩花底重门。”须闭，一作“深闭”。

④ 宠柳娇花：春天受到人们宠爱的杨柳百花。娇花，一作“娇莺”。

⑤ 恼人天气：谓春色之令人烦恼。罗隐《春日叶秀才曲江》：“春色恼人遮不得，别愁如疟避还来。”

⑥ 险韵：韵部中字少而艰僻之韵。逞才者多喜作险韵诗。苏轼《次韵舒尧文祈雪雾猪泉》：“怪词欲逼龙飞起，险韵不量吾所及。”

⑦ 扶头酒：使人易醉的烈性酒。俞平伯《唐宋词选释》云：“古人于

卯时饮酒称卯酒，亦名‘扶头酒’……扶头原义当为醉头扶起。‘扶头酒’是一复合的名词。宿酲未解，更饮早酒以投之，所用只是较淡的酒，以此种饮法能发生和解作用，故亦以‘扶头’称之……易安此句当亦然。”俞氏以为扶头酒乃“薄酒”、“淡酒”，可备一说。

⑧“征鸿”二句：征鸿，一作“飞鸿”。征雁。江淹《赤亭渚》：“远心何所类，云边有征鸿。”难寄，一作“谁寄”。

⑨“清露”二句：《世说新语·赏誉》：“王恭始与王建武甚有情，后遇袁悦之间，遂致疑隙，然每至兴会，故有相思时。恭尝行散至京口射堂，于时清露晨流，新桐初引，恭目之曰：‘王大故自濯濯。’”新桐，一作“疏桐”。初引，初生，初长。

【评析】

此词，录自彭氏抄本。《花庵词选》《阳春白雪》、汪本（调名作《壶中天慢》）俱有词题作“春情”。《类编草堂诗馀》卷三、《花草粹编》卷十、《古今词统》、《彤管遗编》续集、《古今女史》作“春日闺情”。

此词，黄墨谷《重辑》本以为“当作于宣和三年（1121），时清照在青州”。陈祖美先生认为“作于赵家人已经离开青州，特别是赵明诚业已外出做官之后”。徐培均《笺注》本则谓：于《谱》云：“政和六年（1116），三十三岁。三月四日，明诚再游灵岩寺。”此寺有明诚题名，末云：“丙申三月四日复过此，德父记。”时近寒食。故李清照词云：“宠柳娇花寒食近，种种恼人天气。”因知词当作于此时。

词写落寞心绪，情深语浅。其中“宠柳娇花”句，历来颇受关注。比较有代表性的说法，如黄昇《花庵词选》所评：“前辈尝称易安‘绿肥红瘦’为佳句，余谓此篇‘宠柳娇花’之语，亦甚奇俊，前此未有能道之者。”后人所论，即便有所不同，也都基本上是以黄氏此论为基础。如许昂霄《词综偶评》谓：“此词造语，固为奇俊，然未免有句无章。

旧人不加评驳，殆以其妇人而恕之耶？”“有句无章”即有句无篇，“有句”说明许氏是基本肯定黄昇的看法的，“无章”则是由此而牵引出的另外一个问题，却又并未就此进一步阐述。善写离情之易安，此词实已酿造出“千回百折之词心”（龙榆生《漱玉词叙论》），本不可遽谓为“无章”。不仅如此，许评还扯出了另一个不太相干的“以其妇人而恕之”的问题。说不太相干，是因为在大多数的情况下，大多数的评论者在评论李清照词时，其实已经不再刻意强调其女性身份。又，陈廷焯《白雨斋词话》卷二有云：“‘宠柳娇花’之句，黄叔旸叹谓前此未有能道之者。此语殊病纤巧，黄氏赏之亦谬。宋人论词，且多左道，何怪后世纷纷哉？”“纤巧”，当指艺术风格上的小巧柔弱，尽管与黄昇的看法明显相左，也还算是在见仁见智的范畴内。跟随后所言“左道”云云决然不同，并且给人以不知所谓之感。

相比而言，王士禛的和作以及彭孙遹的和作：

疏风嫩雨，正撩人时节，屠苏深闭。几日园林春渐老，偏是莺声花气。红友樽残，青奴梦醒，寂寞浑无味。关山万里，飘摇尺素谁寄。

香阁曲曲回栏，残朱零落，都为伤春倚。厌说鸳鸯还待阙，绣被朝朝孤起。额浅鸦黄，眉锁螺碧，禅尽相思意。春来情思，小姑将次知未。

深闺岑寂，见朱扉曲曲，铜龙双闭。坐觉春阴寒尚峭，不断氤氲炉气。远岫低云，浓花著雨，可是伊风味。红笺小叠，此情何处相寄。

朝暮镇是无聊，湘娥泪湿，空向花枝倚。病里腰肢慵似柳，尽日三眠三起。芍药栏前，清和时候，约诉缠绵意。眼看春尽，那人应是归未。

虽然用力非浅，但都词境平平。许德蘋的和作，调作《壶中天》，题作“春情”，则更如“娇女步春”（王又华《古今词论》引毛先舒语），却也并不絮叨：

燕娇莺懒，正愁晴怨雨，纹窗深闭。撩乱春光三月暮，处处袭人花气。力弱萍飘，情深絮泊，做就相思味。横琴曲罢，旧时怀抱堪寄。

还把一卷新词，柔肠宛转，叹新声难倚。瞥见风筝天外影，悄共离魂飞起。桃绶拖红，苔钱砌绿，犹惹深深意。竹间烟袅，不知茶熟还未。

木兰花令[1]

沉水香消人悄悄[2]。楼上朝来寒料峭[3]。春生南浦水微波[4]，雪满东山风未扫。　　金尊莫诉连壶倒[5]。卷起重帘留晚照[6]。为君欲去更凭栏，人意不如山色好[7]。

【注释】

① 木兰花令：唐教坊曲名。《太和正音谱》注高平调。按，《花间集》载《木兰花》《玉楼春》两调，其七字八句者，为《玉楼春》体，《木兰花》则韦词、毛词、魏词共三体，从无与《玉楼春》同者。自《尊前集》误刻以后，宋词相沿，率多混填。

② “沉水”句：沉水，香料名。李清照《菩萨蛮》：“沉水卧时烧，香消酒未消。”

③ 料峭：形容微寒。陆龟蒙《京口》：“东风料峭客帆远，落叶夕阳天际明。”

④ 春生南浦：江淹《别赋》：“春草碧色，春水渌波，送君南浦，伤如之何！”南浦，南面的水边。后常用以称送别之地。屈原《九歌·河伯》：“子交手兮东行，送美人兮南浦。”王逸注：“愿河伯送己南至江之涯。”

⑤ 金尊莫诉：诉，原误作“欣”。劝酒之辞。莫诉，不要推辞饮酒，或云“满”，或云“醉”，皆所诉之内容。如韦庄《上行杯》：“珍重意，莫辞醉。”又《菩萨蛮》：“须愁春漏短，莫诉金杯满。”“诉”与“辞”通，视格律之平仄而选用。

⑥“卷起”句：李清照《浣溪沙》：“小院闲窗春色深，重帘未卷影沉沉。”此处反其意而用之。晚照，夕阳的余辉。刘裕《七夕》二首其一：“白日倾晚照，弦月升初光。”宋祁《玉楼春》：“为君持酒劝斜阳，且向花间留晚照。”

⑦“人意”句：以人意之无聊反衬山色之美好。人意，人的意愿、情绪。《诗·小雅·无羊》：“麾之以肱，毕来既升。”郑玄笺：“此言扰驯，从人意也。”

【评析】

此词，录自《天机馀锦》卷二。

徐培均《笺注》本认为：“依词情推断，当为清照所作。”又谓：盖作于屏居青州期间。政和六年（1116）三月四日，赵明诚复过长清灵岩寺，有题名一则。当是在半月前自青州出发，气候尚冷，故清照词云“楼上朝来寒料峭”“为君欲去更凭栏”。

词写小别所引起的怅触情绪，诸家解读无异辞，而能以平常自然文句道之，恰如其分（徐北文《李清照全集评注》），是其长处。其中，“雪满东山风未扫”句，或系回想此前夫君出行的途经之地，至今白雪未消，寒气砭人，以见其此去路途之艰辛（王英志编选《李清照集》）。结句“人意不如山色好”，乃是以惆怅情怀收束全篇，却也能透出些许亮色，风度可赏。

《天机馀锦》旧题“程敏政编”，今藏台北“国家图书馆”。有关此书的最新研究成果，一是朱志远《〈天机馀锦〉新考》（载《文学遗产》2012 年第 2 期）一文，谓：早在元代就有《天机馀锦》一书，所谓明抄本《天机馀锦》，当为据元本《天机馀锦》改窜而成。二是熊言安《蓝格抄本〈天机馀锦〉新考》（载《学术研究》2017 年第 5 期）一文，认为：蓝格抄本《天机馀锦》有二次作伪情况，成书于明万历至崇祯年间，与嘉靖分调本《类编草堂诗馀》成书时间无涉。又,《天机馀锦》所录李清照词,除此首《木兰花令》以外,尚有六首:卷二《浣溪沙》(小院闲窗春色深),卷三《生查子》(年年玉镜台)、《如梦令》(昨夜雨疏风骤)(常记溪亭日暮),卷四《武陵春》(风住尘香花已尽)、《醉花阴》(薄雾浓云愁永昼)。其中,《生查子》一首是否为易安词,疑不能明,而《浣溪沙》中透出的淡淡感伤之怀,似亦可与同收于卷二的易安此词参读。

蝶恋花(其一)

泪揾征衣脂粉暖①。四叠阳关②,唱了千千遍。人道山长水又断③。萧萧微雨闻孤馆④。　　惜别伤离方寸乱⑤。忘了临行,酒盏深和浅。若有音书凭过雁⑥。东莱不似蓬莱远⑦。

【注释】

①"泪揾(wèn)"句:泪揾,一作"泪湿"。辛弃疾《水龙吟》:"倩何人唤取,红巾翠袖,揾英雄泪。"征衣,一作"罗衣"。旅人之衣。时清照出行,故称。岑参《南楼送卫凭》:"应须乘月去,且为解征衣。"脂粉暖,一作"脂粉满"。

②四叠阳关:四叠,一作"三叠"。一般称阳关三叠,古为送别曲,以王维《送元二使安西》诗为歌辞。苏轼《题跋·记阳板第四声》:"旧传《阳关三叠》,然今歌者,每句再叠而已,通一首言之,又是四叠。皆非是。或每句三唱,以应三叠之说,则丛然无复节奏。余在密州,有文勋长官,以事至密,自云得古本《阳关》,其声宛转凄断,不类向之所闻,每句皆再唱,

而第一句不叠。乃知唐本三叠盖如此。及在黄州，偶读乐天《对酒》诗云：'相逢且莫推辞醉，新唱阳关第四声。'注：'第四声：劝君更尽一杯酒。'以此验之，若第一句叠，则此句为第五声矣。今为第四声，则第一不叠，审矣。"李清照云"四叠"，盖从白居易及苏轼之说。

③"唱了"二句：唱了，一作"听到"，一作"唱到"。人道，一作"人到"。

④"萧萧"句：萧萧，一作"潇潇"。微雨，一作"风雨"。孤馆，孤寂的客舍。许浑《瓜洲留别李诩》："孤馆宿时风带雨，远帆归处水连云。"

⑤方寸乱：谓心绪烦乱。方寸，本指一寸见方的心部。又作寸心。《列子·仲尼》："吾见子之心矣，方寸之地虚矣。"

⑥"若有"句：若有，一作"好把"。音书凭过雁，典出《汉书·苏武传》："匈奴与汉和亲。汉求武等，匈奴诡言武死。后汉使复至匈奴，常惠请其守者与俱，得夜见汉使，具自陈道。教使者谓单于，言天子射上林中，得雁，足有系帛书，言武等在某泽中。"后因称鸿雁传书。

⑦"东莱"句：东莱，郡名。春秋时莱子国，因在齐国之东，故名东莱。汉初置东莱郡，属青州。隋初改为莱州。旧又称掖县。时赵明诚知莱州。蓬莱，传说中的渤海三神山之一。

【评析】

此词，原载宋曾慥《乐府雅词》卷下，无词题，此据王仲闻《校注》本校补。

《校注》本云："此首别见元刘应李《事文类聚翰墨大全》后丙集卷四，无撰人姓氏，题作'晚止昌乐馆寄姊妹'。……此首既见于宋曾慥《乐府雅词》，题李易安作，而曾慥又与易安同时，必无错误。《诗女史》等以为延安夫人作，皆非。"又云："此首殆为宣和三年辛丑八月间清照由青州至莱州途中宿昌乐寄姊妹所作。按地理图，由青至莱，须经昌乐。……《翰墨大全》所题'暂止昌乐馆寄姊妹'，恐为原题。《诗女史》等误以‘昌乐馆’为‘乐昌馆’,《闽词钞》至误作‘东昌馆’,鲁鱼亥豕,不可究诘矣。词中有‘萧萧微雨闻孤馆’句,必清照在旅途中作也。”李清照有《感怀》诗,序称“宣和辛丑八月十日到莱”,可证止昌乐馆乃八月上旬。

此词上、下片前三句都是写离别时的情景,后两句都是写旅途中的心情,但又有差别。上片前三句重在自绘外在表现,下片前三句意在表露内心活动;上片后两句放笔写愁思,下片后两句“寄意于希望”(龚克昌语)。从而使整首词前后呼应对照,并列对称,秩序井然。又,词中伤离情绪似乎远远超出了姐妹相别的程度,而且李清照虽然内心孤独痛苦,却又在极力排遣,甚至故作淡泊宽解语,以至于有人误以为这首词是写寄给丈夫赵明诚的。

有关结句中的“蓬莱”之事,陈祖美先生认为:注家或引《史记·封禅书》,或引《汉书·郊祀志》,认为是指渤海中的蓬莱、方丈、瀛洲三神山。这样注释虽不能算错,但对于李清照所赋予它的特定含义来说,谓此“蓬莱”为一神山仍不够确切。其原因乃是把“蓬莱”只作为一般的典故看,“没有看到在那上面沾有李清照的‘指纹’”。看来这首《蝶恋花》中的“蓬莱”,与李清照前此不久所写的《凤凰台上忆吹箫》中的“武陵”同义,所蓄之旨,都是妻子担心丈夫有“天台之遇”。同一个赵明诚,既然彼时可以把他称为“武陵人”,此时为何不可以称为“蓬莱客”呢?不管彼时抑或此时,词人最担心的都是丈夫可能与刘、阮为伍。惟因词写得深婉,怨情被离情掩盖了而已。可备一说。

相比而言,许德蘋的和作,同样写离情,但至少在布局上,便不如原作那样极具匠心:

重记征衫清泪满。为忆人人,寻梦天涯遍。不觉自家肠已断。从新又到吟花馆。　　帘影迷离钗影乱。花落花开,斟酌愁深浅。多少愁怀分付雁。天涯虽近归期远。

蝶恋花[1]（其二）

暖雨和风初破冻[2]。柳眼梅梢[3]，已觉春心动[4]。酒意诗情谁与共。泪融残粉花钿重[5]。　　乍试夹衫金缕缝[6]。山枕斜欹[7]，枕损钗头凤[8]。独抱浓愁无好梦。夜阑犹剪灯花弄[9]。

【注释】

① 蝶恋花：唐教坊曲，本名《鹊踏枝》，宋晏殊词改今名。《乐章集》注小石调。赵令畤词注商调。《太平乐府》注双调。冯延巳词有“杨柳风轻，展尽黄金缕”句，名《黄金缕》。赵令畤词有“不卷珠帘，人在深深院”句，名《卷珠帘》。司马槱词有“夜凉明月生南浦”句，名《明月生南浦》。韩淲词有“细雨吹池沼”句，名《细雨吹池沼》。贺铸词名《凤栖梧》。李石词名《一箩金》。衷元吉词名《鱼水同欢》。沈会宗词名《转调蝶恋花》。

② “暖雨”句：暖雨，一作“暖日”。和风，一作“晴风”，一作“清风”。温和的风。多指春风。阮籍《咏怀》十三首其一：“清阳曜灵，和风容与。”

③ 柳眼梅梢：柳眼，一作“柳润”。柳叶初生似眼。元稹《生春》二十首其九：“何处生春早，春生柳眼中。”梅梢，一作“梅轻”，一作“梅腮”。

④ 春心：一作“春风”。兼指人与物。李商隐《无题》：“春心莫共花争发，一寸相思一寸灰。”

⑤ 花钿：用金宝镶成的花形首饰，或贴在鬓颊上的花形薄金片。又称“花子”。成彦雄《柳枝辞》：“鹅黄剪出小花钿，缀上芳枝色转鲜。”欧阳修《于刘功曹家见杨直讲褒女奴弹琵琶戏作呈圣俞》：“客来呼儿旋梳洗，满额花钿贴黄菊。”高承《事物纪原》卷三：“《酉阳杂俎》曰：‘今妇人面饰用花子，起自唐上官昭容所制，以掩点迹也。’按隋文宫贴五色

花子，则前此已有此制矣，似不起于上官氏也。《杂五行书》曰：'宋武帝女寿阳公主，人日卧于含章殿檐下，梅花落额上，成五出花，拂之不去，经三日洗之乃落。宫女奇其异，竞效之。花子之作，疑起于此。"

⑥ 夹衫：一作"夹衣"。李贺《酬答》二首其一："金鱼公子夹衫长，密装腰鞓割玉方。"

⑦ 山枕斜欹（qī）：山枕，一作"鸳枕"。两端隆起、中间低凹的枕头。孙蕙楠《榴枕赋》："蜿若蟠虬，翻似交鹤。氤氲云雾，旁成山岳。"温庭筠《更漏子》："山枕腻，锦衾寒。觉来更漏残。"斜欹，一作"欹斜"。倾斜。孙光宪《浣溪沙》："乌帽斜欹倒佩鱼，静街偷步访仙居。"

⑧ 钗头凤：饰有凤凰的金钗。

⑨ 夜阑：夜残，夜将尽时。杜甫《羌村三首》其一："夜阑更秉烛，相对如梦寐。"《宋孝武宣贵妃诔》："白露凝兮岁将阑。"李善注："阑，犹晚也。"

【评析】

此词，原载宋曾慥《乐府雅词》卷下、宋黄昇《花庵词选》卷十。汪本有词题作"离情"。

黄墨谷《重辑》本卷二以为："此词笔力雄健，非清照少作。词意乃离情，当作在宣和三年（1121）春居青州时。"陈祖美先生认为："此首亦当作于赵明诚屏居十年后重新出仕、李清照独自仍居青州之时。"徐培均《笺注》本谓：考《宋会要辑稿·职官》四十九引《续国朝会要》，明诚兄思诚此时已官中书舍人，并上书言添差兵马都监事。然明诚此时尚未起复。未几，明诚知莱州。秋，清照经昌乐赴莱，有《蝶恋花》词寄姊妹，八月十日到莱，有《感怀》诗，序云："宣和辛丑（1121）八月十日到莱，独坐一室。"可见赴莱州任之前，明诚未曾出仕，而系出外漫游。此词"独抱浓愁无好梦""酒意诗情谁与共"云云，当指明诚漫游在外。其时或在本年春初。

词作中颇值得注意的是以乐景写哀情的表现手法。这是中国古代诗歌创作中,很早就已经贯穿着的充满艺术辩证法的表现方式。与以哀景写乐情属于同一个问题的两个相辅相成的方面。最为典型的例子,莫过于《诗·小雅·采薇》:“昔我往矣,杨柳依依。今我来思,雨雪霏霏。”意思是说依依杨柳,惹人沉醉,却是黯然别离之时;霏霏雨雪,寒意袭人,竟是征人还乡之际。这种写法,后来成为一种传统,也被词人们很好地继承下来了。如李煜的《采桑子》:

亭前春逐红英尽,舞态徘徊。细雨霏微。不放双眉时暂开。绿窗冷静芳音断,香印成灰。可奈情怀。欲睡朦胧入梦来。

末二句写万般无奈,朦胧入睡,却见伊人入梦来。对此,清初学者王夫之在其《姜斋诗话》中作了理论性的概括:“以乐景写哀,以哀景写乐,一倍增其哀乐。”易安此词也因此而取得了非凡的艺术效果。

陈廷焯曾说:“宋闺秀词自以易安为冠。”(《白雨斋词话》卷六)但又紧接着说:“葛长庚词脱尽方外气,李易安词却未能脱尽闺阁气。”陈祖美先生认为:如果这是一种微辞,那么,这首《蝶恋花》恰好证明这一隐约的批评是说中了的。这首词确实使人感到闺阁气(包括脂粉气)甚重,诸如“泪融残粉花钿重”“乍试夹衫金缕缝。山枕斜欹,枕损钗头凤”,但这又是与作者的身世生活有关的。话说回来,要一个封建时代的大家闺秀填词脱掉闺阁气,而且要“脱尽”,这哪能做得到呢?

后来,王士禛的和作,因不免流于假想和模拟,而有“深于梁、陈”(谭献《箧中词》卷一)之评,即被认为是一首有宫体诗意味的艳词:

凉夜沉沉花漏冻。欹枕无眠,渐听荒鸡动。此际闲愁郎不共。月移窗罅春寒重。　　忆共锦裯无半缝。郎似桐花,妾似桐花凤。往事迢迢徒入梦。银筝断绝连珠弄。

词中“郎似桐花，妾似桐花凤”二句的暗示性贴切比喻，为王氏赢得“王桐花”之誉，也与原作“独抱”末二句的“入神”（贺裳《皱水轩词筌》）至言，颇有一比。许德蘋的和作，题作“离情”，似亦不及原作之雍容深婉远甚：

欲写离情呵手冻。蓦地东风，催促征帆动。今夜酒杯何处共。蓬窗应怯霜威重。　衣上泪珠穿线缝。拍遍阑干，歌遍钗头凤。道是夜长圆好梦。那知空有琴三弄。

殢人娇[①]　后庭梅花开有感[②]

玉瘦香浓，檀深雪散[③]。今年恨、探梅又晚[④]。江楼楚馆[⑤]，云闲水远。清昼永、凭栏翠帘低卷。　坐上客来，尊中酒满[⑥]。歌声共、水流云断。南枝可插，更须频剪。莫直待、西楼数声羌管[⑦]。

【注释】

①殢人娇：《乐章集》注林钟商。

②后庭：一作“后亭”。房室的后院。此当指江宁郡斋后院。

③“玉瘦”二句：玉瘦，谓白梅开始萎谢。向子諲《梅花引》：“伤春玉瘦慵梳掠。抛掷琵琶闲处著。”檀深，指檀香梅。

④“今年”句：探梅，赏梅。吕本中《踏莎行》：“记得旧时，探梅时节。”又晚，一作“较晚”。

⑤楚馆：楚地的馆舍。泛指旅舍。赵抃《和戴天使重阳前一夕宿长沙驿》：“楚馆夜衾凉，离人念故乡。”

⑥“坐上”二句：尊中，一作“尊前”。化用《后汉书·孔融传》：“坐

上客恒满，尊中酒不空。”

⑦“更须”二句：更须，一作“便须”。无名氏《庆清朝》：“尊前坐曲，忍听羌管频吹。”直待，一直等到。司空图《杨柳枝寿杯词》十八首其七：“直待玉窗尘不起，始应金雁得成行。”

【评析】

此词，录自彭氏抄本，原无词题，此据《花草粹编》卷七校补。

赵万里《校辑》本案云：“《梅苑》九引上阕，不注撰人。《花草粹编》题作李词者，其所据《梅苑》，殆较今本为善故也。兹并校之。”王仲闻《校注》本列为存疑之作，云：“按旧本《梅苑》，今不可见。传本《梅苑》既不注撰人姓名，或《花草粹编》误题清照姓名，亦不可知。只能存疑。”徐培均《笺注》本谓：王系揣测之辞，应从赵说作李词。《梅苑》成书于建炎三年（1129）冬，其收李词当可信，不可因今人未见原刻本而妄加否定。

此词，黄墨谷《重辑》本卷二以为“大观二年屏居邻里至建炎元年南渡以前之作”。《笺注》本则谓：据词中“江楼楚馆”为江南建筑物之美称，知当为建炎二年（1128）春日，李清照抵江宁未久时作。至三年二月，赵明诚罢守江宁，易安不可能有此心情矣。

词写见后院梅开，先独自一人赏梅，又宴请众宾客且“探梅”。词作一再表达对眼前梅花的珍惜，是因为当时金兵即将南下，宋朝形势紧迫，词人心怀隐忧，感到像这样与南来亲族等来客开心赏花的日子不多了。尤其是歇拍，由咏梅而及政治时局，有画龙点睛之能。

相比而言，许德蘋的同题和作，就做不到像原作那样提升词格：

额粉新妆，胭霞乍散。犹深喜、占春未晚。琼楼玉馆，情深意远。池上影、梨云被风吹卷。　　长笛一声，阳关雪满。香浓处、几回肠断。天涯欲赠，为谁轻剪。怎枉费、连番凤笺湘管。

蝶恋花　上巳召亲族[①]

永夜厌厌欢意少[②]。空梦当时，认取长安道[③]。为报今年春色好。花光月影宜相照。　随意杯盘虽草草[④]。酒美梅酸，恰称人怀抱[⑤]。醉莫插花花莫笑。可怜春似人将老[⑥]。

【注释】

①词题中"上巳"，农历三月初三日。亲族，指家属及同宗族的人。元稹《与史馆韩侍郎书》："岁馑则力穑节用，以给足亲族。"

②"永夜"句：永夜，长夜。骆宾王《别李峤得胜字》："寒更承永夜，凉景向秋澄。"厌厌，通"恹恹"。精神不振貌。《世说新语·品藻》："曹蜍、李志虽见在，厌厌如九泉下人。"

③"空梦"二句：当时，一作"长安"。指南渡前崇宁间在汴京时。长安，本汉唐故都，宋人多借指汴京。

④"随意"句：王安石《示长安君》："草草杯盘供笑语，昏昏灯火话平生。"草草，草率，简单。此言酒食不丰盛。

⑤"酒美"二句：酒美梅酸，宴中用梅，可以解酒。恰称，恰好适合。吴仁璧《秋日听僧弹琴》："恰称秋风西北起，一时吹入碧湘烟。"怀抱，心意。杜甫《遣兴》五首其三："有子贤与愚，何其挂怀抱。"

⑥"醉莫"二句：宋人有簪花习俗。《宋史·舆服五》："幞头簪花，谓之簪戴。中兴，郊祀、明堂礼毕回銮，臣僚及扈从并簪花，恭谢日亦如之。大罗花以红、黄、银红三色，栾枝以杂色罗，大绢花以红、银红二色。罗花以赐百官，栾枝，卿监以上有之；绢花以赐将校以下。太上两宫上寿毕，及圣节、及锡宴、及赐新进士闻喜宴，并如之。"女子簪花则更为常见。

【评析】

此词，录自彭氏抄本，原无词题，此据《花草粹编》卷七校补。

此词，黄墨谷认为建炎三年(1129)上巳作于建康。徐培均《笺注》本则谓：此词建炎二年(1128)三月上巳作于江宁。李清照于建炎元年冬南下，次年春抵江宁，三月十日，赵明诚跋清照携来之赵氏神妙帖。至三年春二月，明诚罢守江宁。在此期间，唯建炎二年上巳可能召亲族。所召亲族，盖有清照之弟李迒、明诚兄思诚、存诚、妹及妹夫李擢、中表谢克家及其子谢伋等。

词写清照召集亲族聚会宴饮。但美好的春光月色，意在消愁的酒宴，却并未给词人带来欢快，反而更勾起旧家难归的惆怅和对故国的深沉思念。

如此丰富的思想内容，深厚的感伤情绪，写得委婉曲折，层层深入，而又笔意浑成，具有“长调铺叙的气势”(黄墨谷语)。李清照曾在其《词论》中评价晏几道词“苦无铺叙”，说明她对自己很看重的词作“铺叙”本领是相当自信的，包括像这首《蝶恋花》这样十分讲究铺叙的小令。

必须指出的是，晏几道的词，即便是小令，也并不像李清照批评的那样“苦无铺叙”，如《蝶恋花》：

梦入江南烟水路。行尽江南，不与离人遇。睡里消魂无说处。觉来惆怅消魂误。　　欲寄此情书尺素。浮雁沉鱼，终了无凭据。却倚缓弦歌别绪。断肠移破秦筝柱。

词写因思念而入梦，入梦却不见，不见仍销魂，销魂更惆怅。于是弄琴倾诉，无奈意乱心烦，最终弦断音希，而情思绵绵难止。全篇转折跌宕，极见高超词艺，又韵味无穷。这便是刘永济《唐五代两宋词简析》中所说的“能于小令之中，具有长调之气格”，即将长调铺叙中的腾挪、转折、顿挫等章法追求，与短篇之中传达丰富思致的小令家法结合起来。跟后来李清照的这首同调之作一道，都是对小令艺术的创造性发展。

仅以作品内容而言，许德蘋的和作跟原作相比，只是写出了一种自伤怀抱之“幽情”：

如梦韶光晴较少。一种幽情，却向谁人道。阶下海棠颜色好。卷帘自把菱花照。　　欲写无聊闲起草。梅子黄时，最觉伤怀抱。四面有山皆欲笑。笑侬也似春将老。

小重山[①]

春到长门春草青[②]。江梅些子破、未开匀[③]。碧云笼碾玉成尘[④]。留晚梦，惊破一瓯云[⑤]。　　花影压重门。疏帘铺淡月、好黄昏。二年三度负东君。归来也，著意过今春[⑥]。

【注释】

① 小重山：《宋史·乐志》：双调。李邴词名《小冲山》。姜夔词名《小重山令》。韩淲词有“点染烟浓柳色新”句，名《柳色新》。

② “春到”句：用薛昭蕴《小重山》成句。长门，汉代冷宫。比喻被冷落。《长门赋序》：“孝武皇帝陈皇后时得幸。颇妒，别在长门宫，愁闷悲思。闻蜀郡成都司马相如，天下工为文。奉黄金百斤，为相如、文君取酒，因于解悲愁之辞。而相如为文以悟主上，陈皇后复得亲幸。”《汉书·外戚传》：“初，武帝得立为太子，长主有力，取主女为妃。及帝即位，立为皇后，擅宠骄贵，十余年而无子，闻卫子夫得幸，几死者数焉。上愈怒。后又挟妇人媚道，颇觉。元光五年，上遂穷治之，女子楚服等坐为皇后巫蛊祠祭祝诅，大逆无道，相连及诛者三百余人，楚服枭首于市。使有司赐皇后策曰：

‘皇后失序，惑于巫祝，不可以承天命。其上玺绶，罢退居长门宫。’”

③“江梅”句：些子，一点儿。宋时方言。李白《清平乐》：“花貌些子时光，抛入远泛潇湘。”

④“碧云笼”句：碧云笼，一作“碧云龙”。谓贮藏茶叶的器皿。碧云，言其色青。宋时又称“密云笼”。如张镃《煎白云茶二首》其二：“玉食会当陪上苑，贵名高冠密云笼。”宋人饮茶，碾碎再罗，然后入汤。蔡襄《茶录》：“碾茶，先以净纸密裹捶碎，然后熟碾。其大要，旋碾则色白，或经宿则色已昏矣。”故云“碾玉成尘”。

⑤一瓯云：一盏茶。瓯云，一作“瓯春”。

⑥“归来也”二句：盼赵明诚归来同赏春光。著意，宋时方言，犹云注重。辛弃疾《卜算子》：“著意寻春不肯香，香在无寻处。”

【评析】

此词，原载宋曾慥《乐府雅词》卷下。

黄墨谷《重辑》本以为此词乃“大观元年以前之作”。然词中“江梅些子破”，分明江南景物，而非北方所有，据知黄说不确。徐培均《笺注》本谓：词写闺怨，当作于建炎二年（1128），时李清照初到江宁。

起句“春到长门春草青”有可说处。李清照《金石录后序》云：“（建炎三年）八月十八日，（明诚）遂不起，取笔作诗，绝笔而终，殊无分香卖履之意。”其中，“分香卖履”用曹操故事，暗寓明诚曾纳妾。陈祖美《李清照评传》更谓：“如果赵明诚压根没有蓄妾之事，那么这里借用曹操对其妻妾的遗嘱，就很不得体。”据知词中用“长门”事，盖为此。陈祖美先生解易安词，屡屡述及“婕妤之悲”，盖亦以此。

不过，“长门”一典，也可以是活用，指明诚外出，清照一人孤处，有似于陈皇后的别处长门宫。结合词末“二年三度负东君。归来也”云云，似亦并非全无道理：外出“已有二年”（靳极苍语）的丈夫将要归来，清照心中喜悦，故作此词以抒此情。

当然，“二年”句，《笺注》本也有不同的理解：建炎元年春三月，赵明诚奔母丧南下；十二月金人陷青州，清照仓皇奔窜，二年春抵江宁；三月十日，明诚在其携来之蔡襄所书《赵氏神妙帖》上题跋。在此二年中，因时局动乱，常与明诚离别，而甫至江宁，惊魂未定，故无心赏春，辜负东君。所谓“三度”，指靖康二年、建炎元年及二年。其中靖康二年、建炎元年实属一年，即1127年。依年号故又称“二年”。关键词句的不同理解，往往会直接影响到对作品主题的整体把握，也正是“诗无达诂”的缘由或表现之一。

与此相类似，许德蘋看上去是写闺怨的和作，却也因其中“望仙门”“嫁昭君”云云，而在主题的表达上变得有些许摇曳、模糊：

杨柳枝头舒眼青。桃花初点注、脸霞匀。一溪风外卷香尘。思缥缈，落日淡微云。　　听唱望仙门。阿谁声细细、背灯昏。胡沙路远嫁昭君。年年恨，辜负一家春。

添字丑奴儿[①]　芭蕉

窗前谁种芭蕉树，阴满中庭[②]。阴满中庭。叶叶心心，舒卷有余情[③]。　　伤心枕上三更雨，点滴凄清[④]。点滴凄清。愁损北人，不惯起来听[⑤]。

【注释】

① 添字丑奴儿：《丑奴儿》，即《采桑子》。唐教坊曲，有《杨下采桑》，调名本此。《尊前集》注羽调。《乐府雅词》注中吕宫。李煜词名《丑奴儿令》。冯延巳词名《罗敷媚歌》。贺铸词名《丑奴儿》。陈师道词名《罗

敷媚》。此名“添字”，即前、后段第三句叠上句，两结句各添二字。

② 中庭：庭院，庭院之中。鲍照《梅花落》：“中庭杂树多，偏为梅咨嗟。”

③“舒卷”句：舒卷，舒展和卷缩。王融《同沈右率诸公赋鼓吹曲二首》其一《巫山高》：“烟霞乍舒卷，蘅芜时断续。”余情，一作“余清”。

④ “伤心”二句：宋无名氏《眉峰碧》：“薄暮投村驿。风雨愁通夕。窗外芭蕉窗里人，分明叶上心头滴。”凄清，一作“霖霪”。

⑤“愁损”二句：愁损，犹愁杀。郑子玉《八声甘州慢》：“最苦夕阳天外，愁损倚栏人。”北人，一作“离人”。泛称北方之人。王安石《红梅》：“北人初未识，浑作杏花看。”不惯，不习惯。

【评析】

此词，录自彭氏抄本。汪本据《全芳备祖》后集卷一三“芭蕉门”补钞。《花草粹编》卷二、《历代诗馀》卷一九调作《添字采桑子》，《广群芳谱》卷八九作《采桑子》。

陈祖美先生认为此词作于“定居杭州后的生命途程的末后几年中，从初夏到盛夏的一段时间内”。徐培均《笺注》本谓为初到江南不久之作，观歇拍可知。

李清照于建炎二年（1128）春南渡至江宁，不久即为江南梅雨季节，因其初到，故对雨打芭蕉之声尚感陌生，乍听殊“不惯”，而作此词。宋代中原人之南渡者，多自称北人。若已住久，则可能也会像“南人”一样习以为常，声声入耳却能照常酣睡，“无此感矣”（徐培均《笺注》本）。无此感，当指避难客居之人因夜雨不停地敲打着芭蕉而夜不能寐，并非意味着“北人”从此不再怀有浓重的家国之愁。

其实，在中国古典诗词中，芭蕉常常与孤独忧愁，特别是离情别绪相关。如杜牧《雨》：“夜不眠孤客耳，主人窗外有芭蕉。”李煜《长相思》：

“帘外芭蕉三两窠，夜长人奈何。”吴文英《唐多令》：“何处合成愁，离人心上秋。纵芭蕉不雨也飕飕。”徐再思[双调]《水仙子·夜雨》：“一声梧桐一声秋，一点芭蕉一点愁。”皆是如此。只是，未必都能像李清照词这样，如此浓郁地表现出特定时代的家国之思。

后来，辛弃疾有一首《丑奴儿近·博山道中效李易安体》(千峰云起)，但所仿效者，当非此词。又，许德蘋的和作，调作《添字采桑子》，题作“芭蕉”，一无寄寓，落于咏物下乘：

芭蕉本是寻常种，绿满空庭。绿满空庭。雨雨风风，不觉动人情。

窗纱映处题诗遍，一片声清。一片声清。最怕残更，和漏几回听。

青玉案　用黄山谷韵①

征鞍不见邯郸路。莫便匆匆归去②。秋风萧条何以度。明窗小酌，暗灯清话，最好留连处③。　相逢各自伤迟暮④。犹把新词诵奇句。盐絮家风人所许⑤。如今憔悴，但余双泪，一似黄梅雨⑥。

【注释】

①词题中“黄山谷韵”，即黄庭坚《青玉案》(烟中一线来时路)。

②“征鞍”二句：谓邯郸已为金人所困，南渡之人不便“匆匆归去”。征鞍，犹征马。指旅行者所乘的马。杜审言《经行岚州》：“自惊牵远役，艰险促征鞍。”

③“明窗”三句：明窗，形容室内明亮。欧阳修《试笔》：“苏子美尝言：明窗净几，笔砚纸墨，皆极精良，亦自是人生一乐。”小酌，谓随便的饮宴。白居易《雪夜小饮赠梦得》：“小酌酒巡销永夜，大开口笑送残年。”清话，

高雅不俗的言谈。陶渊明《与殷晋安别》："信宿酬清话，益复知为亲。"留连，留恋不舍。曹丕《燕歌行》二首其二："飞鸟晨鸣声可怜，留连顾怀不自存。"

④ 迟暮：屈原《离骚》："惟草木之零落兮，恐美人之迟暮。"时李清照四十五岁，古人多感年老。

⑤ 盐絮家风：谓家有文化传统。《世说新语·言语》："谢太傅寒雪日内集，与儿女讲论文义。俄而雪骤，公欣然曰：'白雪纷纷何所似？'兄子胡儿曰：'撒盐空中差可拟。'兄女曰：'未若柳絮因风起。'公大笑乐。"李清照父格非历官礼部员外郎，故其《上枢密韩公》诗云"位下名高"。

⑥ "一似"句：一似，很像。景云《画松》："画松一似真松树，且待寻诗记得无。"黄梅雨，江南每至夏初梅子黄熟时阴雨连绵。陆佃《埤雅·释木·梅》："其霏如雾，谓之梅雨。"

【评析】

此词，录自彭氏抄本。《翰墨大全》后丙集卷四、《花草粹编》卷七题作"送别"。

赵万里《校辑》本、王仲闻《校注》本皆列此词入存疑之作。赵氏并云："《翰墨大全》后丙集卷四引接《蝶恋花·上巳召亲族》一首，不注撰人。《花草粹编》《历代诗馀》以为李作，失之。"

此词，黄墨谷《重辑》本以为"建炎元年（1127）南渡以后之作"。唐玲玲《论易安体》谓：这是一首送别词，是与他弟弟李迒告别的。徐培均《笺注》本则认为是建炎二年秋间作于江宁。

从词中流露出的真挚的手足之情和伤别之意来看，此词当系建炎二年秋与弟惜别于江宁之作。词作脉络简明，先写今日为弟送别，再想象弟来日行程，饱含挽留之意；再回忆此前与弟短暂"相逢"，最后以写今日伤离收束。

推测此词创作主题的依据，是李清照所“用韵”之黄庭坚《青玉案·至宜州次韵上酬七兄》：

烟中一线来时路。极目送、归鸿去。第四阳关云不度。山胡新啭，子规言语。正在人愁处。　　忧能损性休朝暮。忆我当年醉时句。渡水穿云心已许。暮年光景，小轩南浦。同卷西山雨。

从词题来看，山谷词是直接次韵其兄黄大临的一首同调“和贺方回韵送山谷弟贬宜州”。也就是说，易安此词其实是间接次韵贺铸著名的《横塘路》：

凌波不过横塘路。但目送、芳尘去。锦瑟华年谁与度。月台花榭，琐窗朱户。只有春知处。　　碧云冉冉蘅皋暮。彩笔新题断肠句。若问闲情都几许。一川烟草，满城风絮。梅子黄时雨。

于是，许德蘋写来别情宛转的和作，有注云“次贺方回韵”也就毫不奇怪了：

流莺恰恰声盈路。且随梦、寻芳去。只觉兰风吹暗度。衣香人影，酒边灯底，尽是消魂处。　　烟花最好三春暮。丽景迷人谱新句。试问青山应肯许。飞花片片，谁家羼笛，还逐沙头雨。

鹧鸪天

寒日萧萧上锁窗①。梧桐应恨夜来霜。酒阑更喜团茶苦②，梦断偏宜瑞脑香。　　秋已尽，日犹长。仲宣怀远更凄凉③。不如随分尊前醉④，莫负东篱菊蕊黄。

【注释】

①“寒日”句：萧萧，形容凄清、寒冷。陶渊明《祭程氏妹文》：“黯

黯高云，萧萧冬月。”锁窗，一作“琐窗”，通。镂有连琐花纹的窗棂。杜牧《村舍燕》：“汉宫一百四十五，多下珠帘闭琐窗。”

② 团茶：此指一般茶饼。欧阳修《归田录》卷二：“茶之品，莫贵于龙凤，谓之团茶，凡八饼重一斤。庆历中蔡君谟为福建路转运使，始造小片龙茶以进。其品绝精，谓之小团，凡二十饼重一斤，其价直金二两。然金可有，而茶不可得。每因南郊致祭，中书、枢密院各赐一饼，四人分之。宫人往往缕金花于其上，盖其贵重如此。”

③ “仲宣”句：王粲，字仲宣，三国魏山阳人。王粲《登楼赋》刘良注：“仲宣避难荆州，依刘表，遂登江陵城楼，因怀归而有此作。”怀远，实指怀念故土。

④ 随分：随便，随意。周邦彦《粉蝶儿慢》：“赏心随分乐，有清尊檀板。每岁嬉游能几日，莫使一声歌欠。”

【评析】

此词，原载宋曾慥《乐府雅词》卷下。

黄墨谷《重辑》本卷三以为此词“当作于建炎二年（1128）在建康（江宁）时”。陈祖美先生认为，“当作于建炎二年秋，是时赵明诚尚在建康（江宁）知府任，但李清照此作的基调却很低沉，词中既有家国之念，亦隐含身世之叹。”徐培均《笺注》本谓：“此说可从。观结句，当作于本年重阳。”

词作将身世之叹打并于家国之思，诸家解读无甚异辞。其中，上片的“酒阑更喜团茶苦，梦断偏宜瑞脑香”，是以乐事写哀情的故作欢喜语，以引起下文。下片的“仲宣怀远更凄凉”句，是以“仲宣”自况，而处境较之王粲更感“凄凉”，原因就在于眼下的家国之念。至于结句“东篱菊蕊黄”所“隐含”的身世之感中，是否一定就有陈祖美先生所说的“往日的婕妤之叹”，还可以再讨论。无论如何，这样的作品，数量虽然不算太多，但相较于易安词中的“儿女情多”之作，其意义自不待言。

相比而言，许德蘋的和作，也就只是一曲秋词而已，而没有原作中“酒阑更喜”句、“不如随分”句等所体现出的“丈夫气”：

瘦蝶撩人扑纸窗。一林枫叶染轻霜。烟涵松翠侵鬟翠，风送橙香裛袖香。　临水曲，感情长。梧桐瑟瑟晚来凉。篱边又报深秋信，丛菊枝头已绽黄。

菩萨蛮[①]

归鸿声断残云碧[②]。背窗雪落炉烟直[③]。烛底凤钗明。钗头人胜轻[④]。　角声催晓漏[⑤]。曙色回牛斗[⑥]。春意看花难。西风留旧寒。

【注释】

① 菩萨蛮：唐教坊曲名。《宋史·乐志》：女弟子舞队名。《尊前集》注中吕宫。《宋史·乐志》亦中吕宫。《太和正音谱》注正宫。苏鄂《杜阳杂编》云：大中初，女蛮国入贡，危髻金冠，缨络被体，号菩萨蛮队，当时倡优遂制《菩萨蛮》曲，文士亦往往声其词。孙光宪《北梦琐言》云：唐宣宗爱唱《菩萨蛮》词，令狐绹命温庭筠新撰进之。《碧鸡漫志》云：今《花间集》温词十四首是也。按，温词有“小山重叠金明灭”句，名《重叠金》。李煜词名《子夜歌》，一名《菩萨鬘》。韩淲词有“新声休写花间意”句，名《花间意》；又有“风前觅得梅花句”，名《梅花句》；有“山城望断花溪碧”句，名《花溪碧》；有“晚云烘日南枝北”句，名《晚云烘日》。

② 归鸿：归雁。鸿雁于春日飞回北方，故称。嵇康《赠秀才入军》

十九首其十四："目送归鸿，手挥五弦。"

③"背窗"句：唐宋词中常用"背窗""灯背"等语，多指灯光暗淡，尤以《花间集》为多。炉烟直，亦犹温庭筠《菩萨蛮》："深处麝烟长。"形容静定空气中的烟气。

④"烛底"二句：凤钗，凤凰钗，即钗作凤凰形者。马缟《中华古今注》卷中："始皇又金银作凤头，以玳瑁为脚，号曰凤钗。"钗头，底本作"凤头"。宋无名氏《撷芳词》："都如梦，何曾共，可怜孤似钗头凤。"

⑤"角声"句：角声，军中号角声。时建康处于备战态势，驻军常以角声警昏晓。《渊鉴类函》引《卫公兵法》："夫军城及屯营在处，日出日没时，挝鼓一千槌，鼓音止，角声动，吹十二声为一叠。角声止，鼓声动，为此三角三鼓而昏明毕。"晓漏，拂晓时铜壶滴漏之声。徐陵《在北齐与杨仆射书》："铛铛晓漏，的的宵烽。"

⑥"曙色"句：曙色，一作"霁色"，一本缺此二字。拂晓时的天色。萧纲《守东平中华门开》："薄云初启雨，曙色始成霞。"牛斗，指牛宿、斗宿二星。回牛斗，即《宋史·乐志》《奉禋歌》所云"斗转参横将旦"之意。

【评析】

此词，原载宋曾慥《乐府雅词》卷下。

词中"人胜"，是剪成人形的首饰。《荆楚岁时记》："正月七日为人日，以七种菜为羹，剪彩为人，或镂金箔为人，以贴屏风，亦戴之头鬓。"徐培均《笺注》本据"钗头人胜轻"句，认为此词应作于建炎三年（1129）正月七日（人日）。建炎二年，李清照自青州南来江宁。至三年二月，赵明诚罢知江宁。

词写漂泊异乡的悲苦心绪。过片"角声催晓漏。曙色回牛斗"二句，通过客观景物的色彩、声响和动态，表现通宵不寐的神态。著一"催"字，似乎是一夜角声把晓色催来。手法与周邦彦《蝶恋花》中"月皎惊乌栖不定，更漏将残，辘牵金井”正相似，而风格较为沉郁。结句中“西风”，多指秋风，此喻时局。据《宋史·高宗纪》，建炎二年十二月辛未，金人犯青州，三年正月丁亥，金人再陷青州、潍州。可见，正是因了当时紧急的形势，普遍意义上的望归鸿而思故乡、见碧云而起乡愁，在易安这里写出了一些不同的特色。

相比而言，许德蘋的和作，因为明显缺乏原作中不同于一般的处境和心情，基本流于外在的仿拟：

门前杨柳消残碧。狂风吹得枝头直。耐冷到天明。推窗飘雪轻。愁心随滴漏。街静闻刁斗。欲见个人难。连宵梦也寒。

临江仙[①]

欧阳公作《蝶恋花》，有“庭院深深深几许”之句，予酷爱之，用其语作“庭院深深”数阕。其声盖即旧《临江仙》也[②]。

庭院深深深几许，云窗雾阁常扃[③]。柳梢梅萼渐分明[④]。春归秣陵树[⑤]，人客建安城[⑥]。　　感月吟风多少事，如今老去无成[⑦]。谁怜憔悴更凋零。灯花空结蕊，离别共伤情[⑧]。

【注释】

① 临江仙：唐教坊曲名。《花庵词选》云：唐词多缘题所赋，《临江仙》之言水仙，亦其一也。宋柳永词注仙吕调。元高拭词注南吕调。李煜词名《谢新恩》。贺铸词有“人归落雁后”句，名《雁后归》。韩淲词有“罗帐画屏新梦悄”句，名《画屏春》。李清照词有“庭院深深深几许”句，名《庭院深深》。

② 词序中“酷爱”，非常喜爱。杜荀鹤《题汪氏茅亭》：“君今酷爱人

间事,争得安闲老在兹。”又,一首词称为一阕,这是词所特有的单位名词,但它是一个复活了的古字。音乐演奏完毕,称为“乐阕”,这是早见于“三礼”、《史记》等书的用法,它是一个动词。直到唐代诗人沈下贤的诗文集中,才出现了《文祝延二阕》的标题,以后,到了宋代,“阕”字被普遍用作词的单位名词。《墨客挥犀》载天圣年中有女郎卢氏题词于驿舍壁上,其序言云:“因成《凤栖梧》曲子一阕。”这是称一首词为一阕的最早记录。而分为上下片的词,可以称为上下阕,或前后阕。无论上下或前后,合起来还是一阕,不能说成二阕。

③“庭院”二句:几许,多少,若干。《古诗十九首》:“河汉清且浅,相去复几许。”韩愈《华山女》:“云窗雾阁事慌惚,重重翠幔深金屏。”

④ 梅萼:一作“楼萼”,误。

⑤ 秣陵:今江苏南京。秦始皇时改金陵为秣陵。秣,草料。

⑥“人客”句:一作“人客建康城”,一作“人老建安城”,一作“人老建康城”,一作“人客远安城”。建安,今福建建瓯。

⑦“如今”句:古人易感年老。如辛弃疾三十三岁作《木兰花慢》,已云“老来情味减。对别酒,怯流年。”此以心理因素为主,非仅谓生理也。李清照时年四十六,又初经丧乱,故易叹老。

⑧“灯花”二句:灯花,一作“惜花”。灯芯之余烬,爆成花形。古人以灯花为吉兆。杜甫《独酌成诗》:“灯花何太喜,酒绿正相亲。”试灯,未到元宵节而张灯预赏,谓之试灯。伤情,伤感。班彪《北征赋》:“寤旷怨之伤情兮,哀诗人之叹时。”

【评析】

此词,彭氏抄本、《乐府雅词》卷下、《花草粹编》卷七、《历代诗馀》卷三八皆无自序,赵万里《校辑》本、王仲闻《校注》本则有之。《校辑》本调下注云:“序据《草堂诗馀》前集上欧阳永叔《蝶恋花》词注引补。”《校注》本调下注云：“见《草堂诗馀》前集卷上欧阳永叔《蝶恋花》词注。”此自序汪本原在下一首之前，现移录于此。《校辑》本、《校注》本自序“有”下脱“庭院”二字。

此词，黄墨谷《重辑》本以为“当作于建炎三年（1129）”。陈祖美先生以词中“灯花”二句又作“试灯无意思，踏雪没心情”，认为当作于“建炎三年元宵节前后”。徐培均《笺注》本则谓：据《金石录后序》，赵明诚建炎三年春二月，罢守江宁；三月，具舟上芜湖，入姑熟（今当涂），将卜居赣水上。词云“柳梢梅萼渐分明”，乃二月光景；歇拍“离别共伤情”，指将离江宁西去。则此词“似作于建炎三年二月”。

词似写闺情（其中是否隐含有陈祖美先生一再强调的所谓“庄姜之悲”，似可进一步讨论），实寄托身世凋零之悲和家国危难之痛，堪称“史诗”（黄墨谷语），凄黯词旨而出之以比兴深微、曲折含蓄的笔法。如起首用成句，连叠三个“深”字，即是隐喻，盖因当时权奸当道，无人敢言兵，爱国志士只有忍气吞声。需要特别提出的是，词序中“欧阳公作《蝶恋花》”云云，据崔公度跋《阳春录》，该首《蝶恋花》实为冯延巳词，而非欧阳修作，李清照所言不可信据。尽管，况周颐《漱玉词笺》曾经误判道：“第一阕，朱竹垞云：‘庭院深深’一阕，载冯延巳《阳春录》，刻作欧九，误也。玉梅词隐云：据《漱玉词》，则是《阳春录》误载也。易安宋人，性复强记，尝与明诚坐归来堂烹茶，指堆积书史，言某事在某卷某叶某行，以是否决胜负，为饮茶先后，何至于当代名作向所酷爱者，记述有误？竹垞云云，未免负此佳证。”又李清照《词论》有云：“至晏元献、欧阳永叔、苏子瞻，学际天人，作为小歌词，直如酌蠡水于大海，然皆句读不葺之诗尔，又往往不协音律者。”饱含批评之意，与序中“酷爱”所谓欧阳修词云云颇不相谐。又，上结“春归秣陵树，人客建安城”二句，也不单单是沉痛地写出词人流离迁徙，岁月蹉跎的悲叹，更能道出所有想望恢复中原之人的心情。不过，在罗忼烈先生看来，此词浅露清泚，不独与原作之沉郁浑厚不可同日而语，结拍语尽意尽，勉强凑合，尤为词家大忌。

如果撇开原作的特定背景来看，许德蘋的和作《临江仙》（其一），倒是一首相当出色的闺情词：

庭院深深深几许，云窗雾阁都扃。韶华最好近清明。鸟啼声隔牖，花放色倾城。　　蝶舞蜂喧天亦醉，江南作赋难成。夭桃一树易飘零。冶游三月兴，寻梦十分情。

临江仙

庭院深深深几许，云窗雾阁春迟。为谁憔悴损芳姿①。夜来清梦好，应是发南枝。　　玉瘦檀轻无限恨②，南楼羌管休吹③。浓香吹尽有谁知。暖风迟日也，别到杏花时④。

【注释】

① 损芳姿：一作"瘦芳姿"。芳姿，美妙的姿容。元稹《感石榴二十韵》："俗态能嫌旧，芳姿尚可嘉。"

② 玉瘦檀轻：形容梅花开始萎谢。玉，喻白梅。檀，喻指深黄色的檀香梅。

③ 羌管：即羌笛。宋代咏梅词中常用之。晁次膺《菩萨蛮》："羌管一声残。水乡生暮寒。"笛曲有《梅花落》，故李清照此词及之，兼喻金人南下。

④ "暖风"二句：谓须在杏花开之前，尽情赏梅。无名氏《木兰花欲谢》："杏花开后莫嫌衰，如豆青时君细看。"迟日，日行迟缓，指春日渐长。《诗·豳风·七月》："春日迟迟，采蘩祁祁。"朱熹《集传》："迟迟，日

长而暄也。”皇甫冉《送钱唐骆少府赴制举》：“迟日未能销野雪，晴花偏自犯江寒。”

【评析】

此词，彭氏抄本调下原注曰：“《梅苑》作魏夫人。”汪本原有自序，已据以移录至前一首。汪本篇末注：“此阕从钦定《列（历）代诗馀》补入。《梅苑》载此词，以为曾夫人作。注：子宣妻。”此首《历代诗馀》卷三八置于“云窗雾合常扃”一首之前，署“宋媛李清照”，调下无序。王本篇末注云：“此首疑亦有伪，似借前《临江仙》调，模拟为之者。”赵万里《校辑》本云：“案《梅苑》九引作曾子宣妻词，《乐府雅词》下魏夫人词不收。以《草堂》所载前阕自序证之，自是李作无疑。王鹏运云‘借前调模拟为之者’，盖未之深考也。”王仲闻《校注》本将此词列入存疑之作，在引王鹏运、赵万里案语后云：“按此首泛咏梅花，情调与另一首完全不同，未必同时所作。《乐府雅词》李词亦未收此首。《梅苑》以此首为曾子宣妻词，《花草粹编》以为李易安词，俱不详所本，存疑为是。”

徐培均《笺注》本谓：此词咏梅，亦作于建炎三年（1129）。歇拍云“暖风迟日也，别到杏花时”，乃指是年春二月。又谓：李清照与魏玩时代相当，地位相等，故易相混。

词作咏梅，又写人。如其中“憔悴损芳姿”句分不清是人还是梅，自不必说。又“玉瘦檀轻无限恨”二句，如果联系《宋史·高宗纪》所载情形：建炎三年正月，金人陷颍昌府、秦州。二月丙辰，金人再犯东京，宗泽遣阎中立拒之，中立战死，更可见出，即便在寓有更深内涵的意义上，人与梅在这里也已然融为一体了。

相比而言，许德蘋和作《临江仙》（其二）中所咏之梅，就似乎缺少了一定的象征意义：

庭院深深深几许，云窗雾阁开迟。相思恐减艳阳姿。陌头杨柳色，尽放绿交枝。　　满路流莺声睍睆，笙簧暗逐风吹。一番春事问谁知。小园寻胜赏，双燕乍来时。

诉衷情[①]　枕畔闻梅香

夜来沉醉卸妆迟。梅蕊插残枝[②]。酒醒熏破春睡，梦断不成归[③]。　　人悄悄[④]，月依依[⑤]。翠帘垂。更挼残蕊[⑥]，再捻余香[⑦]，更得些时[⑧]。

【注释】

①诉衷情：唐教坊曲名。毛文锡词有"桃花流水漾纵横"句，又名《桃花水》。按，《花间集》此调有两体，单调者，或间入一仄韵，或间入两仄韵。双调者，全押平韵。

②"夜来"二句：夜来，昨夜。孟浩然《春晓》："春眠不觉晓，处处闻啼鸟。夜来风雨声，花落知多少。"梅蕊，一作"梅萼"。宋人有鬓插梅花的习俗。

③"酒醒"二句：其中"梦断"，一作"梦远"。一作"酒醒熏破，惜春梦远，又不成归"。

④悄悄：忧貌。谓因不得梦归而忧虑。《诗·邶风·柏舟》："忧心悄悄，愠于群小。"

⑤依依：恋恋不舍。《古诗为焦仲卿妻作》："举手长劳劳，二情同依依。"

⑥更挼（ruó）残蕊：挼，揉搓。冯延巳《谒金门》："闲引鸳鸯芳径里，手挼红杏蕊。"挼花蕊，是愁闷无聊的动作。

⑦"再捻"句：再捻，一作"更捻"。捻，手捏。张泌《浣溪沙》："闲

折海棠看又捻，玉纤无力惹余香。”

⑧“更得”句：更得，更须。得，山东方言，需要。些时，片刻，一会儿。毛滂《蝶恋花》：“醉色轻松留不可。清风停待些时过。”

【评析】

此词，原载宋曾慥《乐府雅词》卷下。《花草粹编》卷三题作“枕畔闻残梅喷香”。汪本调下注云：“秦淡生云：《诉衷情》有单调，有双调。此词名《诉衷情令》，一名《渔父家风》，张元幹、严仁皆同。”篇末案云：“《诉衷情》有单调，有双调，皆与此词不同，惟《诉衷情令》相合，但前段第三句六字，第四句五字。此词前段五句，下三句皆作四字一句，较谱多一字，或传写误增，或当时本有此体，然宋人皆无此填者。附注俟考。”

陈祖美先生以为此词“当系明诚守建康日（1127 年 8 月至 1129 年 2 月），清照所作数首闺怨词之一。”徐培均《笺注》本谓：梅花乃腊尽春回时开花，词当作于 1128 年或 1129 春初。词云“梦断不成归”，当为怀念故土而作，时间“似以到建康之第二年为宜”。

词作咏梅，而有寓托。全篇不著一愁字，而愁意无处不在。“梦断不成归”是一篇之眼。以酒浇愁，致人沉醉，醉而入梦，梦里思归，却被梅香熏破，归梦不成，月夜愁结，故而醒后怨梅，百无聊赖。怨梅，即是怨愤故土难归，通过歇拍“肆口而成，非作意为之”（况周颐《漱玉词笺》）的三叠句（此所谓“叠”，在于“再捻”句况氏或依《乐府雅词》作“更捻余香”）表现出来。在这里，置于单调连续的下意识动作“挼”与“捻”中的残梅，就不仅仅是抒发词人愁绪的“引线”（平蕙善语），而是贯穿整篇的线索。至于其中是否兼含了“比单纯的‘婕妤之叹’更为难堪”（陈祖美语）的底蕴，似乎也可以再讨论。

满庭芳[1]　残梅

小阁藏春，闲窗锁昼，画堂无限深幽[2]。篆香烧尽[3]，日影下帘钩。手种江梅渐好，又何必、临水登楼[4]。无人到，寂寥恰似[5]，何逊在扬州[6]。　从来知韵胜[7]，难禁雨藉[8]，不耐风揉。更谁家横笛[9]，吹动浓愁。莫恨香消雪减，须信道、扫迹情留[10]。难言处，良宵淡月，疏影尚风流。

【注释】

① 满庭芳：此调有平韵、仄韵两体。平韵者，周邦彦词名《锁阳台》；葛立方词有"要看黄昏庭院，横斜映霜月朦胧"句，名《满庭霜》；晁补之词有"堪与潇湘暮雨，图上画扁舟"句，名《潇湘夜雨》；韩淲词有"甘棠遗爱，留与话桐乡"句，名《话桐乡》；吴文英词，因苏轼词有"江南好，千钟美酒，一曲满庭芳"句，名《江南好》；张埜词名《满庭花》。《太平乐府》注中吕宫，高拭词注中吕调。仄韵者，《乐府雅词》名《转调满庭芳》。

② "小阁"三句：画堂，泛指华丽的堂舍。崔颢《王家少妇》："十五嫁王昌，盈盈入画堂。"深幽，幽深。时赵明诚知江宁，当住郡斋，故云。《后汉书·张禹传》："历行郡邑，深幽之处莫不毕到。"

③ 篆香：洪刍《香谱》："近世尚奇者作香，篆其文，准十二辰，分一百刻，凡燃一昼夜而已。"

④ "手种"二句：江梅，范成大《范村梅谱》："江梅，遗核野生、不经栽接者，又名直脚梅，或谓之野梅。凡山间水滨荒寒清绝之趣，皆此本也。花稍小而疏瘦有韵，香最清，实小而硬。""梅名品江梅，粉红色，香类杏。"渐好，一作"更好"。登楼，用王粲登楼望乡故事。

⑤ 恰似：一作"浑似"。犹恰如。李白《襄阳歌》："遥看汉水鸭头绿，

恰似葡萄初酦醅。”

⑥“何逊”句：本杜甫《和裴迪登蜀州东亭送客逢早梅相忆见寄》：“东阁官梅动诗兴，还如何逊在扬州。”《全芳备祖》卷一《花部·梅花纪要》：“梁何逊在扬州法曹，廨舍有梅花一枝，逊吟咏其下。后居洛思梅花，再请其任，从之。抵扬州，花方盛，逊对花彷徨。”何逊所作，题为《咏早梅》（一作《扬州法曹梅花盛开》）：“兔园标物序，惊时最是梅。衔霜当路发，映雪拟寒开。枝横却月观，花绕凌风台。朝洒长门泣，夕驻临邛杯。应知早飘落，故逐上春来。”

⑦ 韵胜：风神韵致，胜过群花。范成大《梅谱后序》：“梅以韵胜，以格高，故以横斜疏瘦，与老枝怪奇者为贵。”

⑧ 藉：摧残，践踏。

⑨ 横笛：指笛曲《梅花落》。洪皓《江梅引》：“谁作叫云横短玉，三弄彻，对东风，和泪吹。”

⑩“须信道”句：须信道，唐宋时方言。犹云须知道。晏殊《渔家傲》：“莫惜醉来开口笑。须信道。人间万事何时了。”扫迹，一作“迹扫”。扫除痕迹。孔稚珪《北山移文》：“或飞柯以折轮，乍低枝而扫迹。”

【评析】

此词，录自彭氏抄本，原无题，此据《梅苑》卷三校补。汪本调名作《满庭霜》。

此词，黄墨谷《重辑》本卷二以为“大观二年屏居乡里至建炎元年南渡以前之作”。陈祖美先生认为“大约写于崇宁四五年间”。徐培均《笺注》本谓：据王仲闻《李清照事迹编年》，清照于建炎二年（1128）春抵江宁。观“手种江梅”句，可知乃建炎三年春暮作于江宁。本年冬，黄大舆编《梅苑》于山阳，收之。也有学者认为当系于绍兴三年（1133）暮春。

词作咏梅。上片写人，下片咏梅。结句“疏影尚风流”，不仅表现出人与梅的情感交流，甚至达到了人梅合一的境界。词中有两点特别值得斟酌：一是“何逊在扬州”句，乃是李清照就地用典，沿用旧称。《笺注》本云：江宁，六朝时称扬州。秦观《扬州集序》：“吴治建业……东晋、宋、齐、梁、陈皆因吴。”王运熙《吴声西曲中的扬州》一文云：“吴声、西曲中的扬州，指的实是南朝的京城建业。乐史《太平寰宇记》卷一二三云：‘扬州，元帝渡江历江左，扬州常理建业。’因为扬州州治在建业，当时人就把建业唤作扬州。”建业，建炎中名江宁，三年五月，高宗驻跸，改称建康，即今江苏南京。二是“又何必”句，实于清照为沉痛语，谓在江宁已可安顿，不必怀归。陈祖美先生的看法，则明显有所不同：原来词人是借何逊的《咏早梅》诗，来表达自身的难言之隐。因为何逊的诗中有这样几句：“朝洒长门泣，夕驻临邛杯。应知早飘落，故逐上春来。”这类诗句，即使出自像何逊、杜甫那样著名的男性作者之手，也不外乎“美人香草”之喻。而对于女词人李清照来说，则具有真实感人的身世之慨。她此时与失宠的陈阿娇和被弃的卓文君当有某种同病相怜之处，所以她特别声明：自己的内心况味，与因其貌不扬，加之体弱，不为荆州刘表重用而产生桑梓之念的王粲不同，故云“又何必临水登楼”。只是，这里的解读不免有事先预设“婕妤之叹”的假定之嫌。

相比而言，许德蘋的和作，题作“咏梅”，就是一首相对纯粹的咏物词：

梦绕西湖，香迷东阁，诗成谁赋清幽。饱尝冰雪，月影挂斜钩。记得罗浮翠羽，引仙子、飞下琼楼。为伊剪，一枝寒玉，刀快借并州。
长宵深坐瘦，魂飞黯淡，影抱温柔。对疏花冷蕊，都是闲愁。拚得十千贳酒，向竹外、款取春留。湘帘卷，黄昏寂寂，香气上阶流。

浣溪沙

淡荡春光寒食天①。玉炉沉水袅残烟②。梦回山枕隐花钿③。　　海燕未来人斗草④，江梅已过柳生绵⑤。黄昏疏雨湿秋千。

【注释】

①淡荡：和煦貌。陈子昂《与东方左史虬修竹篇》："春风正淡荡，白露已清泠。"

②"玉炉"句：玉炉，熏炉的美称。胡杲《七老会》："霜鬓不嫌杯酒兴，白头仍爱玉炉熏。"沉水，香料名，简称沉香。《南史·海南诸国》："林邑国，本汉日南郡象林县……（其国有）沉水香者，土人斫断，积有岁年，朽烂而心节独在，置水中则沉，故名曰沉香。"

③"梦回"句：梦回，从梦中醒来。李璟《摊破浣溪沙》："细雨梦回鸡塞远，小楼吹彻玉笙寒。"山枕，一作"绣枕"。

④"海燕"句：古人以为燕子春社后从海上飞来，故称海燕。未来，一作"归来"。斗草，《荆楚岁时记》："五月五日，四民并蹋百草，又有斗百草之戏。"宋代则在二月。吴自牧《梦粱录》卷一："二月朔谓之中和节……禁中宫女以百草斗戏。"此词云"寒食天"，与晏殊《破阵子》所云"燕子来时新社，梨花落后清明……疑怪昨宵春梦好，元是今朝斗草赢"时间相同，盖三月初也。

⑤"江梅"句：江梅，一种野生梅花，北方所无。已过，一作"初过"。柳绵，柳絮。李商隐《临发崇让宅紫薇》："桃绶含情依露井，柳绵相忆隔章台。"

【评析】

此词,原载宋曾慥《乐府雅词》卷下。仲并《浮山集》有词题作“春闺即事”。

王仲闻《校注》本云:“此首别见宋仲并《浮山集》卷三,从《永乐大典》辑出。清劳权《读书杂识》卷十二云:‘仲并《浮山集》《浣溪沙·春闺即事》,《乐府雅词》作李清照词。’曾慥与易安同时,以此首为易安作,必有所据。疑《永乐大典》误作仲并词,或清四库馆臣误辑。”仲并(生卒年不详),字弥性,江都(今江苏扬州)人。绍兴二年(1132)进士。曾通判湖州、京口。十六年,秦桧讽言者论劾其通判湖州日为声妓作生朝设醮青词,降三官。孝宗初,擢光禄丞,知蕲州以终。《宋史翼》有传。

此词,黄墨谷《重辑》本以为“大观元年以前之作”。徐培均《笺注》本谓:观过片“海燕”“江梅”,纯为江南景物,当系建炎三年(1129)春在江宁时作。

词写少妇闲情。以“梦回山枕隐花钿”一句为中心,上片逆挽,下片顺写,全篇因此既见错综变化,而又层次井然。全词六句,分别显示六个画面,每个画面所描绘的是两三种事物的组合。这么多的事物分别入词,读来却并无庞杂拼凑之感,只觉事物之间、字句之间融合无间,构成一幅“完整而和谐的画卷”(陈邦炎语)。其中,如结句“黄昏疏雨湿秋千”中“湿”字,黄苏谓“可与‘丝雨湿流光’‘波底夕阳红湿’‘湿’字争胜”(《蓼园词选》),要在非仅整句极富于意境,而且少女伤春之怀,著此一字,神情即已毕现。

后来,许德蘋的和作,亦写春日闺情,就艺术结构而言,脉络相比于原作似欠分明:

炼石谁能补恨天。杜鹃啼破夕阳烟。高楼尽日枕花钿。　　红杏才看匀薄粉,绿杨已见放轻绵。梨花院落冷秋千。

山花子[①]

病起萧萧两鬓华[②]。卧看残月上窗纱。豆蔻连梢煮熟水[③]，莫分茶[④]。　　枕上诗词闲处好[⑤]，门前风景雨来佳。终日向人多蕴藉[⑥]，木樨花[⑦]。

【注释】

① 山花子：唐教坊曲名。一名《南唐浣溪沙》。《梅苑》名《添字浣溪沙》。《乐府雅词》名《摊破浣溪沙》。《高丽史·乐志》名《感恩多令》。

② "病起"句：萧萧，稀疏。萧萧两鬓华，语本苏轼《南歌子》："苒苒中秋过，萧萧两鬓华。"李纲《摘鬓间白发有感》："萧萧不胜梳，扰扰仅盈搦。"鬓华，花白的鬓发。欧阳修《采桑子》："鬓华虽改心无改，试把金觥，旧曲重听。"

③ "豆蔻"句：《酉阳杂俎》卷一八："白豆蔻，出伽古罗国，呼为多骨。形似芭蕉，叶似杜若，长八九尺，冬夏不凋，花浅黄色，子作朵如葡萄。其子初出微青，熟则变白，七月采。"李时珍《本草纲目》卷三谓草豆蔻主治各种疟疾："虚疟自汗，煨入平胃散；瘴疟同熟附子煎服；山岚发疟，同常山浸酒饮；一切疟同恒山炒焦糊丸冷酒饮。"熟水，陈元靓《事林广记》别集卷七云："夏月，凡造熟水，先倾百煎衮汤在瓶器内，然后将所用之物投入，密封瓶口，则香倍矣。""白豆蔻壳拣净，投入沸汤瓶中，密封片时，用之极妙。每次用七个足矣，不可多用，多则香浊。"

④ 分茶：以熟水与新茶，"二者相遭"，在瓯面上变幻出"擘絮行空，影落寒江"诸物象。此法当始于宋初，《清异录》卷下即云："馔茶而幻其物象于汤面者，茶匠通神之艺也。""近世有下汤运匕，别施妙诀，使汤纹水脉成象者，禽兽虫鱼花草之属，纤巧如画，但须臾即就散灭，此茶之变也。

时人谓之‘茶百戏’。”

⑤“枕上”句：诗词，一作“诗书”，一作“诗篇”。指自作诗词或家藏书籍。李清照《指南录后序》曾云：“时犹有书二万卷，金石刻二千卷”，“偶病中把玩，搬在卧内者”。闲处，谓在家闲居。《晏子春秋·杂上二九》：“闲处从容不谈议，则疏。”

⑥蕴藉：含蓄宽容。此喻木樨花温雅醇厚。沈约《怀旧诗九首》其三《伤庾杲之》：“蕴藉含文雅，散朗溢风飙。”

⑦木樨花：即桂花。木樨，一作“木犀”，以木纹如犀而名，通。朱敦儒《菩萨蛮》：“新窨木樨沉。香迟斗帐深。”

【评析】

此词，原载明陈耀文《花草粹编》卷四。《历代诗余》卷一八调作《南唐浣溪沙》，王本作《摊破浣溪沙》。

徐培均《笺注》本谓：《金石录后序》谓赵明诚建炎三年（1129）八月十八日因病痁（疟疾）而卒于建康，“葬毕，余无所之……余又大病，仅存喘息。”此词歇拍云“木樨花”，时令相合，因知当作于是岁八月。

词写病后遣怀。词人的闻见与感受，时间虽“非一日”（俞平伯《唐宋词选释》），范围却不离病榻。全篇以平常口语写日常生活，虽“杞妇之悲深”（李清照《祭赵湖州文》），而淡语传神，在易安后期作品中别具一格。又借助词调变《浣溪沙》伶仃只句式的结尾为偶句式的“摊破”，在章法上便显得参差错落，活泼有态。词中云“豆蔻连梢煮熟水”，是因当时李清照受赵明诚感染，亦病痁，亦必服草豆蔻治疗。又因病后心情不好，无心游戏，故谓“莫分茶”。

许德蘋的和作，调作《南唐浣溪沙》，虽非原作的“病起”遣怀，写来亦甚令人回味：

未有新诗答岁华。愧无人把碧笼纱。唤婢还将梅水煮，试新茶。

竹韵松声都淡雅，山光水色亦清佳。墙外一枝娇欲语，碧桃花。

浪淘沙①

帘外五更风②。吹梦无踪。画楼重上与谁同③。记得玉钗斜拨火，宝篆成空④。　　回首紫金峰⑤。雨润烟浓。一江春浪醉醒中⑥。留得罗襟前日泪，弹与征鸿⑦。

【注释】

① 浪淘沙：当作《浪淘沙令》。《乐章集》注歇指调。蒋氏《九宫谱目》作越调。按，《唐书·礼乐志》：歇指调，乃林钟律之商声；越调，乃无射律之商声也。贺铸词名《曲入冥》。李清照词名《卖花声》。史达祖词名《过龙门》。马钰词名《炼丹砂》。按，唐人《浪淘沙》，本七言断句，至南唐李煜，始制两段令词，虽每段尚存七言诗两句，其实因旧曲名，另创新声也。至柳永、周邦彦别作慢词，与此截然不同，盖调长拍缓，即古曼声之意也。

② 五更风：天将明时的寒风。古代将一夜分为甲、乙、丙、丁、戊五段，谓之五更。五更为凌晨三点至五点。

③ 画楼：雕饰华丽的楼房。李峤《晚秋喜雨》："聚霭笼仙阁，连霏绕画楼。"

④ "记得"二句：回忆昔日夫妇相聚时生活。玉钗，一作"金钗"。玉制的钗。由两股合成，燕形。司马相如《美人赋》："玉钗挂臣冠，罗袖拂臣衣。"宝篆成空，犹秦观《减字木兰花》："欲见回肠，断尽金炉小篆香。"

⑤ 紫金峰：即紫金山，也叫钟山，又名蒋山，在今江苏南京。徐孝克《仰同令君摄山栖霞寺山房夜坐六韵》："戒坛青石路，灵相紫金峰。"

⑥ “一江”句：化用李煜《虞美人》：“问君能有几多愁，恰似一江春水向东流。”春浪，一作“春水”，一作“春恨”。

⑦ “留得”二句：留得，言哀痛之持久。罗襟前日泪，指赵明诚逝世时的悲伤。征鸿，高飞远去的大雁。

【评析】

此词，彭氏抄本调下原注：“《能改斋漫录》作幼卿。此从《词林》。”汪本调下注云“一作《卖花声》”。又《续草堂诗馀》卷上、《古今词统》卷七、《古今诗馀醉》卷十皆题作“闺情”，并以为欧阳修作。赵万里《校辑》本列入附录一存疑，云：“《花草粹编》五引此阕，不著撰人。《词林万选》注云：‘一作六一居士。’检《醉翁琴趣》无之，未知升庵何据。”王仲闻《校注》本按云：“此首似非李清照作，亦决非欧阳修词（《近体乐府》《醉翁琴趣外篇》俱不载）……赵先生所考未谛。疑从杨金本《草堂诗馀》作无名氏词为是。”《全宋词》列入存目词。

对此，徐培均《笺注》本谓：《漫录》卷一六所载幼卿《浪淘沙》乃寄情与其表兄，（吴曾《能改斋漫录》载曰：“宣和间，有题于陕府驿壁者云：幼卿少与表兄同砚席，雅有文字之好。未笄，兄欲缔姻，父母以兄未禄，难其请，遂适武弁。明年，兄登甲科，职教洮房，而良人统兵陕右，相与邂逅于此。兄鞭马略不相顾，岂前憾未平耶？因作《浪淘沙》以寄情云：‘目送楚云空。前事无踪。漫留遗恨锁眉峰。自是荷花开较晚，孤负东风。客馆叹飘蓬。聚散匆匆。扬鞭那忍骤花骢。望断斜阳人不见，满袖啼红。’”）可知底本及汪本系误记。而此词感情深挚，技巧高超，前人曾以之与李后主相比，陈廷焯、况周颐评价极高，“非有李清照之遭遇与才情，绝不能写出”。又谓：此首似作于赵明诚卒于建康之后，因词中含悼亡之意。而紫金峰，虽王仲闻《校注》本谓“检宋代地志，尚无此名”，然镇江已有紫金、浮玉诸峰，在长江一带，故下句云“一江春浪”。据于《谱》,建炎四年(1130)春,李清照追随帝踪,流徙浙东一带,则词当作于自建康沿江经镇江东下南逃之际。

词作悼亡,出之以以昔衬今手法,写来极为“凄艳”(陈廷焯《白雨斋词话》卷二)哀婉。许德蘋的和作,自然不可与原作中的国破家亡之感同日而语:

楼角酒旗风。吹起春踪。把杯愁散古今同。树上辛夷舒木笔,笔笔书空。　江上数云峰。着处情浓。一番心事有无中。写恨缄愁凭仗此,望断归鸿。

孤雁儿[①]

世人作梅词,下笔便俗。予试作一篇,乃知前言不妄耳。

藤床纸帐朝眠起[②]。说不尽,无佳思[③]。沉香烟断玉炉寒,伴我情怀如水[④]。笛声三弄[⑤],梅心惊破[⑥],多少春情意。

小风疏雨萧萧地[⑦]。又催下千行泪。吹箫一去玉楼空[⑧],肠断与谁同倚。一枝折得,人间天上,没个人堪寄[⑨]。

【注释】

① 孤雁儿:又作《御街行》。《乐章集》注夹钟宫。《古今词话》无名氏词有“听孤雁声嘹唳”句,更名《孤雁儿》。

② “藤床”句:藤床,高濂《遵生八笺》卷八谓之倚床,使用极为便利:“高尺二寸,长六尺五寸,用藤竹编之,勿用板,轻则童子易抬。上置倚圈靠背如镜架,后有撑放活动,以适高低。如醉卧、偃仰观书并花下卧赏,俱妙。”纸帐,林洪《山家清事》“梅花纸帐”:“法用独床,傍置四黑漆柱,各挂以半锡瓶,插梅数枝。后设黑漆板,约二尺,自地及顶,欲靠以清坐。

左右设横木一，可挂衣。角安斑竹书贮一、藏书三四，挂白麈一。上作大方目顶，用细白楮衾作帐罩之。"

③ 佳思：良好的心绪。陈师道《晚望》："称目有佳思，侧径无好步。"

④ 如水：淡然之义。《礼记·表记》："君子之接如水，小人之接如醴。"

⑤ 笛声三弄：笛曲有《梅花三弄》。《世说新语·任诞》："王子猷出都，尚在渚下。旧闻桓子野善吹笛，而不相识。遇桓于岸上过。王在船中。客有识之者，云是桓子野。王便令人与相闻，云：'闻君善吹笛，试为我一奏。'桓时已贵显，素闻王名，即便回，下车，踞胡床，为作三调。弄毕，便上车去。客主不交一言。"

⑥ 梅心惊破：语本李白《与史郎中钦听黄鹤楼上吹笛》："黄鹤楼中吹玉笛，江城五月落梅花。"梅心，梅花的苞蕾。元稹《寄浙西李大夫》四首其一："柳眼梅心渐欲春，白头西望忆何人。"

⑦ "小风"句：潇潇，一作"萧萧"。王周《宿疏陂驿》："谁知孤宦天涯意，微雨萧萧古驿中。"

⑧ 吹箫一去：谓赵明诚已逝。吹箫，用《列仙传》萧史典事，谓缔结婚姻。

⑨ "一枝"三句：此处反用陆凯赠范晔诗"聊寄一枝春"之意，以切梅之故事，并抒忆念亡夫之情。

【评析】

此词，录自彭氏抄本。原无序，此据《梅苑》卷一校补。汪本篇末有案云："即《御街行》调，较多二字。"王本调作《御街行》。

黄墨谷《重辑》本以为此词乃"建炎元年南渡以后之作"。徐培均《笺注》本谓：此为悼亡词。据李清照《金石录后序》，赵明诚于建炎三年（1129）八月十八日卒于建康。本年冬，《梅苑》编成，收入此词。词云"笛声三弄，梅心惊破，多少春情意"，系指笛曲《梅花三弄》言，并非确指春日。词当作于明诚卒后不久。

词作借咏梅而悼念夫婿。全篇名为“梅词”，实无一句写自然界真实的梅花，只是借咏梅花的意象，以衬托其“肠断”之悲。这种与一般因赏梅而咏梅之作的迥然相异处，颇显词人匠心别具，此即可称不“俗”。

陈祖美先生提出，李清照是第一位作为未亡人为丈夫写悼亡词的人，也是第一个将梅引入悼亡词的人。这首《孤雁儿》，是词史上较早出现的屈指可数的悼亡词之一。前四首分别是：张泌《浣溪沙》（枕障熏炉隔绣帷）；李煜《相见欢》（无言独上西楼），“明明是为大周后写的地地道道的悼亡词，却长期被误解为一首表达亡国之恨的词”；苏轼《江城子》（十年生死两茫茫）；贺铸《鹧鸪天》（重过阊门万事非）。其中，《浣溪沙》一首，若据孙光宪《北梦琐言》卷八所载，作者当系张曙（小字阿灰）：“唐张祎侍郎，朝望甚高，有爱姬早逝，悼念不已。因入朝未回，其犹子右补阙曙，才俊风流，因增大阮之悲，乃制《浣溪沙》云云，置于几上。大阮朝退，凭几无聊，忽睹此诗，不觉哀恸，乃曰：‘必是阿灰所作。’阿灰，即中谏小字也。”

不过，在罗忼烈先生看来，此词词语陈熟，内容单调，且其所以病少游者皆有之，周济《介存斋论词杂著》谓其词“究苦无骨”者是也，不识易安何以自负至此？罗先生更云：李清照于诗亦然，《渔家傲》词中自称“学诗谩有惊人句”，不知其惊人之句何在也。惟博亦然，《打马图经序》自称凡博皆精，每赌必胜，而尤喜打马，故著于书，“使千百世后，知命辞打马，始自易安居士也。”是其自负者，又非晚唐诗人薛能所敢望也。可以附带提及的是，薛氏之“大言”而为洪迈《容斋随笔》卷七所讥者，有如《海棠》诗序：“蜀海棠有闻，而诗无闻，杜子美于斯，兴象靡出，没而有怀。天之厚余，谨不敢让。风雅尽在蜀矣，吾其庶几。”又《荔枝诗》序：“杜工部老居西蜀，不赋是诗，岂有意而不及欤？

白尚书曾有是作，兴旨卑泥，与无诗同。予遂为之题，不愧不负，将来作者，以其为荔枝首唱，愚其庶几。”又《柳枝词五首》卒章自注：“刘、白二尚书，继为苏州刺史，皆赋《杨柳枝》词，世多传唱。虽有才语，但文字太僻，宫商不高耳。如可者岂斯人徒欤！洋洋乎唐风，其令虚爱。”

当然，相对纯粹地咏梅，本来就未必一定不能免俗。许德蘋的和作就是如此，序云：“原序云：‘世人作梅词，下笔便俗。予试作一篇，乃知前言不妄耳。’今蘋亦效颦，未知能免俗否。”词曰：

仙人破腊冲寒起。正索笑、多清思。一枝冷淡报春回，瘦影横斜临水。初调琴轸，弹成三弄，谁识千金意。　　小心数点藏天地。恁都感、相思泪。西湖占断好春光，惟有林逋独倚。疏帘淡月，与花同梦，终古柔情寄。

清平乐[①]

年年雪里。常插梅花醉[②]。挼尽梅花无好意[③]。赢得满衣清泪[④]。　　今年海角天涯[⑤]。萧萧两鬓生华。看取晚来风势[⑥]，故应难看梅花。

【注释】

① 清平乐：《宋史·乐志》属大石调。《乐章集》注越调。《碧鸡漫志》云：欧阳炯称李白有应制《清平乐》四首，此其一也，在越调，又有黄钟宫、黄钟商两音。《花庵词选》名《清平乐令》。张辑词有“忆著故山萝月”句，名《忆萝月》。张翥词有“明朝来醉东风”句，名《醉东风》。

② “常插”句：朱敦儒《鹧鸪天》：“玉楼金阙慵归去，且插梅花醉洛阳。”“曾为梅花醉不归”。

③ 好意：好兴致。吕南公《赠叔宪》："长驱好意归吟笔，笑领真风贮酒瓯。"

④ 赢得：落得，剩得。韩偓《五更》："光景旋消惆怅在，一生赢得是凄凉。"

⑤ 海角天涯：张世南《游宦纪闻》卷六："今远宦及远服贾者，皆曰天涯海角，盖俗谈也。"

⑥"看取"二句：谓试看梅花将被狂风摧残。看取，试看。看，尝试之辞。取，语助词。孟浩然《题大禹寺义公禅房》："看取莲花净，应知不染心。"风势，喻金人南侵，形势紧迫。

【评析】

此词，原载宋黄大舆《梅苑》卷九。

徐培均《笺注》本谓：此词至迟作于建炎三年（1129）冬。黄大舆是岁冬于山阳（今江苏淮安）编成《梅苑》，内收此词。词云"今年海角天涯。萧萧两鬓生华"，谓其"尽将铜器等物，欲赴外廷投进，到越，已移幸四明"（李清照《指南录后序》），一路追随行朝，流离海角天涯，容颜变老。上阕云"年年雪里。常插梅花醉。挼尽梅花无好意"，盖指蜡梅。

词作重在通过抒写对待梅花今昔态度之不同，深刻反映个人命运和国家局势的变化。以章法而言，词人摄取三个不同时期的赏梅片段，从早年的欢乐，经中年的悲戚，至暮年的沦落，次序井然不紊，但三层写来又非平叙，一"醉"一"挼"一"难"，使词意一转再转，跌宕生姿，从而"深化了主题"（王延梯语）。后来，蒋捷的《虞美人 · 听雨》也是如此谋篇行文：

少年听雨歌楼上。红烛昏罗帐。壮年听雨客舟中。江阔云低、断雁叫西风。　　而今听雨僧庐下。鬓已星星也。悲欢离合总无情。

一任阶前、点滴到天明。

以听雨为主线，巧妙地撷取人生的三个不同阶段，包涵广，内蕴深，可以看成词人终身遭际的真实写照。

再后来，许德蘋的和作，题作“梅”，就不能做到原作的以小见大，在词境上存在明显的厚薄之别：

梅花香里。熏染东风醉。天放梅花天有意。枝上露凝珠泪。横斜绿水之涯。偏惊暗度韶华。又见玉人攀折，帽檐亲插疏花。

渔家傲

天接云涛连晓雾①。星河欲渡千帆舞②。仿佛梦魂归帝所③。闻天语④。殷勤问我归何处。　　我报路长嗟日暮⑤。学诗漫有惊人句⑥。九万里风鹏正举⑦。风休住。蓬舟吹取三山去⑧。

【注释】

① 云涛：指海涛。孟浩然《宿天台桐柏观》：“日夕望三山，云涛空浩浩。”

② “星河”句：星河，银河。杜甫《阁夜》：“五更鼓角声悲壮，三峡星河影摇动。”欲渡，一作“欲转”，一作“欲曙”。

③ 帝所：天帝居住的地方。《史记·赵世家》：“居二日半，简子寤，语大夫曰：‘我之帝所甚乐，与百神游于钧天广乐，九奏万舞，不类三代之乐，其声动人心。’”此指高宗行在。

④ 闻天语：李白《飞龙引》：“造天关，闻天语，屯云河车载玉女。”

⑤“我报”句：语本屈原《离骚》：“路漫漫其修远兮，吾将上下而求索”，

“欲少留此灵琐兮，日忽忽其将暮”。

⑥“学诗”句：杜甫《江上值水如海势聊短述》：“为人性僻耽佳句，语不惊人死不休。”漫有，一作“谩有”，通；一作“复有”。空有。牟融《送沈翔》：“谩有才华嗟未达，闲寻鸥鸟暂忘机。”

⑦“九万里”句：《庄子·逍遥游》：“有鸟焉，其名为鹏，背若泰山，翼若垂天之云，抟扶摇羊角而上者九万里”，“鹏之徙于南冥也，水击三千里，抟扶摇而上者九万里，去以六月息者也”。

⑧“蓬舟”句：蓬舟，或即篷船。唐圭璋等《唐宋词选注》作“开往蓬莱的船”，徐培均《笺注》本作“状如飞蓬之舟”。吹取，一作“吹往”。《史记·封禅书》：“自威、宣、燕昭，使人入海，求蓬莱、方丈、瀛洲。此三神山者，其传在渤海中，去人不远，患且至，则船风引而去。盖尝有至者，诸仙人及不死之药皆在焉。其物禽兽尽白，而黄金银为宫阙。未至，望之如云。及到，三神山反居水下。临之，风辄引去，终莫能至云。”

【评析】

此词，原载宋曾慥《乐府雅词》卷下。《花庵词选》卷十、汪本有词题作“纪梦”。

关于此词的创作时地，徐培均《笺注》本谓：作于建炎四年（1130）春。金人于建炎三年十二月二十三日犯越州，四年正月二日犯明州。此时高宗南逃入海，李清照于四年正月三日以后至章安行在，十八日随御舟从海上至温州。此词所写，即此一段航程中生活，而以梦境出之。夏承焘《唐宋词欣赏》以为早年作于山东，于中航《李清照的梦——渔家傲记梦词诠解》谓作于莱州，均有可议之处。

李清照在视野拓展之后，词境有时会变得非常开阔。如这首《渔家傲》，起、结以惊人的海天景象，又以一问一答连缀上、下片，严整中极动荡之致，逶迤中闻风雷之声，见出灵动的艺术构想和表现力。全篇气势磅礴，雄浑高迈，有似苏、辛一派（梁令娴《艺蘅馆词选》乙卷引梁启超评语），构成其词审美境界的另外一面。

词中“学诗漫有惊人句”句，陈祖美先生的理解是：在写此词的前一二年中，清照尝有“循城远览”以寻诗之举（周煇《清波杂志》卷八：“明诚在建康日，易安每值天大雪，即顶笠披蓑，循城远览以寻诗，得句必邀其夫赓和”），并曾写有《乌江》《咏史》和“南渡衣冠欠王导，北来消息少刘琨”和“南来尚觉吴江冷，北狩应悲易水寒”二断句等“惊人”的诗句。故“学诗”句，当是这些创作实绩的带有讽喻和牢骚意味的概括。也即徐培均先生所说的“在天帝面前倾诉自己空有才华而遭逢不幸，奋力挣扎的苦闷”。并谓：由此看来，这首一向被认为表达理想的浪漫主义的豪放词作，却有着极为直接而深刻的现实内容。又，词中“三山”，陈先生又提出：此处则兼有别称“三山”的福州之意。旧福州城内东有九仙山、西有闽山（乌石山）、北有越王山，因称其为三山。李清照尝有一女弟子，名曰韩玉父，曾“自钱塘而之三山”，她是从杭州到福州去寻找那位、与其“有终身偕老之约”“得官归闽”“何其食言”的“林君子建”（《宋棨醉翁谈录》乙集卷之二）。可见宋代人对于“三山”之行，是理解为南去福州的。只是，这种理解与易安行迹不符。靳极苍先生则谓：“去三山”也就是死。

后来，王士禛的和作，也能脱却儿女风月，写来潇洒自在，陶然自得：

南湖西塞花如雾。我歌铜斗樵青舞。醉后放舟忘处所。凫鸥语。觉来已是烟深处。　　蒲叶藕花相映暮。援琴更鼓潇湘句。曲罢月明风叶举。谁同住。琴高约我蓬瀛去。

许德蘋的和作，题作“记梦”，虽然跟王词一样难得原作的豪情，却也写得缥缈浪漫：

香绕窗纱迷晓雾。钧天乐罢霓裳舞。一霎遨游皆胜所。冰人语。

回头刘阮逢仙处。　　正是长安三月暮。满池青草催诗句。帘外飘飘香袂举。留不住。梦魂今夜谁边去。

菩萨蛮

风柔日薄春犹早①。夹衫乍著心情好②。睡起觉微寒。梅花鬓上残③。　　故乡何处是④。忘了除非醉⑤。沉水卧时烧。香消酒未消。

【注释】

① 日薄：日色暗淡。韩愈《晚寄张十八助教周郎博士》："日薄风景旷，出归偃前檐。晴云如擘絮，新月似磨镰。"钱仲联集释引朱熹考异："薄，或作落。今详语势，但如白乐天所谓'旌旗无光日色薄'耳。"

② 乍著：犹云初著。乍，犹初、才。王易简《齐天乐》："锦瑟重调，绡衣乍著，聊饮人间风露。"

③ "梅花"句：指鬓上所簪的梅花已残。

④ 故乡：指今山东济南章丘及诸城、青州一带。时为金人所陷。

⑤ 除非：只有。吕岩《五言》十六首其五："要觅长生路，除非认本元。"

【评析】

此词，原载宋曾慥《乐府雅词》卷下。

关于创作时地，陈祖美先生认为："这虽然是南渡以后的作品，但从中却读不出泉路相隔或悼亡之意。又因词人离开故乡南渡，首先抵达的是江宁（后改称建康），李清照居江宁只有一年多，那么此词当作于赵明诚罢离江宁之前。赵于宋建炎三年（1129）二月被罢，三月迁离。

这段时间即可作为李清照此类词写作的下限。”徐培均《笺注》本则谓：此为怀乡之词，应作于流寓杭州期间，意虽沉痛而笔致轻灵，盖赵明诚辞世已数年。于中航《李清照年谱》称，绍兴二年（1132）春，清照赴杭，词盖作于此后数年。

词写乡愁。江南早春来临，虽然天气微寒，鬓边梅残，但毕竟已是风和日丽，不禁令人心情愉悦。然而，一想到处于金兵蹂躏下的故乡，此时还是春寒料峭，心绪就发生了微妙的变化。乡思涌上心头，似乎只有喝醉了酒，才能“忘”掉故乡。而醉到“香消酒未消”，正可见出乡愁之深重。总体而言，全篇不见“愁”，但上片写“心情好”，明显就是为了反衬下片的乡愁。正如俞平伯《唐宋词选释》所评：“上片措语轻淡，意思和平……（下片）意极沉痛，笔致却不觉其重，与前片轻灵的风格一致。”

后来，许德蘋的和作，相比而言，就只有寻常春情、闺思：

东风暗送春晴早。催开绣谷群花好。犹作拗春寒。怕春容易残。

不知天意是。恼得人心醉。迷迭几回烧。魂消恨不消。

好事近[①]

风定落花深，帘外拥红堆雪。长记海棠开后，正伤春时节[②]。　酒阑歌罢玉尊空[③]，青缸暗明灭[④]。魂梦不堪幽怨，更一声啼鴂[⑤]。

【注释】

① 好事近：张辑词有“谁谓百年心事，恰钓船横笛”句，名《钓船笛》。韩淲词有“吟到翠圆枝上”句，名《翠圆枝》。

②“长记”二句：回忆早年在北方所作之《如梦令》(昨夜雨疏风骤)。正伤春，一作“正是伤春”，依律衍一字。

③“酒阑”句：酒阑，谓酒筵将尽。毛文锡《恋情深》：“酒阑歌罢两沉沉。”《史记·高祖本纪》：“酒阑，吕公因目固留高祖。”裴骃《集解》引文颖曰：“阑言希也。谓饮酒者半罢半在，谓之阑。”玉尊，玉制的酒器。亦泛指精美贵重的酒杯。曹植《仙人篇》：“玉樽盈桂酒，河伯献神鱼。”

④“青缸”句：青缸，一作“青釭”，一作“青红”。青灯。缸，灯盏。李白《夜坐吟》：“青缸灭，啼转多。掩妾泪，听君歌。”明灭，谓忽明忽暗。王维《山中与裴迪秀才书》：“寒山远火，明灭林外。”

⑤“魂梦”二句：幽怨，郁结于心的愁恨。李颀《古从军行》：“行人刁斗风沙暗，公主琵琶幽怨多。”啼鴂(jué)，即鶗鴂、鹈鴂，杜鹃之属。苏轼《蝶恋花》：“小院黄昏人忆别。落红处处闻啼鴂。”

【评析】

此词，原载宋曾慥《乐府雅词》卷下。

徐培均《笺注》本谓：此词似作于赵明诚逝世后某年之暮春。歇拍“魂梦不堪幽怨”二句，实为创深痛巨之语，非因悼念亡夫不能至此。姑系于绍兴三年(1133)定居杭州前后。

词写因见落花而伤春，诸家解读无异辞，但思想内涵已与早年感怀大不相同。这是因为词人饱经沧桑，尤其是经历过国破家亡的痛苦，步入暮年之际，心中虽仍然郁积着无以复加的沉重“幽怨”，而心理活动实已渐趋平和。所以，这种从灵魂深处隐约可见的深哀巨痛，表达出来却是平淡而又内敛的。或者也因此，俄罗斯当代著名学者谢尔盖·托罗普采夫(Toroptsev Sergey A.)才将这首《好事近》编入其《宋词读本》，译介给外国读者。

后来，许德蘋的和作，盖因个人经历与所处时代大为不同，写的就只是寻常闺怨：

数到落梅风，枝上尚留残雪。应记玉人攀处，正阳春佳节。太湖石畔任攲斜，浓香渐吹灭。拈笔欲题新句，奈晓鸣鶗鴂。

长寿乐[①]　南昌生日

微寒应候。望日边、六叶阶蓂初秀[②]。爱景欲挂扶桑[③]，漏残银箭[④]，杓回摇斗[⑤]。庆高闳此际[⑥]，掌上一颗明珠剖[⑦]。有令容淑质[⑧]，归逢佳偶[⑨]。到如今，昼锦满堂贵胄[⑩]。

荣耀，文步紫禁[⑪]，一一金章绿绶[⑫]。更值棠棣连阴[⑬]，虎符熊轼[⑭]，夹河分守[⑮]。况青云咫尺[⑯]，朝暮重入承明后[⑰]。看彩衣争献[⑱]，兰羞玉酎[⑲]。祝千龄，借指松椿比寿[⑳]。

【注释】

① 长寿乐：《宋史·乐志》：仙吕调。《乐章集》注平调。

② “微寒”三句：谓南昌夫人初冬月之初六日生于帝京。应候，顺应时令节候。陆云《寒蝉赋序》：“处不巢居，则其俭也；应候守节，则其信也。”日边，指帝王身边。六叶阶蓂(míng)，《白虎通·符瑞》：“蓂荚者，树名也，月一日一荚生，十五日毕。至十六日，一荚去。故夹阶而生，以明日月也。”

③ “爱景”句：言出生时刻在冬日黎明。爱景，指冬日。景，通影。孟康《咏日应赵王教》：“相欢承爱景，共惜寸阴移。”扶桑，传说中树神。《山海经·海外东经》：“下有汤谷。汤谷上有扶桑，在黑齿北，居水中，有大木，九日居下枝，一日居上枝。”《文选·思玄赋》注引《十洲记》：“叶似桑树，长数千丈，大二十围，两两同根生，更相依倚，是以名之扶桑。”

④ “漏残”句：谓更漏将残、东方欲晓之时，南昌郡君将降生。漏，又

称银漏，古计时器，壶中置银箭，箭上有刻划标志时辰。李白《乌栖曲》："银箭金壶漏水多，起看秋月坠江波，东方渐高奈乐何！"

⑤ 杓（biāo）回摇斗：谓斗柄北指，天下将冬。摇斗不通，据明钞《诗渊》，当作"瑶斗"。《史记·天官书》索隐引《春秋运斗枢》释北斗七星曰："第一至第四为魁，第五至第七为标，合而为斗。"杓，即"标"，亦称斗柄。《鹖冠子·环流》："斗柄东指，天下皆春；斗柄南指，天下皆夏；斗柄西指，天下皆秋；斗柄北指，天下皆冬。"此处当指冬。

⑥ 高闳（hóng）：高门，指贵族。《佩文韵府》引丁松《定婚启》："既袭祥于吉卜，用委币于高闳。"

⑦ "掌上"句：喻被珍爱之儿女。吴均《碎珠赋》："又闻珩璧之独照，不见掌上之明珠。"

⑧ 令容淑质：令容，美好的仪容。沈佺期《册金城公主文》："咨尔金城公主，幼而敏惠，性实柔明，徽艺日新，令容天假。"淑质，美善的品质。《后汉书·崔骃传》："应规矩之淑质兮，过班、倕而裁之。"

⑨ 归逢佳偶：女子出嫁曰归。李清照《金石录后序》："余建中辛巳，始归赵氏。"佳偶，指南昌夫人之夫韩治。据《宋史翼》卷四，治，字循之，忠彦子，琦孙。熙宁八年八月，赐进士出身。元祐中，累官左朝散郎、秘阁校理；七年，为太常丞。绍圣四年，知邢州。元符元年，提点京西刑狱；二年，召为吏部郎中。崇宁三年，入党籍；五年，与知州差遣。寻为太仆少卿知相州，以疾丐祠，由其子肖胄代之。人谓其有家学。

⑩ "昼锦"句：韩肖胄曾祖韩琦守相州，作昼锦堂，欧阳修为之作《相州昼锦堂记》。《宋史·韩肖胄传》云："琦守相，作昼锦堂，治作荣归堂，肖胄又作荣贵堂。三世守乡郡，人以为荣。"贵胄，贵族的后代。《陈书·江总传》："中权将军、丹阳尹何敬容开府，置佐史，并以贵胄充之，仍除敬容府主簿。"

⑪ 紫禁：皇宫。谢庄《宋孝武宣贵妃诔》"收华紫禁"李善注："王

者之宫,以象紫微,故谓宫中为紫禁。"

⑫ "一一"句:金章绿绶,谓佩以绿色绶带之金印。《汉书·百官公卿表》:"相国,丞相,皆秦官,金印紫绶。高帝即位,更名相国,绿绶。"颜师古注"银章青绶"引《汉旧仪》:"其文曰章,为刻曰某官之章也。"此处泛指高官。韩琦、忠彦皆位至宰相。忠彦弟端彦官右赞善大夫;纯彦官至徽猷阁直学士;粹彦为吏部侍郎,终龙图阁学士;嘉彦尚神宗女齐国公主,拜驸马都尉,终瀛海军承宣使。而韩治位至太仆少卿,肖胄后仕至端明殿学士。

⑬ 棠棣连阴:棠棣,《诗·小雅·常棣序》:"棠棣,燕兄弟也。"《宋史·韩肖胄传》:"寻奉祠,与其弟膺胄居于越几十年。事母以孝闻,弟不至不食,所得恩泽,皆先给宗族。"又李心传《建炎以来系年要录》卷六五:肖胄使金时,诏肖胄官子孙七人,"时肖胄长子右奉议郎协提举浙东茶盐,乃诏肖胄次子右通直郎郴……各于寄家处添差通判……"俱可见"棠棣连阴"。

⑭ 虎符熊轼:虎符,即兵符,古代调兵的信物。《史记·文帝纪》:"三年九月,初与郡国首相为铜虎符、竹使符。"《集解》引应劭曰:"铜虎符第一至第五,国家当发兵,遣使者至郡合符,符合乃听受之。"熊轼,状如熊形之车前横木。《后汉书·舆服志》:"公、列侯安车,朱班轮,倚鹿较,伏熊轼。"后多指代公卿及郡守。

⑮ 夹河分守:《汉书·杜周传》:"及久任事,历三公,而两子夹河为郡守。"河,指黄河。《宋史·韩肖胄传》:"时(韩)治守相州,请祠。肖胄因乞补外侍疾,诏除直秘阁、知相州,代其父任。"相州,今安阳。

⑯ 青云咫尺:喻转眼高升。孔稚珪《北山移文》:"度白雪以方洁,干青云而直上。"

⑰ 承明:承明庐,汉承明殿旁屋,侍臣值宿所居;一作著作之所。此谓早晚将朝见帝王。

⑱ 彩衣：《艺文类聚》卷二〇："《列女传》曰：老莱子孝养二亲，行年七十，婴儿自娱，著五色彩衣，尝取浆上堂，跌仆，因卧地为小儿啼，或弄乌鸟于亲侧。"此言肖胄"事母以孝闻"。

⑲ 兰羞玉酎(zhòu)：兰羞，美好菜肴。萧纲《九日侍皇太子乐游苑》："兰羞荐俎，竹酒澄芬。"玉酎，美酒。《说文》："酎，三重醇酒也。"段注："《广韵》作'三重酿酒'，当从之。谓用酒为水酿之，是再重之酒也。次又用再重之酒为水酿之，是三重之酒也。"

⑳ "祝千龄"二句：《诗·小雅·天保》："如南山之寿，不骞不崩。如松柏之茂，无不尔或承。"《逍遥游》："楚之南有冥灵者，以五百岁为春，五百岁为秋。上古有大椿者，以八千岁为春，八千岁为秋。"

【评析】

此词，原载宋无名氏编《截江网》卷六，《全宋词》据以录入。王仲闻《校注》本云："此首原题撰人为易安夫人，宋人未见有以此呼清照者，未知有误否。《翰墨大全》有延安夫人、易少夫人，俱仅一字之异。"近年，刘瑜从明手抄本《诗渊》影印本发现此词，调下题作"冬寿太守"，署"宋延安夫人"。中有异文及脱文。"摇斗"作"瑶斗"，"淑质"作"淑德"，"禁"上脱"紫"字，"金章"误作"今章"，"入"上脱"重"字，"借指"作"共指"。

徐培均《笺注》本则谓：查《诗渊》此页影印件，《长寿乐》前有失调名词，中云"间世挺生贤哲，贾马文章，清俊推太守"；其后有宋仲殊《满庭芳》，下阕云："此日中吴太守，看看秉廊庙钧衡。"再下有宋张时甫失调名"寿平江陈守"，云："人言太守是龚黄。"综观前后数词，寿主皆为太守，故此词亦误题"冬寿太守"。又此词上阕云："有令容淑质，归逢佳偶。"谓寿主貌美而贤，所嫁为佳偶。此可证明寿主为女性而非太守。又，《钦定词谱》此调仅收柳永一首，末注："独见《乐章集》,宋元人无填此调者。”可知馆臣犹未见李清照此词。

此词,邓红梅以为是向婆婆南昌郡夫人郭氏的贺寿之作,时在宣和四年(1122)正月初六日。《笺注》本则认为:盖为韩肖胄母文氏而作。文氏,文彦博孙女。南昌,乃夫人诰命。绍兴三年(1133),韩肖胄奉命使金,《宋史》本传载:“母文语之曰:‘汝家世受国恩,当受命即行,勿以我老为念。’帝称为贤母,封荣国夫人。”李清照此时有《上枢密韩公》诗,序称“有易安室者,父、祖皆出韩公门下”。有此渊源,故当其母生日,上此寿词。因附此词于绍兴二年(1132),待考。

这首寿词,基本上是“入俗”(况周颐《蕙风词话》卷三)的应酬之言。为显寿词庄重典雅,词人频繁用典,可见其甚为用心,以及腹笥甚丰。

武陵春[①]

风住尘香花已尽,日晚倦梳头[②]。物是人非事事休[③]。欲语泪先流。　　闻说双溪春尚好,也拟泛轻舟[④]。只恐双溪舴艋舟[⑤]。载不动、许多愁[⑥]。

【注释】

① 武陵春:《梅苑》名《武林春》。

② “风住”二句:花已尽,一作“春已尽”。日晚,一作“日落”,一作“日晓”。

③ “物是”句:物是人非,谓事过境迁。曹丕《与朝歌令吴质书》:“节同时异,物是人非,我劳如何。” 事事,犹样样。《古诗为焦仲卿妻作》:“著我绣夹裙,事事四五通。”

④“闻说”二句：闻说，一作“闻道”。双溪，《浙江通志》卷一七引《名胜志》：“双溪，在（金华）城南，一曰东港，一曰南港。东港源出东阳县大盆山，经义乌西行入县境，又汇慈溪、白溪、玉泉溪、坦溪、赤松溪，经石碕崖下，与南港会。南港源出缙云黄碧山，经永康、义乌人县境，又合松溪、梅溪水，绕屏山西北行，与东港会于城下，故名。”春尚好，一作“春向好”。轻舟，一作“扁舟”。

⑤“只恐”句：舴艋（zé měng）舟，小船，两头尖如蚱蜢。《艺文类聚》卷七一《元嘉起居注》：“余姚令何玢之造作平床一，乘船舴艋一艘，精丽过常。”

⑥“载不动”句：或谓此句衍一字，或谓其中“载”字衬。动，一作“得”。郑文宝《柳枝词》：“不管烟波与风雨，载将离恨过江南。”

【评析】

此词，录自彭氏抄本。《词鹄》调作《武陵春第二体》。汪本、《类编草堂诗馀》卷一有词题作“春晚”，《词学筌蹄》作“春暮”，《彤管遗编》续集作“暮春”。

赵万里《校辑》本案云：“《诗词杂俎》本《漱玉词》收之，题作‘春晚’，与《类编草堂诗余》同。至正本《草堂诗馀》前集上《如梦令》后接此阕，不注撰人。玩意境颇似李作，姑存之。”王仲闻《校注》本云：“《古今别肠词选》卷二又误以此首为马洪所作。”（马洪（生卒年不详）字浩澜，号鹤窗，仁和（今浙江杭州）人。徐伯龄《蟫精隽》卷一一：“予内弟马浩澜，名洪，号鹤窗，杭之仁和人，善诗词，极工巧。……予与鹤窗、清溪偕出菊庄之门，而鹤窗能大肆力于学问，既得诗律之正，复臻诗余之妙，人以与清溪齐名云。”菊庄即刘泰（1422–1459）。存词二十九首。）徐培均《笺注》本谓：此词颇符合李清照身世，应为其所作无疑。

关于创作时地，黄盛璋《李清照事迹考辨》以为“词意写的是暮春三月景象，当作于绍兴五年（1135）三月。”又《赵明诚李清照夫妇年谱》谓“绍兴五年乙卯，清照五十二岁。春，清照在金华，作《武陵春》词”。王仲闻《校注》亦认为“此首乃绍兴五年李清照在金华所作”。徐培均《笺注》本案云：据《宋史·高宗纪》，绍兴四年九月，金人及伪齐渡淮南侵。冬十月丙子朔，高宗与赵鼎定策亲征。己卯，金人犯滁州，围亳州。壬午，伪齐犯安丰，韩世忠邀击金人于大仪镇，败之。乙丑，金人困承州，又围濠州；高宗如平江。李清照《打马图序》云：“今年十月朔，闻淮上警报，江浙之人，自东走西，自南走北，居山林者谋入城市，居城市者谋入山林，旁午络绎，莫不失所。易安居士自临安溯流，涉严滩之险，抵金华，卜居陈氏第。”十二月庚子，金人退兵。至绍兴五年春，局势稍定，故清照有出游之兴。

此词的总体布局值得注意，谭献《复堂词话》尝称之为“扫处即生”。扫即扫除，生即生发。词作首句，是说前一个阶段情景的结束，即“风住尘香”，春光已尽。以已尽而不是未尽开篇，不就等于是把有可写之处的东西扫除了么？等到读下去，才知道下面又发生了另外一番情景，即暮春时节的闲淡愁怀。而这些，才是词人所要着力表现的，也是词中最为动人的部分，所以叫“扫处即生”。这种写法，本来是因为受到篇幅限制而被“逼”出来的，却也正好可以把省略了的部分当作背景，以反衬正文，从而“出人意外”（沈祖棻《宋词赏析》）地加强了正文的感染力量。此前，欧阳修的《采桑子》以及周邦彦的《望江南》，就都是如此布局：

群芳过后西湖好，狼籍残红。飞絮濛濛。垂柳阑干尽日风。笙歌散尽游人去，始觉春空。垂下帘栊。双燕归来细雨中。

游妓散，独自绕回堤。芳草怀烟迷水曲，密云衔雨暗城西。九陌未沾泥。　　桃李下，春晚未成蹊。墙外见花寻路转，柳阴行马过莺啼。

无处不凄凄。

词中歇拍"只恐双溪舴艋舟。载不动、许多愁"二句,亦有可说处。古人写愁恨,往往将其物质化,也就是化虚为实。如李煜《虞美人》中的"问君能有几多愁。恰似一江春水向东流",秦观《江城子》中的"便做春江都是泪,流不尽,许多愁"以及《浣溪沙》中的"自在飞花轻似梦,无边丝雨细如愁"。这种化虚为实的写法,也包括写愁的重量,在后来作家手中各有千秋,名篇迭出。如周邦彦《尉迟杯》中的"无情画舸,都不管、烟波隔南浦。等行人、醉拥重衾,载将离恨归去",是说愁恨能载得走。李清照此词,则又说愁恨载不动。诗词中的写作思路,还影响到了曲。如董西厢《仙吕·点绛唇缠令·尾》写道:"休问离愁轻重,向个马儿上驮也驮不动。"王西厢《正宫·端正好·收尾》也说:"遍人间烦恼填胸臆,量这些大小车儿如何载得起。"诸多创变,既是后来者可资借鉴的宝贵资源,也可以成为进一步创造的挑战和动力。比如清代女词人张蘩的一首《清平乐·忆妹》,就是如此:

重门深处。听尽黄梅雨。千遍怀人慵不语。魂断临歧别路。一天离恨分开。同携一半归来。日暮孤舟江上,夜深灯火楼台。

跳出前人藩篱,认为愁恨一半被离人载走,一半却被居者留下,从而旧曲翻新,别有韵味。

相比而言,王士禛的和作,似乎少了一份婉转、轻灵、细柔的"女性美"(缪钺《灵溪词说·论李清照词》):

昨日相逢歌扇底,偷赠玉搔头。画阁香浓郎且休。秋水簟纹流。送别殷勤杨柳岸,花雪满行舟。双桨凌风兰叶舟。又卷起、一江愁。

许德蘋的和作,题作"春晚",则又难有原作流露出的"徐缓顿挫、回荡不尽的韵味"(唐圭璋《论李清照的后期词》):

花事阑珊春已了,人倚翠楼头。往日思量今日休。溪水自东流。溪上桃花无处觅，空拟逐渔舟。便有瓜皮一叶舟。怎载得、惜花愁。

转调满庭芳

芳草池塘，绿阴庭院①，晚晴寒透窗纱。玉钩金锁②，管是客来唦③。寂寞尊前席上，唯愁海角天涯④。能留否，酴醾落尽，犹赖有梨花⑤。　当年曾胜赏，生香薰袖⑥，活火分茶⑦。尽如龙骄马，流水轻车⑧。不怕风狂雨骤，恰才称煮酒残花⑨。如今也，不成怀抱，得似旧时那⑩。

【注释】

①“芳草”二句：谢灵运《登池上楼》：“池塘生春草，园柳变鸣禽。”毛熙震《浣溪沙》：“花榭香红烟景迷。满庭芳草绿萋萋。”

② 玉钩：各本《雅词》原缺，此据四库本《乐府雅词》校补。帘钩之美称。李璟《摊破浣溪沙》：“手卷真珠上玉钩。依前春恨锁重楼。”

③“管是”句：管是，宋时方言。管，犹准、定。曾觌《醉落魄》：“百般做处百厮惬。管是前生，曾负你冤业。”唦（shā），语助词，犹也、了。

④“寂寞”二句：谓金人不时南侵，杭州时局不稳，人将流离逃乱。唯愁，他本皆作“唯□□”，此据文津阁四库全书本《乐府雅词》校补、校删。海角天涯，形容遥远偏僻之地。白居易《浔阳春三首》其一：“春生何处暗周游，海角天涯遍始休。”

⑤ 梨花：他本皆作“□□”，此据文津阁四库全书本《乐府雅词》校补。梨花早于酴醾两信，约一月有余，疑此处作“梨花”有误。

⑥“当年”二句：胜赏，尽情地欣赏。李适《中和节赐群臣宴赋七韵》：

"胜赏信多欢,戒之在无荒。"生香,上等麝香。许浑《寄题商洛王隐居》:"随蜂收野蜜,寻麝采生香。"薰袖,指肘后带有香囊。

⑦ 活火:赵璘《因话录》卷二:"(李约)天性惟嗜茶,能自煎,谓人曰:'茶须缓火炙,活火煎。'活火谓炭火之焰者也。"

⑧ "尽如"二句:乃是回忆汴京盛况。化用李煜《望江南》:"还似旧时游上苑,车如流水马如龙。"尽如龙,他本皆作"□□龙",此据文澜阁四库全书本校补。

⑨ 煮酒残花:谓对酒咏花。煮酒,即温酒、烫酒。欧阳修(一作晏殊)《浣溪沙》:"青杏园林煮酒香。佳人初试薄罗裳。"残,一作"笺",近是。笺花,喻美妙的词章。李元纮《奉和圣制送张说上集贤学士赐宴》:"馔玉趋丹禁,笺花降紫墀。"此谓在纸上写诗咏花。

⑩ 那:犹何。青州、章丘一带方言语助词。

【评析】

此词,录自宋曾慥《乐府雅词》卷下。赵万里《校辑》本调作《满庭芳》。《钦定词谱》卷一三谓:"转调者,摊破句法,添入衬字,转换宫调,自成新声耳。"

黄墨谷《重辑》本以为此词乃"建炎元年南渡以后之作",并云"系怀京洛旧事之作"。徐培均《笺注》本谓:当为绍兴中定居杭州时所作。

词写晚年远离故乡、愁苦难熬的清冷孤寂生活,从而引发对当年汴京难忘之赏心乐事的回忆。全篇以今昔对比之法出之,因而倍觉今日之凄凉失落。词云"寂寞尊前席上,唯愁海角天涯",盖明诚逝世后,词人晚年孀居,席上客稀,故云寂寞;甫自金华逃难归来,惊魂未定,故仍"唯愁海角天涯"。

后来,许德蘋的和作,也写出了令人沉思的怀旧与无奈之意:

南苑红飞,西楼绿嫩,越溪人浣轻纱。柳枝摇曳,为学舞腰吵。望断蘼芜青处，有山色、一碧无涯。凭阑看，忘忧簇簇，花影上衣摩。人生能几许，貂裘换酒，鹦鹉供（平）茶，恁何须宝马，不藉香车。算是良辰美景，已开残、玉洞桃花。平生事，从头谁说，独自叹无那。

词作尾注，也有一定的价值："此阕见于《乐府雅词》，原缺八字，而过腔之韵，亦无第二韵'吵'字。遍阅韵书，俱无此字，细拟辞意，是助语辞，近于取字之意。夫子在琴川，曾于书肆中获得旧钞宋词一册，内有此阕，所缺八字俱全。欣然得而和之。"

永遇乐① 元宵

落日镕金，暮云合璧，人在何处②。染柳烟浓，吹梅笛怨③，春意知几许。元宵佳节，融和天气④，次第岂无风雨⑤。来相召、香车宝马⑥，谢他酒朋诗侣。　中州盛日，闺门多暇⑦，记得偏重三五⑧。铺翠冠儿⑨，捻金雪柳⑩，簇带争济楚⑪。如今憔悴，风鬟霜鬓⑫，怕见夜间出去⑬。不如向、帘儿底下，听人笑语。

【注释】

① 永遇乐：周密《武林旧事·天基节乐次》：乐奏夹钟宫，第五盏，觱篥起《永遇乐慢》。此调有平韵、仄韵两体。仄韵者，始自北宋，《乐章集》注林钟商。晁补之词名《消息》，自注越调。平韵者，始自南宋，陈允平创为之。

② "落日"三句：廖世美《好事近》："落日水镕金，天淡暮烟凝碧。"江淹《休上人怨别》："日暮碧云合，佳人殊未来。""人在何处"之"人"当指已故的赵明诚。

③ 吹梅笛怨：《乐府杂录》："笛者，羌乐也，古有《梅花落》曲。"

④ "元宵"二句：正月是农历的元月，古人称"夜"为"宵"，正月十五日是一年中的第一个月圆之夜，所以称为元宵节。佳节，美好的节日。王维《九月九日忆山东兄弟》："独在异乡为异客，每逢佳节倍思亲。"融和，和煦。张登《小雪日戏题绝句》："融和长养无时歇，却是炎洲雨露偏。"

⑤"次第"句：张相《诗词曲语辞汇释》："次第，进展之辞，犹云接着也；转眼也。……李清照《永遇乐》词：'元宵佳节，融和天气，次第岂无风雨。'言转眼恐有风雨也。"

⑥ 香车宝马：指考究的车骑。韦应物《长安道》："宝马横来下建章，香车却转避驰道。"

⑦"中州"二句：中州盛日，北宋汴京鼎盛时期。闺门，妇女所居之处。《北齐书·尉瑾传》："瑾外虽通显，内阙风训，闺门秽杂，为世所鄙。"

⑧ "记得"句：《东京梦华录》卷六："正月十五日元宵，大内前自岁前冬至后，开封府绞缚山棚，立木正对宣德楼，游人已集御街两廊下。奇术异能，歌舞百戏，鳞鳞相切，乐声嘈杂十余里。"《梦粱录》卷一："正月十五日元宵节，乃上元天官赐福之辰。昨汴京大内前缚山棚，对宣德楼，悉以彩结。山沓上皆画群仙故事，左右以五色彩，结文殊、普贤跨狮子、白象，各手指内五道出水。其水用辘轳绞上灯棚高尖处，以木柜盛贮，逐时放下，如瀑布状。又以草缚成龙，用青幕遮草上，密置灯烛万盏，望之蜿蜒如双龙飞走之状。上御宣德楼观灯，有牌曰'与民同乐'。万姓观瞻，皆称万岁。"可见宋徽宗时，汴京如何"偏重三五"。

⑨ 铺翠冠儿：《梦粱录》卷一："官巷口、苏家巷二十四家傀儡，衣装鲜丽，细旦戴花朵□肩、珠翠冠儿，腰肢纤袅，宛如妇人。"铺翠，当是以翠羽或翡翠装饰帽子。

⑩ 捻金雪柳：《东京梦华录》卷六："（正月十六日）市人卖玉梅、夜蛾、蜂儿、雪柳、菩提叶、科头圆子、拍头焦䭔。"朱弁《续骫骳说》："都下

元宵观游之盛,前人或于歌词中道之,……又妇女首饰,至此一新,髻鬟篸插,如娥蝉蜂蝶、雪柳、玉梅、灯球,袅袅满头。"《武林旧事》卷二:"元夕节物,妇人皆戴珠翠、闹蛾、玉梅、雪柳、菩提叶。"可见,南北宋元宵节妇女妆饰大致相似。

⑪ "簇带"句:簇带,宋时口语。簇,丛聚貌。带,通"戴"。《武林旧事》卷三:"而茉莉为最盛。初出之时,其价甚穹,妇人簇戴,多至七插,所直数十券,不过供一饷之娱耳。"济楚,宋时口语。器物、容态、风光整洁、美好貌。柳永《木兰花》:"心娘自小能歌舞,举意动容皆济楚。"

⑫ 风鬟霜鬓:谓发已乱而鬓已白。正晚年形象。《太平广记》卷四一九《柳毅传》:"见大王爱女牧羊于野,风鬟雾鬓,所不忍视。"

⑬ 怕见:犹云怕得,懒得。见,犹得。

【评析】

此词,录自宋赵闻礼《阳春白雪》卷二。调下原无题,此据宋张端义《贵耳集》卷上校补。

关于此词的创作时地,徐培均《笺注》本谓:当作于南渡以后。《贵耳集》卷上谓"晚年赋元宵永遇乐词",甚是。又案云:李清照建炎间生活动荡不定,绍兴二年(1132)始赴杭州,绍兴四年冬十月又避地金华,此一时期,皆"流荡无依",恐无心情赋此词。逮至绍兴五年五十二岁后,始定居杭州,而时局又较安定。然考《宋史·高宗纪》,绍兴"五年春正月乙巳朔,日有食之。帝在平江府(今苏州)。金人去濠州","六年春正月辛未,蠲贫民户帖钱之半,无物产者悉除之","七年春正月癸亥朔,帝在平江,下诏移跸建康","八年春正月戊子朔,帝在建康。丙申,减临安府夏税折输钱","九年春正月壬午朔,帝在临安。丙戌,以金国通和,大赦"。可见,绍兴五年至八年正月间,高宗皆在外地,且经济穷困,杭州不可能歌舞升平,庆祝元宵。直到绍兴九年金国通和,始有欢度元宵之可能。时清照已届五十六岁。揆之张端义“南渡以来，常怀京洛旧事，晚年赋元宵《永遇乐》词”之说，词当作于绍兴九年之元宵。

通过自己生活的变化来写时代的变化，是李清照词的重要词史贡献之一，如这首《永遇乐》。对此词，沈祖棻《宋词赏析》有这样的论述：“李清照晚年的词，非常具体地、生动地反映了她精神生活的变化，而对于她物质生活的变化，则涉及很少。这首词却给我们透露了一些。首先是她说‘中州盛日，闺门多暇’，这就反证了南渡暮年，闺门少暇。归来堂中的赌书泼茶，建康城上的戴笠寻诗，恐怕早已被琐屑的家务劳动代替了。由于贫困，不能不亲自操作，就忙了起来，这是可推而知之的。其次是她说‘向帘儿底下，听人笑语’，这绝不是居在深宅大院、有重重门户的大户人家所可能，也决不是上层妇女的行为。只有一般市民，居宅浅狭，开门见街，妇女才有垂下帘子看街上动静和听行人说话的习惯。而她竟然也是如此，则其生涯之潦倒，就更可想见了。”宋末刘辰翁是这首词最好的批评者之一，他“曾和此词，小序云：‘余自乙亥上元，诵李易安《永遇乐》，为之涕下。今三年矣。每闻此词，辄不自堪，遂依其声，又托之易安自喻，虽辞情不及，而悲苦过之。’”在南宋灭亡后，“刘辰翁正是从这首词中即小见大，即从其所写的过元宵节时的今昔之感，看到国家的兴亡、广大人民丧乱流离的痛苦的。”刘辰翁词附以参读：

壁月初晴，黛云远淡，春事谁主。禁苑娇寒，湖堤倦暖，前度遽如许。香尘暗陌，华灯明昼，长是懒携手去。谁知道、断烟禁夜，满城似愁风雨。　　宣和旧日，临安南渡，芳景犹自如故。缃帙流离，风鬟三五，能赋词最苦。江南无路，鄜州今夜，此苦又谁知否。空相对、残红无寐，满村社鼓。

与此痛心亡国、怀念古都等核心内容相应，而更为值得瞩目的是，李清照此词在艺术上所表现出的独到之处：词中实际上蕴含激越之情，却又妙在不著一字，含蓄委婉，全用铺叙，足可见其词笔之细，乃至"晚年词境之超绝"（龙榆生《漱玉词叙论》）。相比而言，许德蘋的和作就没有《贵耳集》中所称道的原作的"间气"：

月浸春城，花明灯市，游冶佳处。桥畔云迷，楼头采结，仙阙应也许。翠影丛中，艳歌声里，最怕霎时微雨。还端整、靓妆簇簇，好挈凤俦鸳侣。　　千门如昼，六街闲步，不觉签声催五。宝马尘飞，钿车香惹，群靡争楚楚。鱼龙游戏，因风忽撼，势若凌空飞去。听邻女、月地花天，从头细语。

怨王孙

梦断漏悄[①]。愁浓酒恼。宝枕生寒，翠屏向晓[②]。门外谁扫残红。夜来风[③]。　　玉箫声断人何处[④]。春又去。忍把归期负[⑤]。此情此恨，此际拟托行云。问东君。

【注释】

①漏悄：漏声寂静。漏，古计时器。

②翠屏：绿色屏风。江淹《丽色赋》："紫帷铪匝，翠屏环合。"鹿虔扆《思越人》："翠屏欹，银烛背，漏残清夜迢迢。"

③夜来：一作"落花"。犹云昨日，昨夜亦同。

④玉箫声断：谓吹箫人已去。后世多以吹箫人借喻夫婿。

⑤"忍把"句：一作"空把流年负"。忍，忍心。柳永《鹤冲天》："忍把浮名，换了浅斟低唱。"秦观《鹊桥仙》："柔情似水，佳期如梦，忍顾鹊桥归路。"归期：归来的日期。李商隐《夜雨寄北》："君问归期未有期，

巴山夜雨涨秋池。”

【评析】

此词,《草堂诗馀》正集卷一、《草堂诗馀隽》卷二、《花草粹编》卷五、《古今词统》卷七、崇祯《历城县志》卷十五并题作“春暮”。郭巩《诗馀谱式》作“春景”。

赵万里《校辑》本、王仲闻《校注》本列此词入存疑之作。《校辑》本云:“案上二阕(指此首及‘帝里春晚’一首)《诗词杂俎》本《漱玉词》收之,殆与《类编草堂诗馀》同出一源。前一阕至正本《草堂诗馀》前集上引与《如梦令》《武陵春》二词衔接,《类编》本以为李作,失之。后一阕至正本不收,见《类编》本,未详所出。”《校注》本按:“前一首杨金本《草堂诗馀》前集卷下作无名氏词;后一首杨金本《草堂诗馀》同卷作秦少游词,并无题。《类编草堂诗馀》并以为李清照作,不可据。”《全宋词》据《草堂诗馀》前集卷上定为无名氏作,列入存目词。

徐培均《笺注》本谓:宋本秦观《淮海居士长短句》无此调“帝里春晚”一首。《钦定词谱》卷一一《河传》又一体调,下注云:“又按《漱玉词》,李词别首……前段第一、二句“梦断漏悄,愁浓酒恼”,“漏”字、“酒”字俱仄声。后段第一、二句“玉箫声断人何处,春又去”,“又”字亦仄声,与诸家异。”又万树《词律》卷六张元幹《怨王孙》词末注云:“‘院’字必仄,《谱》注可平,大谬。观芦川、易安诸作可见。‘红潮’至‘重门’,易安作上六下四,不拘。”据以上二证,本首以李清照作为宜。又谓:此词云“玉箫声断人何处,春又去”,与《永遇乐》“人在何处。染柳烟浓,吹梅笛怨,春意知几许”相似,皆含悼亡之意。盖作于赵明诚卒后某年暮春。

词作悼亡。上片基本上是写景。其中“门外扫残红”句,“形容暮春”（董其昌《便读草堂诗馀》卷三）甚妙，妙在辞情俱到，显尽“空寂”（李攀龙《草堂诗馀隽》卷二眉批）。下片抒恨。春又归去，尚有回时，所以只是愁；而夫婿亡故，则是一去不返，故恨。两相融汇之下的无限情恨，无可言表，乃有结二句“拟托行云，问东君”的无奈已极与痛、恨已极语。将这种天问般的奇想融入悼亡，尤有意味（《草堂诗馀隽》卷二眉批）。

后来，王士禛的和作以及彭孙遹题作“春暮和李易安同阮亭”的和作：

画阁清悄。情思懊恼。旅雁生秋，哀蛩饯晓。叶底渐减蕉红。怯西风。　　莺花步步郎行处。将梦去。欢侬忍相负。楼头望断，千里思化春云。远随君。

银箭声悄。金屏思恼。香梦和云，流莺弄晓。一树树海棠红。不禁风。　　风狂雨骤伤心处。花落去。秾艳空辜负。登楼一望天际，目尽南云。镇思君。

虽然都未能脱离思妇词之窠臼，写来也是情辞俱到，一波三折。

山花子①

揉破黄金万点明②。剪成碧玉叶层层③。风度精神如彦辅④，太鲜明⑤。　　梅蕊重重何俗甚，丁香千结苦粗生⑥。熏透愁人千里梦，却无情。

【注释】

① 词调名，一作《摊破浣溪沙》。

②“揉破”句：揉破黄金，喻初绽之金色桂花。万点明，一作“万点轻”。

③ 碧玉：喻树叶。此喻桂叶。贺知章《咏柳》："碧玉妆成一树高，万条垂下绿丝绦。"

④"风度"句：此以名士喻桂花风度之高洁清朗。彦辅，晋乐广，字彦辅。《晋书·乐广传》："广与王衍俱宅心事外，名重于时。故天下言风流者，谓王、乐为称首焉。"

⑤ 太鲜明：《世说新语·品藻》："刘令言始入洛，见诸名士而叹曰：'王夷甫太解明。乐彦辅我所敬。'"《晋书·刘隗传》"解明"作"鲜明"。

⑥"丁香"句：丁香千结，指紫丁香花蕊。毛文锡《更漏子》："偏怨别。是芳节。庭下丁香千结。"苦粗生，苦于粗糙。生，语助词。

【评析】

此词，录自彭氏抄本。

黄墨谷《重辑》本以为此词"词意浅薄，不类清照之作"。徐培均《笺注》本谓：词咏丹桂（金桂），盖作于南渡以后，故歇拍云"熏透愁人千里梦，却无情"。建炎年间，李清照生活动荡不定，此词较闲雅，虽亦思乡，然不如建炎时激烈，当作于绍兴中定居杭州时。因系于绍兴十年（1140）前后。

词作于金桂可谓极尽赞美之辞。尤其是在下片中，先是以"梅蕊"和"丁香"与金桂作比，谓向来为易安所喜的梅花为"俗甚"，丁香则更显粗糙，皆不足以媲美金桂，在比较中见出抑扬之意。当然，这里的褒桂贬梅，自然并不是出于对梅的厌恶；说丁香粗俗小气，也可以认为是为了进一步衬托金桂的高雅大度。再就是结末二句的曲笔，极写金桂花香，却反以"无情"之语迭宕出之，谓因其香之浓烈，以致熏醒了思乡美梦中的词人，甚可恼也；亦陈祖美先生所谓对其担心——浓香熏得游人醉，错把杭州作汴州——的一种"软化"处理。构思精巧处，颇类金昌绪《春怨》：

打起黄莺儿，莫教枝上啼。啼时惊妾梦，不得到辽西。

两者所写都较为夸张，而共同的目的，却都在于凸显深沉的情思。

声声慢[①]

寻寻觅觅，冷冷清清，凄凄惨惨戚戚[②]。乍暖还寒时候[③]，最难将息[④]。三杯两盏淡酒，怎敌他、晚来风力[⑤]。雁过也，正伤心、却是旧时相识[⑥]。　满地黄花堆积。憔悴损，如今有谁忺摘[⑦]。守着窗儿[⑧]，独自怎生得黑[⑨]。梧桐更兼细雨，到黄昏、点点滴滴。这次第[⑩]，怎一个愁字了得[⑪]。

【注释】

① 声声慢：蒋氏《九宫谱》注仙吕调。晁补之词名《胜胜慢》。吴文英词有“人在小楼”句，名《人在楼上》。此调有平韵、仄韵两体，平韵者，以晁补之、吴文英、王沂孙词为正体；仄韵者，以高观国词为正体。

② “凄凄”句：谢灵运《道路忆山中》：“凄凄明月吹，恻恻广陵散。”《诗·小雅·正月》：“忧心惨惨，念国之为虐。”《论语·述而》：“君子坦荡荡，小人长戚戚。”

③ 乍暖还寒：形容天气冷热不定。刘清夫《玉楼春》：“柳梢绿小眉如印。乍暖还寒犹未定。”

④ 最难将息：最难，一作“正难”。将息，唐宋时俗语。保重身体之义。王建《寄刘蕡问疾》：“年少病多应为酒，谁家将息过今春。”此处自谓难以安息、休养。

⑤ “三杯”二句：两盏，一作“两杯”。晚来，一作“晓来”。风力，一作

“风急”。

⑥“雁过也”二句：正伤心，一作“纵伤心”。古人不仅常以鸿雁代指传递信息的使者，而且也将其作为故乡的象征。毛滂《浣溪沙》：“雁过故人无消息，酒醒残梦寄凄凉。”

⑦忺（xiān）摘：一作“堪摘”。想摘。《方言》：“青、齐呼意所欲为忺。”林逋《杂兴四首》其二：“散帙挥毫总不忺，病怀愁绪坐相兼。”

⑧守着：一作“守定”。

⑨怎生：如何，怎样。宋时口语。柳永《甘州令》：“卖花巷陌，放灯台榭。好时节，怎生轻舍。”

⑩这次第：《诗词曲语辞汇释》：“次第，况状之辞，犹云状态也。……这次第，犹云这情形或这光景也。”

⑪了得：了结。济南章丘方言。苏轼《与王定国》：“某自谪居以来，可了得《易传》九卷，《论语》五卷。”

【评析】

此词，录自彭氏抄本。汪本有词题作“秋情”，《古今词统》卷一二作“秋闺”，《碎金词谱》卷二作“秋词”。

清人俞正燮以为此词是李清照早期作品，陈祖美先生以为“当写于正值中年的青、莱时期”，王仲闻《校注》本认为必为晚年之作，黄墨谷《重辑》本认为“当作于建炎三年（1129）秋，是年八月十八日赵明诚卒，系悼亡之词”。徐培均《笺注》本则谓：清照悼亡之作，应为《孤雁儿》，词云：“吹箫人去玉楼空，肠断与谁同倚。一枝折得，人间天上，没个人堪寄。”乃写新寡之伤痛。《梅苑》于本年冬编成，中收此词，似可作佐证。而此首所作时间应更晚。起云“寻寻觅觅，冷冷清清”，盖云室内空无一物，此必在绍兴十六年（1146）前后。在建炎三、四年金人南侵中，清照古器物一部分运往洪州，不久损失，绍兴元年卜居越州土民钟氏宅又被窃一部分。故至晚年流荡无依，家徒四壁，遂有此深愁惨痛发之于词。考曾慥《乐府雅词》绍兴十六年编成，中收李清照词二十三首，而未及此词。可见尚未写出，或写出不久而流播未广。否则如此精品，恐有遗珠之憾。因系此词于绍兴十七年。

靖康之难，国破家亡，李清照的心境、词境皆为之一变。如这首《声声慢》，全篇九十七字，舌、齿两声多至五十七字，是有意用啮齿叮咛的口吻，所谓"咽字诀"（梁令娴《艺蘅馆词选》乙卷引梁启超评语），极写"茕独凄惶"（梁启超《中国韵文里头所表现的情感》）的景况，郁伊惝恍的心情。曾与温情慰藉、潇洒自赏之乐相伴的大雁、菊花，而今引发的却是伤心绝望、斯人憔悴之悲。轻盈曼妙、明丽轻快的闺词恋曲，变成沉重哀戚、灰冷凝重的生死恋歌，同时也是苦难时代的真实写照。

词中起首十四字之妙，傅庚生《中国文学欣赏举隅》的读解颇为深切："此十四字之妙：妙在叠字，一也；妙在有层次，二也；妙在曲尽思妇之情，三也。良人既已行矣，而心似有未信其即去者，用以'寻寻'。寻寻之未见也，而心似仍有未信其即便去者，又用'觅觅'；觅者，寻而又细察之也。觅觅之终未有得，是良人真个去矣，闺闼之内，渐以'冷冷'；冷冷，外也，非内也。继而'清清'；清清，内也，非复外矣。又继之以'凄凄'，冷清渐蹙而凝于心。又继之以'惨惨'，凝于心而心不堪任。故终之以'戚戚'也，则肠痛心碎，伏枕而泣矣。似此步步写来，自疑而信，由浅入深，何等层次，几多细腻！不然，将求叠字之巧，必贻堆砌之讥，一涉堆砌，则叠字不足云巧矣。故'觅觅'不可改在'寻寻'之上，'冷冷'不可移植'清清'之下，而'戚戚'又必居最末也。且也，此等心情，唯女儿能有之，此等笔墨，唯女儿能出之。"

又"怎敌他"句，陈祖美先生认为：只有作"晓来风急"时，才有可能发现此句当系取义于《诗·终风》篇的"终风且暴"句。《终风》篇的题旨有二说，一是《诗序》谓："《终风》，卫庄姜伤己也。遭州吁之暴，见侮慢而不能正也。"二是《诗集传》云："庄公之为人，狂荡暴疾，庄姜盖不忍斥言之，故但以'终风且暴'为比。"今天看此二说均有牵强之处，且第二种说法李清照无缘看到。但对第一种说法，她当与多数古人一样，恐怕是深信不疑的。况且她能够读到的尚有《左传·隐公三年》的这类说法：卫庄公娶于齐东宫得臣之妹，曰庄姜，美而无子，卫人所为赋《硕人》；《诗序》谓，庄公宠幸其妾，冷遇庄姜，庄姜无子，国人悯之，为作此诗。不要说李清照，在她之后近千年的朱自清也相信此说，并认为"《硕人》篇要歌给庄公听"（《诗言志辨》）。李清照将那些与自己身世有关的材料，在词中加以隐括，从而歌给赵明诚听，这不是没有可能的。再从训诂方面看，"暴"也就是"晓来风急"的意思。词人以此暗喻自己与庄姜相类似的"无嗣"和何以"无嗣"，可谓用心良苦！因而，词中作"晓来风急"，则顺理成章，如作"晚来风急"，则是以讹传讹，恐有悖于词人初衷。可备一说。

后来，清代女词人席佩兰作有一首同调"题风木图"，全篇模仿李清照此词，某些地方竟至一字不移：

萧萧瑟瑟，惨惨凄凄，呜呜哽哽咽咽。一片秋阴摇弄，晚天如墨。三丝两丝细雨，更助它、白杨风急。雁过也，遍寒林，尽是断肠声息。有客天涯孤立。回首望，高堂更无人一。寒食梨花，麦饭几曾亲设。空含两行血泪，洒枯枝、点点滴滴。待反哺，学一个、乌乌不得。

又，王士禛的和作，同样是深闺冷落，离人凄楚，写得如同原作一般的幽深哀婉，已是不易：

蛛迷楚馆，雁去秦楼，情怀不禁惨戚。带雨寒蛩窗外，似闻叹息。锦衾斗帐人远，枉怨他、西风寒急。更漏尽，梦难成、毕竟此情谁识。画尺宝奁尘积。冷落尽枝上，残红如摘。倦枕鬟松，空似鸦翎剪黑。裴回那成好梦，但鲛人、只有泪滴。恁打算，那人去、怎是少得。

许德蘋的和作，题作“秋情”，写如许“暗恨”“幽情”，亦颇为动人：

重重觅觅，坐坐行行，朝朝暮暮戚戚。万叶飞黄秋意，早传消息。还添暗恨几许，有冷砧、和笳声急。向耳畔，诉幽情、此味阿谁能识。

蛩地鸿天愁积，冷露湿篱花，几回攀摘。未雨云沉，竹径已先觉黑。银壶更催漏点，隔帘听、隐隐滴滴。独自那，拥絮被、眠稳不得。

忆王孙

湖上风来波浩渺[①]。秋已暮、红稀香少[②]。水光山色与人亲，说不尽、无穷好[③]。　　莲子已成荷叶老。清露洗、蘋花汀草[④]。眠沙鸥鹭不回头，似也恨、人归早[⑤]。

【注释】

①“湖上”句：一作“云锁重楼帘幕晓”。浩渺，水面旷远。许浑《郑秀才东归凭达家书》：“愁泛楚江吟浩渺，忆归吴岫梦嵯峨。”

② 红稀香少：一作“红稀少”，依律脱一字，此据《历代诗馀》校补。

③“水光”二句：苏轼《饮湖上初晴后雨》二首其二：“水光潋滟晴方好，山色空濛雨亦奇。”水光，指水文如绣的绣江。山色，指章邱县治东边的长白山。

④ 清露洗：一作“青露洗”。

⑤ 似也：一作“似应也”，依律衍一字。一作“应也”，一作“似应”。

【评析】

此词，录自宋曾慥《乐府雅词》卷下。《花草粹编》《历代诗馀》有词题作“赏荷”。《钦定词谱》卷二引《复雅歌词》作无名氏词。王仲闻《校注》本云："《复雅歌词》久无传本，《词谱》殆从《花草粹编》转引。《碎金词谱》卷二亦作无名氏词。"

陈祖美先生认为，此词与其《如梦令》（常记溪亭日暮）作于同一时地，即元符二年（1099）十六岁初到汴京时。徐培均《笺注》本谓：陈祖美所云二词既非作于一时，亦非作于一地。此首疑为十六岁后由京返里时所作，所写当系词人故乡章丘县内绣江景物。

词作纪游。其中，特别是上结"水光山色与人亲，说不尽、无穷好"二句，以移情之法，写出自然景物与人和谐相处的情趣。相较于此前李白《独坐敬亭山》中的"相看两不厌，只有敬亭山"，此后辛弃疾《贺新郎》中的"我见青山多妩媚，料青山、见我应如是"，所用拟人化手法相同，而李清照之作似更为灵动自然。又，结二句"眠沙鸥鹭不回头，似也恨、人归早"，不说自己舍不得归去，反说悠闲眠沙的鸥鹭，因为留不住人而生气，所以不回头跟她告别，写来甚有诙谐之趣，也透露出少女的天真意态。

相比而言，许德蘋的和作，题作"赏荷"，却不免少了几许原作的意态：

波影澄澄天渺渺。花似笑、剧怜年少。文鸳戏浴水西东，凭识得、花中好。　江上晚红香梦老。相映处、斜阳芳草。漫天凉露逼衣单，已报道、秋来早。

春光好[①]

看看腊尽春回[②]。信息到、江南早梅[③]。昨夜前村深雪里，一朵先开[④]。　盈盈玉蕊如裁[⑤]。更风清、细香暗来。空使行人肠欲断[⑥]，驻马徘徊[⑦]。

【注释】

①春光好：唐教坊曲名。《碧鸡漫志》卷五：《春光好》《羯鼓录》云：明皇尤爱羯鼓玉笛，为八音之领袖。时春雨始晴，景色明丽，帝曰："对此岂可不为判断。"命取羯鼓，临轩纵击，曲名《春光好》。回顾柳杏，皆已微坼。上曰："此一事不唤我作天工乎？"今夹钟宫《春光好》，唐以来多有此曲，或曰：夹钟宫，属二月之律，明皇依月用律，故能判断如神。予曰：二月柳杏坼久矣，此必正月用二月律催之也。按，《羯鼓录》载《春光好》曲，入太簇宫，本正月律也，岂明皇所作，乃太簇宫。而和凝等词，入夹钟宫耶。今明皇词已不传，所传止《花间》《尊前》集中词也。因晏几道词有"拚却一襟怀远泪，倚阑看"句，改名《愁倚阑令》，或名《愁倚阑》，或《倚阑令》。

②腊尽春回：孙道绚《菩萨蛮》："腊尽见春回。寒梢花又开。"

③"信息"句：信息，《梅苑》作"消息"。音信消息。李中《暮春怀故人》："梦断美人沉信息，目穿长路倚楼台。"范成大《范村梅谱》："早梅花胜直脚梅，吴中春晚，二月始烂熳，独此品于冬至前已开，故得'早'名……惟冬春之交，正是花时耳。"

④"昨夜"二句：先开，《梅苑》作"花开"。齐己《早梅》："前村深雪里，昨夜一枝开。"

⑤盈盈：美好貌。比喻花蕊姿态。《古诗十九首》："盈盈楼上女，皎皎当窗牖。"李善注："《广雅》曰：'嬴，容也。''盈'与'嬴'同。"

⑥行人：出行之人。李清照自称。《管子·轻重己》："十日之内，室无处女，路无行人。"杜甫《兵车行》："车辚辚，马萧萧，行人弓箭各在腰。"

⑦"驻马"句：驻马，使马停下不走。蒋吉《高溪有怀》："驻马高溪侧，旅人千里情。"徘徊，来回走动。晏殊《浣溪沙》："无可奈何花落去，似曾相识燕归来。小园香径独徘徊。"

【评析】

此词，录自《永乐大典》卷二八〇八“八灰·早梅”，词前署“李易安词《春光好》”。《梅苑》卷九不著撰人。《钦定词谱》卷三作无名氏词。《全宋词》列入李清照存目词，注云：“《永乐大典》卷二千八百零八‘梅’字韵。无名氏作，见《梅苑》卷九。”徐培均《笺注》本谓：《全宋词》似不可从。并云：依结二句“空使行人肠欲断，驻马徘徊”词意，此阕似作于建炎四年（1130）追随宋高宗辗转浙东之际。

据《宋史·高宗纪》，建炎四年春正月甲辰朔，御舟碇海中；二月丙子，金人自明州退还临安；庚寅，帝次温州，正值“腊尽春回”之际。易安是时一路追随行朝，途中见早梅已开，遂作此词以抒悲怀。本该带来春天“信息”的早梅，草草驻马观赏之下，反而落得“肠欲断”，这是因为，新春的到来并未改变当时危急的局势。全篇似淡淡写来，却可见出词人内心深处的无奈与悲哀。这首咏梅词艺术表现中规中矩，惜乎或因著作权纷争，历来评论家未能将其纳入品鉴范围。

河传 梅影

香苞素质①。天赋与、倾城标格②。应是晓来，暗传东君消息。把孤芳、回暖律③。　寿阳粉面曾妆饰④。说与高楼，休更吹羌笛。花下醉赏，留取时倚阑干，斗清香、添酒力⑤。

【注释】

①香苞素质：此指白梅花。香苞，指包着花朵的叶片。李商隐《自喜》：“绿筠遗粉箨，红药绽香苞。”素质，白皙的容色。葛洪《抱朴子·畅玄》：“冶容媚姿，铅华素质，伐命者也。”《敦煌变文集·欢喜国王缘》：“盈盈素质，

灼灼娇姿。”

②“天赋与”句：宋无名氏《临江仙》：“玉貌香腮天赋与，清姿不假铅华。”倾城，以绝色美女喻梅花之美。陶渊明《闲情赋》：“表倾城之艳色，期有德于传闻。”标格，谓风格、气度、姿质。苏轼《荷华媚》：“霞苞电荷碧，天然地、别是风流标格。”

③“把孤芳”句：谓梅花开后天气转暖。暖律，古代以时令合乐律，温暖的节候称“暖律”。罗隐《岁除夜》：“厌寒思暖律，畏老惜残更。”

④“寿阳”句：《初学记》：“宋武帝女寿阳公主，人日卧于含章殿檐下，梅花落公主额上，成五出花，拂之不去。皇后留之，自后有梅花妆。”粉面，傅粉脸。刘禹锡《历阳书事七十韵》：“坐久罗衣皱，杯倾粉面骍。”妆饰，修饰，打扮。《北史·拓拔顺传》：“灵太后颇事妆饰，数出游幸。”

⑤酒力：酒的醉人力量。刘禹锡《酬乐天斋满日裴令公置宴席上戏赠》：“酒力半酣愁已散，文锋未钝老犹争。”

【评析】

此词，录自《永乐大典》卷二八一〇“八灰·梅”，词前署“李易安词梅影”。《梅苑》卷九不著撰人。《钦定词谱》卷一三既将李清照《怨王孙》（帝里春晚）作《河传》之又一体，又收入此词，作无名氏词。《全宋词》列入李清照存目词，注云：“《永乐大典》卷二千八百十梅字韵。无名氏作，见《梅苑》卷九。”徐培均《笺注》本谓：《全宋词》似不可从。并云：此词似建炎二年（1128）春作于江宁。

词写梅之“标格”，即所谓内在气质，全篇未见一个“梅”字，除首句外，也几乎不写梅的形态。其中“休更吹羌笛”句，隐含对金兵南侵，梅花将要遭受践踏的担忧。但对梅痴迷已极的词人，却宁愿暂时忘却此事，花下醉赏。跟上一首相类似，这首《河传》在咏梅上的艺术表现也是中规中矩，可惜同样因为著作权纷争，历来评论家未能将其纳入品鉴范围。

七娘子[1]

清香浮动到黄昏。向水边、疏影梅开尽[2]。溪畔清蕊，有如浅杏。一枝喜得东君信[3]。　　风吹只怕霜侵损[4]。更欲折来，插在多情鬓[5]。寿阳妆面，雪肌玉莹。岭头别后微添粉[6]。

【注释】

① 七娘子：蒋氏《九宫谱目》入正宫引子。

② 开尽：《永乐大典》本误作"开粉"，此据《梅苑》《钦定词谱》校改。

③"溪畔"三句：谓梅蕊清香犹如杏花。溪畔，《大典》本误作"溪伴"，《梅苑》作"溪边畔"，依律衍一字，此据《钦定词谱》校改。一枝，《大典》本作"一枝儿"，此据《梅苑》、《钦定词谱》校改。

④ 侵损：刘言史《初下东周赠孟郊》："寄食若蠹虫，侵损利微生。"

⑤"更欲"二句："更欲"句，依律衍一字，《梅苑》、《钦定词谱》作"更新来"。插在，一作"插向"。

⑥"寿阳"三句：妆面，一作"妆鉴"。即面部化妆。雪肌，喻白色的花朵。苏轼《再和杨公济梅花十绝》其七："洗尽铅华见雪肌，要将真色斗生枝。"玉莹，像美玉一样晶莹、纯洁。梅尧臣《答王太祝卷》："珠光玉莹绝瑕颣，强欲指擿徒羞颜。"别后，一作"别自"。

【评析】

此词，录自《永乐大典》卷二八一〇"八灰·梅"。《梅苑》卷九不著撰人。《钦定词谱》卷一三作无名氏词。《全宋词》列入李清照存目词,注云:"《永乐大典》卷二千八百十'梅'字韵。无名氏作,见《梅苑》卷九。"徐培均《笺注》本谓:《全宋词》似不可从。并云:此词当为南渡后作。

相比于易安大多数咏梅词的深有寄托,这是一首较为少见的"纯审美"(王英志编选《李清照集》)之作,"喜"字乃全词之眼。建炎二年(1128)春,李清照有《诉衷情》词云:"夜来沉醉卸妆迟,梅蕊插残枝。"此词咏梅,亦云"更欲折来,插在多情鬓",《笺注》本疑其"作于稍前数日"。时清照与赵明诚久别重逢,故心情较为开朗。在易安咏梅词中,这首《七娘子》是有其特点的,可惜同样因为著作权纷争,历来评论家未能将其纳入品鉴范围。

忆少年[①]

疏疏整整,斜斜淡淡,盈盈脉脉[②]。徒怜暗香句,笑梨花颜色[③]。　　羁马萧萧行又急[④]。空回首、水寒沙白。天涯倦牢落[⑤],忍一声羌笛。

【注释】

① 忆少年:万俟咏词有"上陇首、凝眸天四阔"句,名《陇首山》。朱敦儒词名《十二时》。元刘秉忠词有"恨桃花流水"句,更名《桃花曲》。

②"疏疏"三句:写梅花形态。疏疏,朦胧貌。杜牧《台城曲》二首其一:"整整复斜斜,随旗簇晚沙。"《古诗十九首》:"盈盈一水间,脉脉不得语。"

③ "徒怜"二句:指林逋《山园小梅》诗句"暗香浮动月黄昏"。颜色,色彩。杜甫《花底》:"深知好颜色,莫作委泥沙。"

④“羁马”句：羁马，上了马嚼子的马。米芾《次韵魏泰见寄》：“旧怜俊气闲羁马，老厌奴书不玩鹅。”萧萧，马鸣声。《诗·小雅·车攻》：“萧萧马鸣，悠悠旆旌。”

⑤“天涯”句：牢落，孤寂而无所寄托。陆机《文赋》：“心牢落而无偶，意徘徊而不能掎。”李善注：“牢落，犹辽落也。”

【评析】

此词，录自《永乐大典》卷二八一〇“八灰·梅”。《梅苑》卷九不著撰人。《全宋词》列入李清照存目词，注云：“《永乐大典》卷二千八百十‘梅’字韵。无名氏作，见《梅苑》卷九。”徐培均《笺注》本谓：《全宋词》似不可从。此词所写情景与李清照身世相合。又云：细玩下阕，此词当作于建炎四年（1130）追随宋高宗辗转浙东之际。

词作咏梅，但全篇无一“梅”字，只用“暗香”一典点出。起首连下十二叠字，再以“梨花颜色”反衬，写出梅之美。下片以此为衬托，抒发一己“牢落”之重。羁马急行，“回首”处，空见“水寒沙白”，梅已杳无踪影。于是，本已不堪忍受的惆怅孤寂之情，更因“一声羌笛”而愈益沉重。相较于上述《春光好》《河传》二词，这首《忆少年》的艺术表现也是中规中矩的，可惜同样因为著作权纷争，历来评论家未能将其纳入品鉴范围。

玉楼春

腊前先报东君信。清似龙涎香得润①。黄轻不肯整齐开②，比着江梅仍更韵③。　　纤枝瘦绿天生嫩④。可惜轻寒摧挫损⑤。刘郎只解误桃花，惆怅今年春又尽⑥。

【注释】

①“腊前”二句：腊前，《永乐大典》本误作“蜡梅”，此据《梅苑》校改。龙涎，香料名，为海洋中抹香鲸肠内之分泌物。所谓龙，实为抹香鲸。蜡梅较香，故以龙涎喻之。

② 黄轻：蜡梅有一种为淡黄色。晁补之《谢王立之送蜡梅五首》其一：“未教落素混冰池，且看轻黄傲雪枝。”

③“比着”句：比着，《大典》本误作“此着”，此据《梅苑》校改。仍更韵，谓蜡梅以韵胜。更韵，《梅苑》作“旧韵”。陈与义《同家弟赋蜡梅诗得四绝》其二：“韵胜谁能舍，色在那得亲。”

④ 天生：天然生成。《韩非子·解老》：“夫能自全也而尽随于万物之理者，必且有天生，天生也者，生心也。”白居易《长恨歌》：“天生丽质难自弃，一朝选在君王侧。”

⑤“可惜”句：摧挫损，《大典》本作“摧挫横”，此据《梅苑》校改。摧挫，挫折，损害。《后汉书·冯异传》：“其后蜀复数遣将闲出，异辄摧挫之。”李贤注：“贾逵注《国语》曰：‘折其锋曰挫。’”

⑥ 惆怅：《梅苑》作“怅恨”。因失意或失望而伤感、懊恼。宋玉《九辩》：“廓落兮，羁旅而无友生；惆怅兮，而私自怜。”陶渊明《归去来兮辞》：“既自以心为形役，奚惆怅而独悲。”

【评析】

此词，录自《永乐大典》卷二八一一“八灰·梅·蜡梅”，署“李易安词《玉楼春》”。《梅苑》卷八载此词，不著撰人姓名，《全宋词》据以列此无名氏词入存目词。徐培均《笺注》本谓《全宋词》所定“似不可从”，主要理由是：《梅苑》所载此词之前一首同调词（首句“红酥肯放琼苞碎”）署李易安，此词应是按惯例省略撰人姓名；并“疑南渡后作”。以词中“江梅”乃北方所无之物，姑从之。王英志编选《李清照集》

又提出，“当作于出嫁前，时在汴京，与前词《渔家傲》（指首句‘雪里已知春信至’者）同时”。未知何据。

蜡梅，本非梅类。范成大《范村梅谱》即谓：“蜡梅本非梅类，以其与梅同时，香又相近，色酷似蜜脾，故名蜡梅。”此词借咏蜡梅以写爱春、惜春之情，并寄托有年华逝水志未酬的“惆怅”。感伤至此，似不应作于易安婚前。词中“误桃花”，兼用石延年《红梅》：“认桃无绿叶，辨杏有青枝。”以及贺铸《芳心苦》：“当年不肯嫁春风，无端却被秋风误。”语源上的追溯，似亦可以成为旁证。有学者即认为，贺铸《芳心苦》中此二句，可能就是指自己青年时期初入仕途，正值新党大权在握，未肯阿附之以谋取富贵；及至中年经历旧党复辟，又不愿曲意趋奉，借此进身，而终于蹉跎岁月、壮志成空的不幸遭遇。如此，则或亦可与易安词比观。

诗

春　　残

春残何事苦思乡，病里梳头恨发长①。
梁燕语多终日在②，蔷薇风细一帘香③。

【注释】

① 发长：一作“最长”。

② “梁燕”句：欧阳修《蝶恋花》：“梁燕语多惊晓睡，银屏一半堆香被。”终日在，一作“终日伴”。杜甫《愁坐》：“终日忧奔走，归期未敢论。”

③ “蔷薇”句：高骈《山亭夏日》：“水精帘动微风起，满架蔷薇一院香。”

【评析】

此诗，录自清俞正燮《癸巳类稿》卷一五《易安居士事辑》。

徐培均《笺注》本认为此诗“当为少年时代居汴京时作”，又谓“或谓诗作于南渡之后，然诗风纤丽，不类晚年之作”。其说可从，尽管仅以作品风格来判定创作时期，一向被认为是危险的。

诗写伤春思乡的闺情，百无聊赖中尚有梁燕相伴。陆昶于此诗有评：“清照诗不甚佳，而善于词，隽雅可诵。即如《春残》绝句‘蔷薇风细一帘香’，甚工致，却是词语也。”（《历朝名媛诗词》卷七）“蔷薇”

句，的确更近词中语。这是可以根据诗、词二体之别所作出的判断，也反映出评论者秉持着“诗庄词媚”的传统观念。

不过，有些语句也可能本来就都适合在诗、词二体中出现，且并不影响阅读者的审美感受，甚至有时候还可以称得上陈廷焯所说的“诗词互见，各有佳处”（《白雨斋词话》卷五）。其中，最著名的例子，是晏殊自己颇为得意的“无可奈何花落去，似曾相识燕归来”二句：“（晏殊）召（王琪）至同饭，饭已，又同步游池上。时春晚，已有落花。晏云：‘每得句，书墙壁间，或弥年未尝强对。且如无可奈何花落去，至今未能对也。’王应声曰：‘似曾相识燕归来。’自此辟置馆职，遂跻侍从矣。”（胡仔《苕溪渔隐丛话》后集卷二〇引《复斋漫录》）所以，这两句，既出现在了他的《浣溪沙》（一曲新词酒一杯）中，又出现在了他的一首颇显拼凑的七律中：

元巳清明假未开，小园幽径独徘徊。春寒不定斑斑雨，宿酒难禁滟滟杯。无可奈何花落去，似曾相识燕归来。游梁赋客多风味，莫惜青钱万选才。（《示张寺丞王校勘》）

可见，对于诗、词二体差别的认知，宋代文人在创作实践中所表现出的，也许并没有后来人想象或体悟的那么明确。换句话说，即使是在理论上格外强调“词别是一家”的李清照，在具体的诗歌作品中也会时不时地“越界”，所以才招致“却是词语”的非议。

浯溪中兴颂诗和张文潜（二首）[①]

其　一

五十年功如电扫[②]，华清宫柳咸阳草[③]。

五坊供奉斗鸡儿[4]，酒肉堆中不知老。
胡兵忽自天上来[5]，逆胡亦是奸雄才[6]。
勤政楼前走胡马[7]，珠翠踏尽香尘埃。
何为出战辄披靡[8]，传置荔枝多马死[9]。
尧功舜德本如天，安用区区纪文字[10]。
著碑铭德真陋哉[11]，乃令神鬼磨山崖。
子仪光弼不自猜[12]，天心悔祸人心开[13]。
夏商有鉴当深戒[14]，简册汗青今俱在[15]。
君不见当时张说最多机，虽生已被姚崇卖[16]。

【注释】

① 浯（wú）溪：在今湖南祁阳。诗题中“张文潜”，张耒。

② 五十年功：唐玄宗先天元年继位，至天宝十五年逊位，共在位四十三年。此为概数，唐人多习惯用之。李德裕《次柳氏旧闻》：“时天下无事，号太平者垂五十年。”《类说》卷二七引《逸史》：“明皇潜龙时，见僧万迴曰：‘五十年天子，愿自爱。’五十年之后，果有禄山之乱。”

③ “华清”句：《唐会要》卷三〇：“开元十一年，十月五日，置温泉宫于骊山。至天宝六载十月三日，改温泉宫为华清宫。”故址在今陕西临潼县骊山山麓。刘沧《咸阳怀古》：“渭水故都秦二世，咸阳秋草汉诸陵。”

④ “五坊”句：五坊供奉，管理五坊的官员。唐代皇帝饲养猎鹰猎犬之官署，有官员执掌。《新唐书·百官志》：“闲厩使押五坊，以供时狩：一曰雕坊，二曰鹘坊，三曰鹞坊，四曰鹰坊，五曰狗坊。侍御尚医二人，正六品上；主事二人，从九品上。”《资治通鉴》卷三三八：“贞元之末，政事为人患者，如宫市、五坊小儿之类，悉罢之。”斗鸡，此风起自战国时。《战国策·齐策一》：“临淄甚富而实，其民无不吹竽鼓瑟，击筑弹琴，斗鸡走犬，六博蹹踘者。”唐时尤盛，陈鸿《东城父老传》：“玄宗在藩邸时，乐民

间清明节斗鸡戏；及即位，治鸡坊于两宫间，索长安雄鸡金毫、铁距、高冠、昂尾千数养于坊，选六军小儿五百人，使驯扰教饲之。”

⑤“胡兵”句：指安禄山叛乱。禄山，本营州柳城奚族人，初名轧荦山，母嫁突厥人安延偃，因改姓安，名禄山。天宝十四载冬，在范阳起兵，先后攻陷洛阳、长安，称“雄武皇帝”，国号燕。

⑥“逆胡”句：亦是，一作“自是”。奸雄，本指淆乱是非的辩士。《荀子·非相》：“听其言则辞辩而无统，用其身则多诈而无功，上不足以顺明王，不下足以和齐百姓……夫是之谓奸人之雄。”后指富于权诈、才足欺世的野心家。《三国志·魏书·武帝纪》“能安之者”裴松之注引《世语》：“太祖问许子将：‘我何如人？’子将不答。固问之，子将曰：‘子治世之能臣，乱世之奸雄。’”此处指安禄山。

⑦勤政楼：即勤政务本之楼。《唐会要》卷三〇：“开元三年七月二十九日，以兴庆里旧邸为兴庆宫，后于西、南置楼，西面题曰花萼相辉之楼，南面题曰勤政务本之楼。”玄宗常在此楼设酺赐宴。安史之乱后，“唐玄宗自蜀回，夜阑登勤政楼，凭栏南望，烟云满目。上因自歌曰：‘庭前琪树已堪攀，塞外征夫犹未还。’”（《明皇杂录·补遗》）故址在今陕西西安兴庆公园。

⑧“何为”句：何为，一作“六师”。披靡，原指草木随风倒伏，常用以形容军队惊惶溃败。《史记·项羽本纪》：“于是项王大呼驰下，汉军皆披靡。”

⑨“传置”句：一作“前致荔枝马多死”。《新唐书·杨贵妃传》：“妃嗜荔支，必欲生致之，乃置骑传送数千里，味未变，已至京师。”杜甫《病橘》：“忆昔南海使，奔腾献荔支。百马死山谷，到今耆旧悲。”

⑩“尧功”二句：盖寓讽喻之意，谓肃宗功德果如尧舜，何必以文字歌颂。区区，形容微不足道。《左传·襄公十七年》：“宋国区区，而有诅有祝，祸之本也。”

⑪“著碑”句：著碑，一作“著功”。铭德，一作“铭刻”。

⑫“子仪”句：郭子仪，华州郑人，玄宗时任朔方节度使，平安史之乱，功居第一。累官至太尉、中书令，封汾阳郡王。李光弼，营州柳城人，契丹族。天宝末年，任河东节度使，平安史之乱，与郭子仪齐名。宝应初年，封临淮郡王。不自猜，一作“不用猜”。谓对朝廷深信不疑。《新唐书·郭子仪传》谓：“子仪事上诚，御下恕，赏罚必信。”《李光弼传》亦云卒后谥“忠烈”。

⑬“天心”句：《左传·隐公十一年》：“天祸许国，鬼神实不逞于许君，而假手于我寡人……若寡人得没于地，天其以礼悔祸于许，无宁兹许公复奉其社稷。”杜预注：“言天加礼于许而悔祸之。”此处谓平定安史之乱乃天意改变，转祸为福。

⑭“夏商”句：夏商有鉴，一作“夏为殷鉴”。《诗·大雅·荡》：“殷鉴不远，在夏后之世。”郑《笺》：“此言殷之明镜不远也。近在夏后之世，谓汤诛桀也。”

⑮简册汗青：指史册。刘向《战国策叙》：“其事继春秋以后，讫楚汉之起，二百四十五年间之事，皆定以杀青，书可缮写。”《后汉书·吴祐传》：“恢欲杀青简以写经书。”《注》：“以火炙简令汗，取其青易书，复不蠹，谓之杀青，亦谓汗简。”

⑯“君不见”二句：《明皇杂录》：“姚元崇与张说同为宰辅，颇怀疑阻，屡以事相侵，张衔之颇切。姚既病，诫诸子曰：‘张丞相与我不叶，衅隙甚深。然其人少怀奢侈，尤好服玩，吾身殁之后，以吾尝同寮，当来吊。汝其盛陈吾平生服玩宝带重器，罗列于帐前。若不顾，汝速计家事，举族无类矣；目此，吾属无所虞，便当录其玩用，致于张公，仍以神道碑为请。既获其文，登时便写进，仍先砻石以待之，便令镌刻。张丞相见事迟于我，数日之后必当悔。若却征碑文，以刊削为辞，当引使视其镌刻，仍告以闻上。’讫姚既殁，张果至，目其服玩三四。姚氏诸孤，悉如教诫。不数日文成，叙述该详，时为极笔。其略曰：‘八柱承天，高明之位列；四时成岁，亭毒之功存。’

后数日，张果使使取文本，以为词未周密，欲重为删改。姚氏诸子乃引使者视其碑，乃告以奏御。使者复命，悔恨拊膺，曰：'死姚崇犹能算生张说，吾今日方知才之不及也远矣。'"

【评析】

此二诗，录自宋周煇《清波杂志》卷八。

徐培均《笺注》本认为，诗题中所云"和张文潜"有疑，原诗作者实应为秦观。李清照当时不知真相，故作"和张文潜"。又谓：诗盖作于元符三年（1100）。黄盛璋《赵明诚李清照夫妇年谱》云："清照和张文潜（耒）《浯溪中兴颂》诗二首，在是岁前后。"原诗作于元符元年夏四月间。当时辗转流传，李清照与黄庭坚先后得知，从而和之（北宋诗人题咏《中兴颂》之诗，尚有潘大临、释惠洪、王銍、蔡肇各一首，凡七首。其中，蔡氏之作，系据王銍《雪溪集》卷一《蔡天启作中兴颂碑诗且邀同赋》推知）。当然，也有学者认为此二诗当作于南渡前后。

《大唐中兴颂》，唐上元二年（761）元结撰，大历六年（771）夏颜真卿书，六月刻于湖南祁阳浯溪石崖，世称《浯溪中兴颂碑》，俗称"摩崖碑"。碑文叙肃宗平"安史之乱"，收复两京，玄宗还京史实。明瞿佑《归田诗话》卷上"浯溪中兴碑"云："元次山作《大唐中兴颂》，抑扬其词以示意，磨崖显刻于浯溪上。后来黄鲁直、张文潜皆作大篇以发扬之，谓肃宗擅立，功不赎罪。继其作者皆一律。识者谓此碑乃唐一罪案尔，非颂也。惟石湖范至能八句云：'三颂遗音和者稀，形容宁有刺讥辞。绝怜元子春秋法，却寓唐家清庙诗……'"则李清照此首和诗当亦用春秋笔法，含讥刺之意。黄墨谷《重辑》本以为"盖借古讽今之作"。

诗作借古讽今。前半纪事，既揭示"安史之乱"发生的原因，也描写了"安史之乱"给社稷苍生带来的灾难，暗寓愤懑之情。后半议论，认为著碑歌功颂德是毫无意义的浅陋之举，而总结平定“安史之乱”成功的原因才是重要的。并进一步强调，要以玄宗时期因张、姚二相的争斗而危害社稷的前车之鉴为戒。这不由得让人联想到宋朝的新旧党争。总的来看，年轻的李清照所作此二诗被推崇为“奇气横溢”（陈宏绪《寒夜录》卷下），不是没有道理的。

元结《大唐中兴颂》：“天宝十四载，安禄山陷洛阳，明年，陷长安。天子幸蜀，太子即位于灵武。明年，皇帝移军凤翔。其年，复两京，上皇还京师。于戏！前代帝王有盛德大业者，必见于歌颂。若今歌颂大业，刻之金石，非老于文章，其谁宜为？颂曰：噫嘻前朝，孽臣奸骄，为昏为妖。边将骋兵，毒乱国经，群生失宁。大驾南巡，百僚窜身，奉贼称臣。天将昌唐，繄晓我皇，匹马北方。独立一呼，千麾万旗，戎卒前驱。我师其东，储皇抚戎，荡攘群凶。复服指期，曾不逾时，有国无之。事有至难，宗庙再安，二圣重欢。地辟天开，蠲除袄灾，瑞庆大来。凶徒逆俦，涵濡天休，死生堪羞。功劳位尊，忠烈名存，泽流子孙。盛德之兴，山高日升，万福是膺。能令大君，声容沄沄，不在斯文。湘江东西，中直浯溪，石崖天齐。可磨可镌，刊此颂焉，何千万年。”以及旧题张文潜《读中兴颂碑》，可录以附读：

玉环妖血无人扫，渔阳马厌长安草。潼关战骨高于山，万里君王蜀中老。金戈铁马从西来，郭公凛凛英雄才。举旗为风偃为雨，洒扫九庙无尘埃。元功高名谁与纪，风雅不继骚人死。水部胸中星斗文，太师笔下蛟龙字。天遣二子传将来，高山十丈磨苍崖。谁持此碑入我室，使我一见昏眸开。百年兴废增叹慨，当时数子今安在。君不见，荒凉浯水弃不收，时有游人打碑卖。

又，黄庭坚作于崇宁三年（1104）三月的《书摩崖碑后》，亦录以对读：

春风吹船著浯溪，扶藜上读中兴碑。平生半世看墨本，摩挲石刻鬓成丝。明皇不作苞桑计，颠倒四海由禄儿。九庙不守乘舆西，万官已作乌择栖。抚军监国太子事，何乃趣取大物为。事有至难天幸耳，上皇蹰蹐还京师。内间张后色可否，外间李父颐指挥。南内凄凉几苟活，高将军去事尤危。臣结春秋二三策，臣甫杜鹃再拜诗。安知忠臣痛至骨，世上但赏琼琚词。同来野僧六七辈，亦有文士相追随。断崖苍藓对立久，冻雨为洗前朝悲。

其序中所云，似可为前述“原诗作者实应为秦观”之说得一旁证：“又明日，萧褒及其弟褒来，三日徘徊崖次，请予赋诗。老矣，不能为文，强作数语。惜秦少游已下世，不得此妙墨劖之崖石耳。”

莫砺锋先生据胡仔《苕溪渔隐丛话》亲观浯溪摩崖石刻的记载，认为秦观是张耒诗的书写者而非作者，并通过元祐党人之间的交往情况，指出此诗“确实出于张耒之手，实无疑义”。莫氏之说甚是，“可为铁案”（周裕锴《破碎的摩崖：北宋诗人对〈中兴颂碑〉的多元演绎》）。秦观善书，且并非如赵孟頫所评“如水边游女，顾影自媚”（《论宋十一家书》），反而骨子里一派雄强豪放，苏轼曾有评曰：“少游近日草书，便有东晋风味，作诗增奇丽。乃知此人不可使闲，遂兼百技矣。技进而道不进，则不可，少游乃技道两进也。”（《跋秦少游书》）又，原诗收入张耒《柯山集》，而不见于秦观《淮海集》，宋人浯溪诗有明言“和张文潜”，而无“和秦少游”者，也足以证明其作者。并且周裕锴先生提出，易安次韵诗最合理的系年，“在政和四年（1114）前后”。

其　二

君不见惊人废兴传天宝[①]，
中兴碑上今生草。
不知负国有奸雄[②]，

但说成功尊国老[3]。
谁令妃子天上来，
虢秦韩国皆天才[4]。
花桑羯鼓玉方响[5]，
春风不敢生尘埃[6]。
姓名谁复知安史，
健儿猛将安眠死。
去天尺五抱瓮峰，
峰头凿出开元字[7]。
时移势去真可哀，
奸人心丑深如崖[8]。
西蜀万里尚能反[9]，
南内一闭何时开[10]。
可怜孝德如天大，
反使将军称好在[11]。
呜呼，
奴婢乃不能道辅国用事张后尊[12]，
乃能念春荠长安作斤卖[13]。

【注释】

①“君不见”句：废兴传，一作“兴废传”，一作“废兴唐”。天宝为唐玄宗年号，在此期间，唐代由极度繁荣走向极度动乱。故云“惊人废兴”。

②“不知”句：指李林甫、杨国忠之流。《旧唐书·玄宗纪》：“献可替否，靡闻姚、宋之言；妒贤害功，但有甫、忠之奏。豪猾因兹而睥睨，明哲于是乎卷怀，故禄山之徒，得行其伪。”有奸雄，一作“自奸雄”。

③“但说”句：成功，一作“功成”。国老，原指致仕的卿大夫。《礼·王

制》:“有虞氏养国老于上庠,养庶老于下庠。”此处当指平安史之乱有功的郭子仪、李光弼。

④“谁令”二句:指杨贵妃及其姊。《新唐书·杨贵妃傅》:“有姊三人,皆有才貌,玄宗并封国夫人之号。大姨封韩国、三姨封虢国、八姨封秦国,并承恩泽。出入宫掖,势倾天下。”天才,一作“仙才”。

⑤“花桑”句:《羯鼓录》:“羯鼓出外夷,以戎羯之鼓,故曰羯鼓。”原注:“山桑木为之。”花桑盖指此。方响,古打击乐器。创自梁代,其声清浊不等。隋唐燕乐常用之。白居易《偶饮》:“千声方响敲相续,一曲云和戛未终。”《杨太真外传》卷上:“时新丰初进女伶谢阿蛮,善舞。上与妃子钟念,因而受焉,就按于清元小殿:宁王吹玉笛,上羯鼓,妃琵琶,马仙期方响,李龟年觱篥,张野狐箜篌,贺怀智拍板。自旦至午,欢洽异常。”

⑥“春风”句:形容乐声清润。《羯鼓录》:“尝遇二月初,诘旦,巾栉方毕,时当宿雨初晴,景色明丽,小殿内庭,柳杏将吐。睹而叹曰:‘对此景物,岂得不为他判断之乎!’左右相目,将命被酒。独高力士遣取羯鼓,上旋命之,临轩纵击一曲,曲名《春光好》,神思自得,及顾柳杏,皆已发坼。”

⑦“去天”二句:去天,极言山峰之高。《三秦记》:“城南韦杜,去天尺五。”杜甫《赠韦七赞善》:“尔家最近魁三家,时论同归尺五天。”抱瓮峰,疑即瓮肚峰。《开天传信记》:“华岳云台观中方之上,有山崛起半瓮之状,名曰瓮肚峰。上赏望,嘉其高迥,欲于峰腹大凿‘开元’二字,填以白石,令百余里望见。谏官上言,乃止。”

⑧“奸人”句:心丑,一作“心魄”。《新唐书·李林甫传》:“性阴密,忍诛杀,不见喜怒。面柔令,初若可亲,既崖穽深阻,卒不可得也。”谓李林甫心机极深。

⑨“西蜀”句:《松窗杂录》:“玄宗幸东都……谓一行曰:‘吾甲子得终无恙乎?’一行进曰:‘陛下行幸万里,圣祚无疆。’及西行,初至成都,

前望大桥。上举鞭问左右曰：'是桥何名？'节度使崔圆跃马而进曰：'万里桥。'上因追叹曰：'一行之言，今果符之，吾无忧矣。'"

⑩南内：即兴庆宫。西南隅有花萼楼、勤政楼，在东内之南，故称南内。玄宗自西蜀回，被肃宗宠幸之宦官李辅国幽禁于南内。白居易《长恨歌》："西宫南内多秋草，落叶满阶红不扫。"

⑪"可怜"二句："孝德"句，指唐玄宗。玄宗以孝闻，《旧唐书》本纪云："曾参、孝己，足以拟伦。""反使"句，将军，指高力士。天宝七年，加骠骑大将军。《资治通鉴》卷二二一："（肃宗上元元年）上皇爱兴庆宫，自蜀归，即居之……秋七月，丁未，辅国矫称上语，迎上皇游西内，至睿武门，辅国将射生五百骑，露刃遮道，奏曰：'皇帝以兴庆宫湫溢，迎上皇迁居大内。'上皇惊，几坠。高力士曰：'李辅国何得无礼！'叱令下马。辅国不得已而下。力士因宣上皇诰曰：'诸将士各好在！'将士皆纳刃，再拜，呼万岁。"胡三省注："好在，犹今人言好生，言不得以兵干乘舆也。"

⑫"奴婢"句：奴婢乃，一作"奴婢胡"，一作"奴辈"。张后尊，一作"张后专"。辅国，李辅国，唐肃宗时宦官，深受信任，颇擅权。《资治通鉴》卷二二二："（宝应元年）李辅国恃功益横，明谓上曰：'大家但居禁中，外事听老奴处分。'上内不能平，以其方握禁兵，外尊礼之。"张后，肃宗后。《新唐书·后妃传》："后能牢宠，稍稍豫政事，与李辅国相助，多以私谒桡权……又与辅国徙上皇西内……帝泫然涕下，而内制于后，卒不敢谒西宫。"代宗立，废为庶人，被杀。

⑬"乃能"句：乃能念，一作"只能道"。长安作斤，一作"作斤长安"。《高力士外传》谓，力士于上元元年九月被除名，流放巫州，"又于园中见荠菜，土人不解吃，便赋诗曰：'两京秤斤买，五溪无人采。夷夏虽有殊，气味应不改。'使拾之为羹，甚美。"

【评析】

此诗主要抨击唐玄宗与杨家兄妹的败政误国,并讽刺唐肃宗与其父玄宗实为一丘之貉,诸家解读无异辞。诗末影射现实,以玄宗宠信高力士为衬托,直刺肃宗宠信李辅国与张皇后专权,致使唐帝国又将走向衰亡。相比于前一首,批评更大胆犀利,嘲讽也更为辛辣。

当然,也有学者提出,从具体写法上看,与前述元结《大唐中兴颂》中全是颂圣之词,并未涉及玄宗还京后的狼狈情状相比,李清照此诗跟前引黄庭坚诗一样,写来还算是一分为二的,"合于史家的公道"(金性尧《金性尧选宋诗三百首》):即一方面旗帜鲜明地指出玄宗的天宝夺明,自召祸乱,有其应当罪己的一面。但另一方面,诗中也写到了玄宗晚年"时移势去",过着无实权的太上皇生活时,却连居住南内的自由也没有,因而又不免有令人哀怜之处。

另外,李清照的这两首诗,总的来看,尽管也多少与题材咏史有一定的关系,但都能体现出宋诗"以议论为诗"的文体特征和时代特点。

分得知字

学语三十年①,缄口不求知②。
谁遣好奇士,相逢说项斯③。

【注释】

① 学语:一作"学诗"。学习语言。桓宽《盐铁论·遵道》:"文学结发学语,服膺不舍。"

② 缄口:闭口不语,指慎言。《孔子家语·观周》:"孔子观周,遂入太祖后稷之庙。庙堂右阶之前,有金人焉,三缄其口而铭其背曰:'古

之慎言人也。’”

③“相逢”句：项斯，字子迁，台州临海（今属浙江）人。早年隐居杭州径山朝阳峰，后为州郡幕僚。作诗初未知名，后受杨敬之赏识。李绰《尚书故实》：“杨祭酒爱才公心，尝知江表之士项斯，赠诗曰：‘处处见诗诗总好，及观标格过于诗。平生不解藏人善，到处逢人说项斯。’由此名振，遂登高科也。”项斯登会昌四年进士第，授丹徒尉。张为《诗人主客图》称其为“清奇雅正主”之“升堂”者。

【评析】

此诗，录自明田艺蘅《诗女史》卷一一。

徐培均《笺注》本认为：据起句“学语三十年”，可推知诗当作于政和三年（1113）前后屏居青州乡里时。

此诗当系闺中与姊妹或女友分韵所作。诗题中“分”即分韵，数人相约赋诗，选定数字为韵，各人拈一字，依所拈之韵赋诗。如白居易《花楼望雪命宴赋诗》即云：“素壁联题分韵句，红炉巡饮暖寒杯。”古人联句，大概先分韵而后成诗。《南史·曹景宗传》载：曹景宗击败魏军后，“振旅凯入，帝于华光殿宴饮连句，令左仆射沈约赋韵，景宗不得韵，意色不平，启求赋诗。帝曰：‘卿伎能甚多，人才英拔，何必止在一诗。’景宗已醉，求作不已，诏令约赋韵。时韵已尽，唯余竞、病二字。景宗便操笔，斯须而成。……帝叹不已。约及朝贤惊嗟竟日，诏令上左史。”其诗题《华光殿侍宴赋竞病韵》，曰：

去时儿女悲，归来笳鼓竞。

借问行路人，何如霍去病。

“竞”“病”二韵本不易构句押韵，却不料曹氏在高亢意兴之下顿生灵感，先以两个形成强烈对照的场面，高度浓缩了一场战争的过程；再故设一问，酒酣气振，志得意满，使得居功自负的豪壮情怀跃然纸上，可谓语惊四座。后来，分韵不再限于联句。

分韵作诗，同样甚至是更为需要才思敏捷，技巧熟练，具有一定的写作难度，故难得佳作。李清照此诗的可圈可点之处，在于抒写性情，真实而有趣。诗写一位执着的诗人，学诗三十年之久，目的单纯到希望使之成为自己的一种生活方式，并不在乎博取声名。但令人意外且惊喜的是，由于诗才逐渐成熟而引起诗友们的瞩目，竟被到处推崇，仿佛变成了诗与标格皆好的女"项斯"。诗中"谁遣"云云，用典巧妙恰切，使寻常分韵之作而能得典雅之致。据宋朱弁《风月堂诗话》卷上所云："（易安）善属文，于诗尤工，晁无咎多对士大夫称之。""好奇士"当指晁无咎等人。

感　怀

宣和辛丑八月十日到莱，独坐一室，平生所见，皆不在目前。几上有《礼韵》，因信手开之，约以所开为韵作诗。偶得"子"字，因以为韵，作《感怀》诗云[1]。

寒窗败几无书史[2]，公路可怜合至此[3]。
青州从事孔方君[4]，终日纷纷喜生事。
作诗谢绝聊闭门，燕寝凝香有佳思[5]。
静中我乃得至交，乌有先生子虚子[6]。

【注释】

① 诗序中"礼韵"，指《礼部韵略》。《四库全书总目》卷四二《礼部韵略》提要："旧本不题撰人，晁公武《读书志》云丁度撰。今考所并旧韵十三部，与度所作《集韵》合，当出度手……是宋初程试，用韵尚漫无章程。自景祐以后，敕撰此书，始为令式，迄南宋之末不改。"又有毛晃《增修互

注礼部韵略》五卷，其子居正校勘重增，“其每字叠收重文，用《集韵》之例；每字别出重音，用《广韵》之例”。

② “寒窗”句：谓赵明诚初到任上，住处四壁萧然，寒窗败几以外，略无陈设。元稹《闻乐天授江州司马》：“垂死病中惊坐起，暗风吹雨入寒窗。”

③ “公路”句：喻初到莱州时的窘境。公路，袁术字。《三国志》本传裴松之注引《吴书》云：“术既为雷薄等所拒，留住三日，士众绝粮，乃还至江亭，去寿春八十里。问厨下，尚有麦屑三十斛。时盛暑，欲得蜜浆又无蜜。坐棂床上，叹息良久，乃大咤曰：‘袁术至于此乎！’因顿伏床下，呕血斗余而死。”

④ “青州”句：青州从事，指酒。《世说新语·术解》：“桓公有主簿，善别酒，有酒辄令先尝：好者谓青州从事，恶者谓平原督邮。青州有齐郡，平原有鬲县。从事言到脐，督邮言在鬲上住。”孔方君，一作“孔方兄”。指钱，因铜钱中有方孔，故称。《汉书·食货志》：“钱寰函方。”注引孟康曰：“外寰而内孔方也。”鲁褒《钱神论》：“亲之如兄，字曰孔方。”

⑤“燕寝”句：燕寝，本指帝王正寝之外的寝宫。《周礼·天官·女御》：“掌御叙于王之燕寝。”后转义为郡斋。韦应物《郡斋雨中与诸文士燕集》：“兵卫森画戟，燕寝凝清香。”此指莱州公廨。

⑥“静中”二句：极言独居一室之寂寞。乌有先生、子虚子，实无其人。《史记·司马相如传》：“上读《子虚赋》而善之，曰：‘朕独不得与此人同时哉！’……乃召相如。相如曰：‘有是，然此乃诸侯之事，未足观也。请为天子游猎赋。’赋成，奏之。上许，令尚书给笔札。相如以‘子虚’，虚言也，为楚称。‘乌有先生’者，乌有此事也，为齐难。‘无是公’者，无是人也，明天子之义。故空藉此三人为辞，以推天子诸侯之苑囿。”

【评析】

此诗，录自明田艺蘅《诗女史》卷一一。《名媛诗归》卷一八、《宋诗纪事》卷八七、《癸巳类稿》卷一五、《绣水诗钞》卷一亦载之，然皆无序。又见《古今女史》，题作《感怀诗》，无序。诗序中“宣和辛丑”，即宣和三年（1121）。是时赵明诚起知莱州。黄盛璋《李清照事迹考辨》谓：“据诗意，清照应该是随明诚同往。”

诗作自嘲，写来颇为诙谐。在雅谑，这里自然也包括诗作的频繁用典中，表现出了对高尚生活情趣的向往。人云：宋代文人善雅谑。其实，何代文人不雅谑？如袁枚《随园诗话》卷一二即云：“雅谑自佳。或以诗示仲小海。仲曰：‘诗佳矣，可惜太甜。’其人愕然问故。曰：‘有唐气，焉得不甜？’蔡芷衫好自称‘蔡子’，以诗示汪用敷。汪曰：‘打油诗也。’蔡怒曰：‘此《文选》正体，何名打油？’曰：‘菜子不打油，何物打油？’”

晓　梦

晓梦随疏钟，飘然蹑云霞[①]。
因缘安期生[②]，邂逅萼绿华[③]。
秋风正无赖[④]，吹尽玉井花。
共看藕如船[⑤]，同食枣如瓜[⑥]。
翩翩座上客[⑦]，意妙语亦佳。
嘲辞斗诡辨，活火分新茶。
虽非助帝功，其乐莫可涯。
人生能如此，何必归故家[⑧]。
起来敛衣坐，掩耳厌喧哗[⑨]。
心知不可见，念念犹咨嗟[⑩]。

【注释】

① 蹑：一作“跻”，登上。

② 安期生：先秦时方士。《史记·乐毅传》太史公曰：“河上丈人教安期生，安期生教毛翕公，毛翕公教乐瑕公，乐瑕公教乐臣公，乐臣公教盖公。盖公教于齐高密、胶西，为曹相国师。”《列仙传》：“安期先生者，琅玡阜乡人也。卖药于东海边，时人皆言千岁翁。秦始皇东游，请见，与语三日三夜，赐金璧，度数千万。出于阜乡亭，皆置去，留书，以赤玉舄一双为报，曰：‘后数年，求我于蓬莱山。’始皇即遣徐市、卢生等数百人入海。未至蓬莱山，辄逢风浪而还。立祠阜乡亭海边十数处云。”

③ 萼绿华：传说中仙女。陶弘景《真诰·运象》：“萼绿华者，自云是南山人，不知何山也。女子，年可二十上下，青衣，颜色绝整。以升平三年十一月十日夜降羊权。自此往来，一月之中，辄六来过耳。云本姓罗。赠权诗一首，并致火浣布手巾一枚，金玉条脱各一枚。条脱似指环而大，异常精好。神女语权：‘君慎勿泄我，泄我则彼此获罪。’访问此人，云是九嶷山中得道女罗郁也。宿命时曾为师母毒杀乳妇，玄州以先罪未灭，故今谪降于臭浊，以偿其过。与权尸解药。今在湘东山，此女已九百岁矣。”

④ 无赖：无奈，无可如何。憎语。秦观《浣溪沙》：“漠漠轻寒上小楼，晓阴无赖似穷秋。”

⑤ 玉井花、藕如船：语本韩愈《古意》：“太华峰头玉井莲，开花十丈藕如船。”玉井，井的美称。

⑥ 枣如瓜：安期生所食大如瓜之枣。《史记·封禅书》：李少君曰：“君尝游海上，见安期生。安期生食巨枣，大如瓜。安期生，仙者，居蓬莱，合则见人，不合则隐。”

⑦ “翩翩”以下六句：盖化用东方朔故事。朔事汉武帝，以嘲辞诡辩得幸。《汉书》本传云：“朔虽诙笑，然时观察颜色，直言切谏，上常用之。”又曰：“上以朔口谐辞给，好作问之。尝问朔曰：‘先生视朕何如主也？’

朔对曰：‘唐虞之隆，成康之际，未足以谕当世……’上乃大笑。”朔有《答客难》，“指意放荡，颇复诙谐，辞数万言，终不克用”。座上客，一作“垂发女”。意妙，一作“貌妍”。分新茶，一作“烹新茶”。“虽非”二句，一作“虽乏上元术，游乐亦莫涯”。莫可，一作“何莫”。

⑧ 归故家：一作“故归家”。

⑨“起来”二句：敛衣，整理衣襟。王谠《唐语林·德行》：“刘敦儒事亲以孝闻……常敛衣受杖，曾不变容。”韩愈《寄卢仝》：“劝参留守谒大尹，言语才及辄掩耳。”《吕氏春秋·乐成》：“诚能决善，众虽喧哗而弗为变。”

⑩“念念”句：念念，指极短的时间，起灭连续不断。《维摩诘经·方便品》：“是身如电，念念不住。”咨嗟，叹息。焦赣《易林·离之升》：“车伤牛罢，日暮咨嗟。”

【评析】

此诗，录自明郦琥《彤管遗编》续集卷一七。

此诗盖作于宣和三年（1121）。时随赵明诚居莱州任所。本年，明诚在莱州南山得《后魏郑羲碑》，《金石录》卷二一：“碑乃在今莱州南山上，磨厓刻之。盖道昭尝为光州刺史，即今莱州也，故刻其父碑于兹山。余守是州，尝与僚属登山，徘徊碑下久之。”又卷二《目录》第三百四十一、三百四十二载《后魏郑道昭登云峰山诗》上、下二目。云峰山现存北朝石刻十七处，其中有《郑道昭论经书诗》《观海童诗》两处，即《金石录·目录》卷二所记者也。此外，道昭尚有游仙诗数首，如《王子晋驾凤栖太室之山》《安期子驾龙栖蓬莱之山》等。徐培均《笺注》本因谓：“易安于《金石录》既‘亦笔削其间’，则与此相关篇什当亦与闻；而莱州前守郑道昭之作尤应阅读欣赏。在此氛围中，故亦作游仙诗《晓梦》，以骋遐想。”

诗写借着“晓梦”伴着晨钟，飘然上升到了仙境。仙人快乐无涯的生活，令作者流连忘返。可这令人艳羡的仙境毕竟是虚幻的。诗人梦醒之后回到现实生活中来，面对令人厌恶的世俗喧闹之声，只有回味失落，感叹美丽的幻想不能实现。全篇境界开阔，风格飘逸，富于浪漫主义色彩。游仙诗而因为颇重仙境生活的细节描写，所以，其中尽管使用了不少相关的典故，也不减诗篇所具有的浓郁的生活气息。梦境仙境，所梦所思，都令人神往。

一般认为，从魏晋时期开始，游仙诗成为诗坛的主要品种。东晋诗人郭璞是游仙诗的高峰。就内容来看，游仙诗大致上可以分为两类：一是正格的游仙诗。大抵为游仙而游仙，诗中所表现的往往就是企求长生不老，羽化登仙的思想。一是借游仙以抒怀的作品。这类作品大都具有较深的思想内涵。作者大抵生活上遭受磨难打击，境遇比较偃蹇，故而对超自然的神仙世界充满了企慕，借游仙来抒发坎壈之怀。李清照此诗，明显属于后一类。从艺术上看，也具有游仙诗的典型特点：浪漫主义手法的运用和大量真切、生动的细节描写。

咏　史

两汉本继绍①，新室如赘疣②。
所以嵇中散，至死薄殷周③。

【注释】

①“两汉”句：《后汉书·光武帝纪赞》曰：“炎正中微，大盗移国……于赫有命，系隆我汉。”李清照继承这一观念，谓东汉系西汉之正统，借喻南宋为北宋之正统。继绍，继承。白居易《为崔相陈情表》：“德宗皇帝

念臣亡伯位高无后，以犹子之义，命臣继绍，仍赐臣名。”

② “新室”句：新室，指王莽政权。《汉书·王莽传》：“始建国元年正月朔，莽帅公侯卿士奉皇太后玺韨，上太皇太后，顺符命，去汉号焉。”并定国号曰新，自称“新室”，即新朝也。赘疣，一作“赘旒”。肉瘤，常喻多余无用之物。《庄子·大宗师》：“彼以生为附赘县疣。”

③ “所以”二句：嵇中散，名康，字叔夜。少孤，为魏宗室婿，仕魏为中散大夫。时司马氏掌朝政，选曹郎山涛举康自代，康作《与山巨源绝交书》云：“又每非汤武而薄周孔。”李善注引《魏氏春秋》曰：“康答书拒绝，因自说不堪流俗，而非薄汤武。大将军闻而恶焉。”商汤伐夏桀而得天下，周武王伐殷纣而得天下，嵇康不同意司马氏代魏，故对汤武不满。李清照亦借此以指斥金朝扶植的傀儡政权伪齐皇帝刘豫。

【评析】

此诗，录自宋黎靖德编《朱子语类》卷一四〇。题据乾隆《章丘县志》卷九。王仲闻《校注》本认为是两首拼接：“据《朱子语类》，上两句与下两句并不连接，盖从一首中先摘二句，继又另摘二句。各本多以此四句连接为一首，非是。”徐培均《笺注》本谓：按韵部来看，似原为一首。又四句一气流贯，不可能为两首拼接。唯朱子称“大略云”，恐有所省略。

《笺注》本又谓：此诗当作于建炎四年（1130）九月。据《建炎以来系年要录》卷三七，本年九月戊申：“是日，刘豫僭位于北京。初，军民闻豫至，杀金人，闭门以拒豫。豫击而降之，遂即皇帝位，国号‘大齐’。”李清照激于义愤，作此诗斥之。

诗作以两汉喻两宋，以篡权王莽之“新室”喻刘豫之伪齐，亦包括其前张邦昌之伪楚，又以“至死薄殷周”之嵇康喻反对刘豫卖国求荣的爱国人士，借古讽今，爱憎分明，胆识不凡，故得“出宋人表”（王世贞《艺苑卮言》卷四)及“非妇人所能道者”(田艺蘅《诗女史》卷十)之誉。当然,嵇康非薄商汤、周武王不一定是对的,其实是因为反对司马氏代魏,李清照用这个典故的意思,应该也一样,只是借题发挥。至于清人宋长白斥易安此诗“以殷、周比莽,殊觉不伦”(《柳亭诗话》卷二九),当系流于误解。

偶　成

十五年前花月底,相从曾赋赏花诗[①]。
今看花月浑相似,安得情怀似往时[②]。

【注释】

① 相从:跟随,在一起。《左传·僖公二十八年》:“宁武子与卫人盟于宛濮,曰:‘天祸卫国,君臣不协,以及此忧也。今天诱其衷,使皆降心,以相从也。’”

② “安得”句:安得,怎么才能求得。杜甫《茅屋为秋风所破歌》:“安得广厦千万间,大庇天下寒士俱欢颜。”往时,黄盛璋《李清照事迹考辨》录作“昔时”,未知何据。

【评析】

此诗,录自《永乐大典》卷八九九。

黄盛璋先生首先发现此诗,其《李清照事迹考辨》并云:“‘十五年前’虽不能定为何年,但据诗意实追怀明诚,为哀悼死者之作,当写于建炎三年(1129)以后。”赵明诚建炎三年八月十八日卒于建康,十月金兵南侵,时局动荡;四年,李清照追随御舟,流徙浙东,至绍兴二年

(1132)始抵临安定居。徐培均《笺注》本因谓诗盖作于绍兴二年春间。上溯十五年,约在政和七年(1117)前后,时易安夫妇正屏居青州,有心赏花。

诗作悼亡。先追忆十五年前与赵明诚甜蜜生活的细节,当系触景生情,也是悼亡诗词的惯常写作路数。再转回到今日,虽然花艳、月圆一似当年,但"情怀"已不"似往时"。后二句意境,颇似刘希夷《代悲白头翁》中"年年岁岁花相似,岁岁年年人不同",以及张若虚《春江花月夜》中"人生代代无穷已,江月年年只相似",又似李清照自作之《南歌子》中"旧时天气旧时衣,只有情怀不似旧家时",都是以自然之永恒来反衬人生的无常,语极切挚而又沉痛。全篇在强烈的今昔对照中,达成了以乐景衬哀情的艺术效果。

狭义的"悼亡",专指夫悼妇作品。妇悼夫之作,虽同样源自《诗经》,但数量较少。如此,更能显出李清照此诗的难得。(此为《唐风·葛生》,夫悼妇则是《邶风·绿衣》):

葛生蒙楚,蔹蔓于野。予美亡此,谁与独处。葛生蒙棘,蔹蔓于域。予美亡此,谁与独息。角枕粲兮,锦衾烂兮。予美亡此,谁与独旦。夏之日,冬之夜。百岁之后,归于其居。冬之夜,夏之日。百岁之后,归于其室。"(案:高亨《诗经今译》以为《葛生》主旨仍为夫悼妇,与程俊英等人的看法相左。)

上枢密韩公工部尚书胡公(二首并序)

绍兴癸丑五月,枢密韩公、工部尚书胡公使虏,通两宫也。有易安室者,父祖皆出韩公门下,今家世沦替,子姓寒微,不敢望公之车尘。又贫病,但神明未衰落,见此大号令,不能忘言,作古、律诗各一章，以寄区区之意，以待采诗者云[1]。

其　一

三年夏六月，天子视朝久。
凝旒望南云[2]，垂衣思北狩[3]。
如闻帝若曰，岳牧与群后[4]。
贤宁无半千[5]，运已遇阳九[6]。
勿勒燕然铭[7]，勿种金城柳[8]。
岂无纯孝臣，识此霜露悲。[9]
何必囊舍肉，便可车载脂。[10]
土地非所惜，玉帛如尘泥。[11]
谁当可将命[12]，币厚辞益卑。
四岳佥曰俞[13]，臣下帝所知。
中朝第一人[14]，春官有昌黎[15]。
身为百夫特[16]，行足万人师。
嘉祐与建中，为政有皋夔[17]。
匈奴畏王商[18]，吐蕃尊子仪[19]。
夷狄已破胆，将命公所宜。
公拜手稽首[20]，受命白玉墀。
曰臣敢辞难，此亦何等时。
家人安足谋，妻子不必辞。
愿奉天地灵，愿奉宗庙威。
径持紫泥诏[21]，直入黄龙城[22]。
单于定稽颡[23]，侍子当来迎[24]。
仁君方恃信[25]，狂生休请缨[26]。

或取犬马血，与结天日盟。[27]
胡公清德人所难[28]，谋同德协心志安。
脱衣已被汉恩暖[29]，离歌不道易水寒[30]。
皇天久阴后土湿，雨势未回风势急[31]。
车声辚辚马萧萧[32]，壮士懦夫俱感泣。
闾阎嫠妇亦何知[33]，沥血投书干记室[34]。
夷虏从来性虎狼[35]，不虞预备庸何伤[36]。
衷甲昔时闻楚幕[37]，乘城前日记平凉[38]。
葵丘践土非荒城[39]，勿轻谈士弃儒生。
露布词成马犹倚[40]，崤函关出鸡未鸣[41]。
巧匠何曾弃樗栎[42]，刍荛之言或有益[43]。
不乞隋珠与和璧[44]，只乞乡关新信息[45]。
灵光虽在应萧萧[46]，草中翁仲今何若[47]。
遗氓岂尚种桑麻，残虏如闻保城郭。
嫠家父祖生齐鲁[48]，位下名高人比数[49]。
当年稷下纵谈时，犹记人挥汗成雨[50]。
子孙南渡今几年，飘流遂与流人伍[51]。
欲将血泪寄山河[52]，去洒东山一抔土[53]。

【注释】

①序文中“两宫”，指徽宗、钦宗两帝，时被金人掳至五国城（今黑龙江伊兰一带）。“父祖”句，黄盛璋《赵明诚李清照夫妇年谱》：“大父及父李格非，俱出韩琦门下，有声于齐。《云麓漫钞》卷十四载易安《上韩公枢密诗序》云：‘有易安室者，父祖皆出韩公门下。’此韩公当指韩琦。”韩琦为肖胄曾祖，历仕仁宗、英宗、神宗三朝，卒于熙宁八年（1075）。《宋史》本传称其“折节下士，无贵贱，礼之如一，尤以奖拔人才为急”。李清

照祖父名字不详，当游于韩琦之门；父格非熙宁九年进士及第，盖及第前亦曾游于韩琦之门。又琦子忠彦，哲宗元祐中，始召为户部尚书、擢尚书右丞，时格非已官太学；徽宗建中靖国时始拜相，时格非官礼部员外郎，是否从游，难以确定。“不敢”句，即望尘莫及，义为地位悬殊。语本《庄子·田子方》：“夫子奔逸绝尘，而回瞠若乎其后矣。”又《后汉书·赵咨传》：“复拜东海相，之官，道经荥阳，令敦煌曹暠……迎路谒候，咨不为留。暠送至亭次，望尘莫及。”后用作敬词，表示自己远远落后。“神明”，精神、理智。《庄子·齐物论》：“劳神明为一，而不知其同也。”《世说新语·言语》：“何平叔云：‘服五石散，非唯治病，亦神明开朗。’”

② “凝旒(liú)”句：凝旒，形容皇帝端坐凝视。旒，天子冠冕前后悬垂的玉串，端坐时凝然不动。《礼·礼器》：“天子之冕，朱绿藻，十有二旒。”望南云，指思亲。陆机《思亲赋》：“指南云以寄钦，望归风而效诚。”陆云《九愍》：“眷南云以兴悲，蒙东雨而涕零。”陈岩肖《庚溪诗话》卷下：“绍兴庚午岁，余为临安秋赋考试官，同舍有举欧阳公长短句词曰：‘雁遇南云，行人回泪眼。’因问曰：‘南云其意安在？’余答曰：‘尝见江总诗云：心逐南云去，身随北雁来。故园篱下菊，今日几花开。’恐出于此耳。昔人临歧执别，回首引望，恋恋不忍遽去而形于诗者……其惜别之意则同也。”

③ “垂衣”句：《易·系辞》：“黄帝、尧、舜垂衣裳而天下治，盖取诸乾坤。”多称颂帝王无为而治，此指高宗。思北狩，谓思念被掳北去的徽、钦二帝。《尔雅·释天》：“冬猎为狩。”《春秋》：“天王狩于河阳。”注：“晋实召王，为其辞逆而意顺，故经以‘王狩’为辞。”《孟子·告子下》：“天子适诸侯曰巡狩。”此处“北狩”为被俘的婉称。

④ “岳牧”句：相传尧舜时有四岳、十二州牧，分管政务和方国诸侯，合称岳牧。《书·周官》：“曰唐虞稽古，建官惟百，内有百揆四岳，外有州牧侯伯。”后用为封疆大吏的泛称。群后，诸侯。《书·舜典》：“班瑞于群后。”又：“五载一巡守，群后四朝。”此指群臣。

⑤“贤宁”句：无半千，一作“违半千”。半千，《新唐书·员半千传》：“半千始名余庆……长与何彦光同事王义方，以迈秀见赏。义方常曰：‘五百战一贤者生，子宜当之。’因改今名……俄举岳牧。”此处谓众卿之中岂无贤如员半千者。

⑥“运已”句：遇阳九，一作“过阳九”。阳九，指厄运。《汉书·律历志》：“《易九厄》曰：初入元百六阳九。”颜师古注引孟康曰：“所谓阳九之厄，百六之会者也。”术数家以四千六百一十七岁为一元，初入元一百零六岁，内有旱灾九年，谓之“阳九”。

⑦燕然铭：《后汉书·窦宪传》：“窦宪、耿秉与北单于战于稽落山，大破之。虏众崩溃，单于遁走……宪、秉遂登燕然山，出塞三千余里，刻石勒功，纪汉威德，令班固作铭。”燕然山，即今蒙古杭爱山。

⑧金城柳：《世说新语·言语》：“桓公北征，经金城，见前为琅琊时种柳，皆已十围，慨然曰：‘木犹如此，人何以堪！’攀枝执条，泫然流泪。”桓公，晋桓温，太和四年北伐，至金城（今甘肃皋兰县西南）。以上“勿勒”二句转述高宗意旨，当受当时主和派思想影响，不同意北伐。《建炎以来系年要录》卷六六所载韩肖胄言，可见朝廷主和之说一斑：“今大臣各徇己见，致和战未有定论，和议乃权时之宜，以济艰难。他日国步安强，军威大振，理当别图。今臣等已行，愿毋先渝约。”

⑨“岂无”二句：纯孝，《左传·隐公元年》：“颍考叔，纯孝也，爱其母，施及庄公。”霜露，一作“霜雪”。霜露悲，谓凄怆之情。《礼记·祭义》：“霜露既降，君子履之，必有凄怆之心，非其寒之谓也。”《宋史·韩肖胄传》谓肖胄“事母以孝闻”，故李清照以“纯孝臣”称之。

⑩“何必”二句：谓勿以老母为念，受命即行。檗栝《建炎以来系年要录》卷六六所载“肖胄母文安郡太夫人文氏，闻肖胄当行，为言：‘韩氏世为社稷臣，汝当受命即行，勿以老母为念。’帝称为贤母，封荣国夫人”之意。羹舍肉，一作“舍羹肉”。《左传·隐公元年》：“颍考叔为颍谷封

人，闻之，有献于公。公赐之食，食舍肉。公问之，对曰：‘小人有母，皆尝小人之食矣，未尝君之羹，请以遗之。’”车载脂，一作“载车脂”。车轴上润滑油脂，以利速行。《诗·邶风·泉水》：“载脂载舝，还车言迈。”《集传》：“脂，以脂膏涂其舝，使滑泽也。舝，车轴也。”

⑪“土地”二句：命肖胄对金让步求和，此亦转述高宗意旨。如尘泥，一作“亦尘泥”。

⑫“谁当可”句：谁当可，一作“谁可当”。将命，传递主客之间的话语。《论语·宪问》：“阙党童子将命。”《礼·少仪》：“某固愿闻名于将命者。”《疏》：“将命，谓传辞出入，通客主之言语者也。”

⑬“四岳”句：四岳，《尚书·尧典》：“帝曰咨，四岳。”孔传：“四岳，即上羲和之四子，分掌四岳之诸侯。”又《诗·大雅·崧高》“崧高维岳”笺：“四岳，卿士之官，掌四时者也，因主方岳巡狩之事。”此处取后一义。佥曰，皆曰。《书·舜典》：“佥曰：伯禹作司空。”俞，允许、允诺。《书·尧典》：“帝曰：俞，予闻，如何？”

⑭“中朝”句：《刘宾客嘉话录》：“卢新州为相，令李揆入蕃……揆既至蕃，蕃长问：‘唐家第一人李揆，公是否？’揆曰：‘非也。他那个李揆争肯到此。’恐其拘留，以此诬之也。揆门户第一、文学第一、官职第一。”苏轼《送子由使契丹》：“单于若问君家事，莫道中朝第一人。”

⑮“春官”句：春官，《周礼》卷五春官宗伯：“乃立春官宗伯，使帅其属，而掌邦礼，以佐王和邦国。”唐代光宅间，曾改礼部为春官，后世遂作礼部的代称。刘禹锡《宣上人远寄贺礼部王侍郎发榜后诗因而继和》：“一日声名遍天下，满城桃李属春官。”据《新唐书·韩愈传》，卒赠礼部尚书，李清照当指此。昌黎，韩愈世居颍川，常据先世郡望自称昌黎（故址在今北京通县东）人，门人李汉编其诗文，因题为《昌黎先生文集》。

⑯百夫特：指杰出人物。《诗·秦风·黄鸟》：“维此奄息，百夫之特。”郑《笺》：“百夫之中最雄俊也。”

⑰“嘉祐”二句：嘉祐，宋仁宗年号（1056—1063），时肖胄曾祖韩琦为相；建中靖国，宋徽宗年号(1101)，时肖胄祖韩忠彦为相。皋夔，皋即皋陶（yáo），舜时狱官。夔，舜时乐官。喻指贤臣。此处借指韩琦、韩忠彦。

⑱“匈奴”句：匈奴畏，一作“汉家畏”，一作“汉家贵”。王商，汉蠡吾人，字子威。成帝时为丞相，有威重。《汉书》本传云：“长八尺有余，身体鸿大，容貌甚过绝人。河平四年，单于来朝，引见白虎殿。丞相商坐未央殿中，单于前，拜谒商。商起，离席与言。单于仰视商貌，大畏之，迁延却退。天子闻而叹曰：‘此真汉相矣！’”

⑲“吐蕃（bō）”句：吐蕃尊，一作“唐室重”，一作“唐室尊”，一作“唐时尊”。郭子仪，唐华州郑县人。长六尺余，体貌秀杰。平安史之乱有功，代宗时为尚书令。永泰元年八月，党项族首领仆固怀恩诱吐蕃、回纥、羌、浑等三十余万南下，帝师震恐，天子下诏亲征。是时，急召子仪自河中至，屯于泾阳，而虏骑已合。子仪以数十骑徐出，免胄而而劳之，“回纥皆舍兵下马齐拜曰：‘果吾父也！’”见《旧唐书》本传。李清照云“吐蕃”，恐系误记。韩琦及忠彦，貌皆英伟，为北人所敬畏，《宋史·韩琦传》云：琦“在魏都久，辽使每过，移牒必书名，曰：‘以韩公在此故也。’忠彦使辽，辽主问知其貌类父，即命工图之。”故李清照以比王商、郭子仪。

⑳拜手稽首：拜手，亦称拜首。古代男子跪拜礼的一种。跪后两手相拱，俯头至手。《书·太甲》：“伊尹拜手稽首。”孔传：“拜手，首至手。”稽首，古代跪拜礼。《书·舜典》：“禹拜稽首。”《疏》：“《周礼》太祝辨九拜，一曰稽首。稽首为敬之极，故为首至地。”

㉑紫泥诏：用紫泥所封之诏书。《汉旧仪》：“皇帝六玺……皆以武都紫泥封。”李白《玉壶吟》：“凤凰初下紫泥诏，谒帝称觞登御筵。”

㉒黄龙城：金之首都，在今吉林农安县。《宋史·岳飞传》谓“直抵黄龙府，与诸君痛饮尔”，即指此。

㉓“单（chán）于”句：一作“北人怀旧德”。单于，一作“北人”。汉

时匈奴君长的称号。《史记·匈奴列传》:“匈奴单于曰头曼。”裴骃《集解》:“单于者,广大之貌,言其象天单于然。”稽颡(sǎng),古代的一种跪拜礼。屈膝下拜,以额触地,表示极度的虔诚。《汉书·李广传》:“若乃免冠徒跣,稽颡请罪,岂朕之指哉!”

㉔侍子:诸侯或属国王遣子入侍皇帝,称侍子。《后汉书·光武帝纪》:“鄯善王、车师王等十六国遣子入侍奉献……帝以中国初定,未遑外事,乃还其侍子,厚加赏赐。”此指金朝太子。

㉕“仁君”句:一作“圣孝定能达”。恃,一作“博”。

㉖“狂生”句:此谓勿对金人作战。狂生休,一作“勿复言”。狂生,胆大妄为者。《荀子·君道》:“危削灭亡之情举积此矣,而求安乐,是狂生也。”请缨,要求从军击敌。《汉书·终军传》:“南越与汉和亲,乃遣军使南越,说其王,欲令入朝,比内诸侯。军自请愿受长缨,必羁南越王而致之阙下。”

㉗“或取”二句:谓与金人歃血盟誓。《战国策·魏策一》:“刑白马以盟于洹水之上,以相坚也。”天日盟,指天日以为盟。《三国志·吴书·胡综传》:“款心赤实,天日是鉴。”以上四句,谓当时不必出兵抗金,而应签订和约,此乃当局之意。参见前“金城柳”注引《要录》所载签书枢密院事韩肖胄之言,李清照只是转述其意而已。或取犬,一作“倘持白”。

㉘“胡公”句:谓胡松年之德望难能可贵。《宋史》本传:“方秦桧秉政,天下识与不识,率以疑忌置之死地,故士大夫无不曲意阿附为自安计。松年独鄙之,至死不通一书,世以此高之。”一本自此起作另一首,题作“上胡尚书诗”。此处不从。

㉙“脱衣”句:谓深受国恩。脱衣已被,一作“解衣已道”。脱衣,即解衣。《史记·淮阴侯传》:“汉王授我上将军印,予我数万众,解衣衣我,推食食我,言听计用,故吾得以至于此。”即《宋史·韩肖胄传》记其母语“汝家世受国恩”之意。

㉚“离歌”句：一作“离诗不觉关山寒”。战国时燕太子丹使荆轲入秦刺秦王，太子与宾客皆白衣冠送之，至易水饯别，高渐离击筑，荆轲和而歌曰：“风萧萧兮易水寒，壮士一去兮不复还。”见《战国策·燕策三》。

㉛“皇天”句：以天阴地湿，风狂雨骤，形容局势之险恶。此法李清照常用之。皇天后土，天地或天地神灵的总称。此指天地。李密《陈情表》：“臣之辛苦，非独蜀之人士及二州牧伯所见明知，皇天后土，实所共鉴。”

㉜“车声”句：杜甫《兵车行》：“车辚辚，马萧萧，行人弓箭各在腰。”此状韩、胡二公出发情景。

㉝闾阎嫠（lí）妇：李清照自称。闾阎，泛指民间。《汉书·异姓诸侯王表》：“闾阎逼于戎狄。”注：“闾，里门也。阎，里中门也。陈胜吴广本起闾左之戍，故总言闾阎。”嫠妇，寡妇。《左传·昭公二十五年》：“嫠也何害，先夫当之矣。”注：“寡妇曰嫠。”

㉞“沥血”句：投书，一作“投诗”。记室，相当于今之秘书。《三国志·魏书·陈琳传》：“太祖并以琳、瑀为司马军谋祭酒，管记室，军国书檄，多琳、瑀所作也。”宋朝诸王府亦设此职，名“记室参军”，见《事物纪原》卷五。

㉟“夷虏”句：夷虏从来，一作“天生性气”。一本此句以下至“平凉”四句脱。

㊱不虞预备：《左传·桓公十七年》：“疆场之事，慎守其一而备其不虞。”此谓提高警惕。

㊲衷甲：衣内著铠甲。《左传·襄公二十七年》：“辛巳，将盟于宋西门之外，楚人衷甲。”杜预注：“甲在衣中。”

㊳“乘城”句：乘城，登城，即坚守城池。《史记·高祖本纪》：“宛，大郡之都也，连城数十，人民众，积蓄多，吏人自以为降必死，故皆坚守乘城。”司马贞《索隐》：“李奇曰：乘，守也。韦昭曰：乘，登也。”平凉，川名，在今甘肃。唐德宗贞元三年闰四月，唐与吐蕃在此设坛会盟。《资治通鉴》卷二三二载：“尚结赞与（浑）瑊约，各以甲士三千人列于坛之东西，

常服者四百人从至坛下。辛未，将盟。尚结赞又请各遣游骑数十更相觇索，城皆许之。吐蕃伏精骑数万于坛西，游骑贯穿唐军，出入无禁。唐骑入虏军，悉为所擒，瑊等皆不知，入幕，易礼服。虏发鼓三声，大噪而出，杀宋奉朝等于幕中。”

㊴“葵丘”句：葵丘，春秋时宋地，在今河南兰考县东。《左传·僖公九年》：“秋，齐侯盟诸侯于葵丘。”践土，一作“莒父”。春秋时郑地，在今河南原阳县西南。《春秋·僖公》：二十八年城濮之战后，“五月癸丑，公会晋侯、齐侯、宋公、蔡侯、郑伯、卫子、莒子，盟于践土。”

㊵“露布”句：露布词成，一作“愤王墓下”。《世说新语·文学》：“桓宣武北征，袁虎时从，被责免官。会须露布文，唤袁倚马前，令作。手不辍笔，俄得七纸，殊可观。东亭在侧，极叹其才。”露布，乃不封之文书。封演《封氏闻见记》卷四：“露布，捷书之别名也。诸军破贼，则以帛书建诸竿上，兵部谓之露布。盖自汉以来有其名。所以名露布者，谓不封检而宣布，欲四方速知。”

㊶“崤（xiáo）函”句：崤函关出，一作“寒号城边”。《史记·孟尝君传》：“夜半至函谷关，秦昭王后悔出孟尝君，即使人驰传逐之。孟尝君至关，关法：鸡鸣而出客。孟尝君恐追至，客之居下坐者能为鸡鸣，而鸡齐鸣，遂发传出之。”崤，谓崤山，在今河南洛宁县北。函，谓函谷，秦之东关，在今河南灵宝县南。

㊷“巧匠”句：自谦不才之语。何曾，一作“亦曾”。樗（chū）栎，一作“顾樗栎”。两种劣质木材。《庄子·逍遥游》：“吾有大树，人谓之樗，其大本拥肿而不中绳墨，其小枝卷曲而不中规矩。立之涂，而匠者不顾。”《人间世》：“匠石之齐，至于曲辕，见栎社树，其大蔽数千牛，絜之百围……散木也。以为舟则沉，以为棺椁则速腐，以为器则速毁，以为门户则液樠，以为柱则蠹。是不材之木也。”

㊸“刍荛（ráo）”句：之言，一作“之询”。刍荛之言，谦词。刍荛，割

草打柴的樵夫。《诗·大雅·板》:"先民有言,询于刍荛。"《传》:"刍荛,薪采者。"引申为草野之人。

㊹"不乞"句:《淮南子·览冥训》:"譬如隋侯之珠,和氏之璧,得之者富,失之者贫。"高诱注:"隋侯见大蛇伤断,以药傅之。后蛇于江中衔大珠以报之,因曰隋侯之珠,盖明月珠也。"和璧,卞和所献之璧。《韩非子·和氏》:"楚人和氏得玉璞楚山中,奉而献之厉王。厉王使玉人相之,玉人曰:'石也。'王以和为诳而刖其左足。及厉王薨,武王即位,和又奉其璞而献之武王。武王使玉人相之,又曰:'石也。'王又以和为诳而刖其右足。及武王薨,文王即位。和乃抱其璞而哭于楚山之下,三日三夜,泣尽而继之以血。王闻之,使人问其故,曰:'天下之刖者多矣,子奚哭之悲也?'和曰:'吾非悲刖也,悲夫宝玉而题之以石,贞士而名之以诳,此吾所以悲也。'王乃使玉人理其璞而得宝焉,遂命曰和氏之璧。"

㊺"只乞"句:只乞,一作"但乞"。乡关,犹故乡。《陈书·徐陵传》:"萧轩靡御,王舫谁持。瞻望乡关,何心天地。"

㊻"灵光"句:灵光,殿名。汉景帝子鲁恭王所建,故址在山东曲阜东。王延寿《鲁灵光殿赋序》:"初,恭王始都下国,好治宫室,遂因鲁僖基兆而营焉。遭汉中微,盗贼奔突,自西京未央、建章之殿,皆见隳坏,而灵光岿然独存。"后亦毁。《水经注·泗水》:"孔庙东南五百步,有双石阙,即灵光之南阙;北百余步,即灵光殿基。"萧萧,一作"萧条"。

㊼翁仲:传说中秦时巨人。《淮南子·泛论》高诱注:"秦皇帝二十六年,初兼天下,有长人见于临洮,其高五丈,足迹六尺。放写其形,铸金人以象之,翁仲君何是也。"后指宫门铜像或墓道石像。《宋书·五行志》:"魏明帝景初元年,发铜铸为巨人二,号曰翁仲,置之司马门外。"柳宗元《衡阳与梦得分路赠别》:「伏波故道风烟在,翁仲遗墟草树平。"

㊽"嫠家"句:嫠家,寡妇自称。父祖,一作"祖父"。

㊾人比数:与人名位相等。司马迁《报任安书》:"刑余之人,无所比数,

非一世也，所以来远矣。”

㊿ “当年”二句：当年，一作“当时”。成雨，一作“如雨”。形容讲学盛况。稷下，古地名，在战国时齐之都城临淄稷门。《史记·田敬仲完世家》：“是以齐稷下学士复盛，且数百千人。”裴骃《集解》引刘向《别录》曰：“齐有稷门，城门也。谈说之士期会于稷下也。”挥汗成雨，形容人多。《史记·苏秦传》：“临淄之涂，车毂击，人肩摩，连衽成帷，举袂成幕，挥汗成雨，家殷人足，志高气扬。”

(51) “飘流”句：飘流，一作“飘零”。流人，因罪流放之人。孟浩然《洛中访袁拾遗不遇》：“洛阳访才子，江岭作流人。”

(52) “欲将”句：一作“愿将血泪寄河山”。

(53) “去洒”句：东山，一作“青州”，一作“山东”。《孟子·尽心上》：“孔子登东山而小鲁，登太山而小天下。”朱熹《集注》：“东山，盖鲁城东之高山，而太山则又高矣。”一抔（póu）土，一捧土。骆宾王《为徐敬业讨武曌檄》：“一抔之土未干，六尺之孤何托。”此指李清照祖先坟墓。

【评析】

此诗，录自宋赵彦卫《云麓漫钞》卷一四，原题作“上枢密韩公诗”，此据《宋诗纪事》校改。《癸巳类稿》卷一五作“上韩诗”，沈瑾钞本《漱玉词·附录》作“上韩枢密诗”，皆无序。序文自“五月”以下，《宋诗纪事》简化作“两公使金，通两宫也。易安父祖出韩公门下，见此大号令，不能忘言，作诗各一章以寄意，以待采诗者云”。王仲闻《校注》本录据《云麓漫钞》，题作“上枢密韩肖胄诗”。

王仲闻《校注》本题下按云：“《宋诗纪事》……并自‘胡公清德人所难’句起，另为一首（《癸巳类稿》等同）。按易安诗序明云：‘作古、律诗各一章’，即指此诗及下七律一首而言。如依《宋诗纪事》等则共为古、律诗三首，与序不合。且此古诗分为两首，则第一首词意未完，有头无尾。第二首开首即云‘谋同德协’，突如其来，俱不能单独自成一首。此二首（此首及下律一首）实以韩肖胄为主，胡松年仅附及而已。兹从《云麓漫钞》订为一首。”徐培均《笺注》本谓：王仲闻《校注》本诗题直呼其名，不合宋时礼俗，不可从。又谓：第一首太长，依五、七言句式及诗意分成三段，以便阅读。第二首题作“七律”。

此篇如序文所示，作于绍兴三年（1133）。沈本篇末亦云：“宋绍兴三年，韩肖胄使金，胡松年试工部尚书为副，胡尚书殆松年也。诗意与使金事亦合。”《建炎以来系年要录》卷六五绍兴三年五月：“丁卯，尚书吏部侍郎韩肖胄为端明殿学士、同签书枢密院事，充大金军前奉表通问使，给事中胡松年试工部尚书，充副使。”又卷六六：“（六月）丁亥，同签书枢密院事韩肖胄、工部侍郎胡松年入辞。”《笺注》本谓：盖五月丁卯为诏下之日，六月丁亥（初四日）为出使之时，李清照诗作于六月也。王仲闻以为在六月误，盖未省入辞时也。《要录》称胡为“工部侍郎”，指实衔，李清照称“工部尚书”乃荣衔，盖尊之也。韩肖胄、胡松年，《宋史》卷三七九有传。

这是一首政治抒情诗。开端四句写高宗对被金人掳去的徽、钦二帝的思念。“如闻帝若曰……币厚辞益卑”，是写高宗对群臣的训辞。高宗渴求贤臣来振兴国家，但只是权宜之计，并非为了北定中原，光复河山。冷静的描述中寓有对辱国丧权、视民如草芥的最高统治者的谴责。以下十二句是群臣的答辞。群臣极力推荐韩肖胄，认为名门之后的韩肖胄必定像王商、郭子仪那样英勇有为，不辱使命。“公拜手稽首……与结天日盟”是韩肖胄的答辞。面对重任，韩肖胄慨然受命，受命即行，英雄气概，磊落不凡。在鲜明的对比中，诗人对群臣的赞扬，就是对统治者含蓄委婉的谴责和讽刺。“胡公清德人所难”八句，盛赞忠心耿耿、英武豪爽的胡松年必能与韩肖胄精诚合作，并想象两使受命出发时的情形，表现出对时局的担心。最后，作者举史例来说明，对虎狼成性的敌人要提高警惕，可谓头脑清醒，见解不凡。同时，对此次出征，诗人也寄托了她深切的乡关之思。就全篇而言，虽然未必当得起“虽起杜、韩为之，无以过也”（陈衍《宋诗精华录》卷四）的高评，但此诗实可称“雄浑悲壮”，如作者的感情由隐至显，从舒缓至急骤、奔放，终至不可遏止；又如诗作尽管以真人真事为题材，但诗人并未受其约束，而是驰骋想象，虚构细节，具有强烈的艺术感染力。当然，此诗在善于用典的同时，也有不必讳言的用典过多之处，一些地方也因此而不免晦涩难明。

其　二

想见皇华过二京①，壶浆夹道万人迎②。
连昌宫里桃应在③，华萼楼前鹊定惊④。
但说帝心怜赤子⑤，须知天意念苍生⑥。
圣君大信明如日⑦，长乱何须在屡盟⑧。

【注释】

①“想见”句：皇华，颂使节之辞。《诗·小雅·皇华序》：“皇皇者华，君遣使臣也。送之以礼乐，言远而有光华也。”二京，指宋之南京（今河南商丘）、东京（今开封）。又有北京（今河北大名），亦宋使至金常经之地。（案：又有“西京”，即今洛阳。）此盖泛指。

②“壶浆”句：茶水、酒浆，以壶盛之，故称。比喻中原人民踊跃劳军。《孟子·梁惠王下》：“箪食壶浆，以迎王师。”

③“连昌宫”句：元稹《连昌宫词》：“又有墙头千叶桃，风动落花红簌簌。”连昌宫，唐高宗显庆三年置，故址在今河南宜阳县。

④“华萼楼”句：华萼楼，唐玄宗开元二年在旧邸兴庆宫西所建，题“花

萼相辉之楼”。旧址在今陕西西安兴庆公园。鹊定惊，谓鹊惊起。当为“鹊定喜”之意，因押韵而改用“惊”字。鹊喜，鹊的鸣叫声。旧传以鹊鸣声兆喜，故称。宋之问《发端州初入西江》：“破颜看鹊喜，拭泪听猿啼。”

⑤ 赤子：婴儿。《书·康诰》孔颖达疏：“子生赤色，故言赤子。”引申为子民百姓。

⑥ 苍生：史岑《出师颂》：“苍生更始，朔风变律。”刘良注：“苍生，百姓也。”

⑦ 圣君：犹圣主。《管子·任法》：“圣君任法而不任智，任数而不任说，任公而不任私，任大道而不任小物，然后身佚而天下治。”

⑧ “长乱”句：谓与金订盟，不一定长乱。《诗·小雅·巧言》：“君子屡盟，乱是用长。”长乱，滋长动乱。

【评析】

此诗前两联充分发挥想象力，所写情景，包括途经中原“二京”，受到北方遗民夹道欢迎的感人场景，以及乌鹊从北宋萧条的宫殿中飞起，似乎也在欢迎南宋使节的景象，都好像诗人亦出使北方，亲身经历一般，甚为真切。这些想象，反映了北方遗民不忘故国、渴望光复的强烈愿望，尽管，北方人民的欢迎使节其实是误以为光复在望。

下半篇转向议论，即对韩肖胄、胡松年出使议和之事进行评说。认为韩、胡二公人品出众，又冒险赴金，所以值得敬佩、赞赏，但对高宗议和的策略，又显然是不认可的，是讥讽的。通过上半篇突出描写北方遗民渴望光复之情，就已经意味着，是北伐抗金而不是议和才有可能实现这一愿望。但诗人在这一点上又不便明言，所以，就只好含蓄委婉地反话正说，明颂暗讽了。

总的来看，就政治抒情诗题材而言，李清照的这首七律比前一首杂言古体写得更具讽刺意味。尤其是诗中两次引用《诗经》之典，而且都与收复失地、维护国家尊严有关。有学者特别指出，这不仅在那样的时代背景下，彰显了一种难能可贵的品格和情操；而且千载之后，仍然能激发自尊自立的民族信念，与前一首诗"相互补充，堪称是'嫠不恤纬，惟国是爱'的亘古罕见之章！"（陈祖美《李清照诗词文选评》）

乌　江

生当作人杰①，死亦为鬼雄②。
至今思项羽，不肯过江东③。

【注释】

①人杰：杰出人物。《文子·上礼》："行可以为仪表，智足以决嫌疑，信可以守约，廉可以使分财，作事可法，出言可道，人杰也。"

②鬼雄：鬼魂中的强者。屈原《九歌·国殇》："身既死兮神以灵，魂魄毅兮为鬼雄。"

③"至今"二句：《史记·项羽本纪》："于是项王乃欲东渡乌江。乌江亭长檥船待，谓项王曰：'江东虽小，地方千里，众数十万人，亦足王也。愿大王急渡。今独臣有船，汉军至，无以渡。'项王笑曰：'天之亡我，我何渡为！且籍与江东子弟八千人渡江而西，今无一人还，纵江东父兄怜而王我，我何面目见之？纵彼不言，籍独不愧于心乎？'……乃自刎而死。"长江在今安徽南部境内向东北方向斜流，故常以此段江来确定东西和左右。江东所指，为长江下游江南一带。

【评析】

此诗，录自明田艺蘅《诗女史》卷一一。《绣水诗钞》题作《夏日绝句》。

徐培均《笺注》本谓：此诗当作于建炎三年（1129）四、五月间。据李清照《指南录后序》，赵明诚“己酉三月罢（建康），具舟上芜湖，入姑孰，将卜居赣水上。夏五月，至池阳。”乌江，在今安徽和县东北四十里，位于建康（今南京）姑孰（今当涂）之间长江北岸，为李清照舟行必经之地。明诚当于四月以后启行，其经乌江，亦当在四、五月间。唐代乌江建有项王祠，李阳冰篆其额曰“西楚霸王祠”。熙宁末，秦观与参寥子曾邀乌江令阎求仁谒项羽祠，并有《还自汤泉十四韵》。易安夫妇爱好文物，《金石录》卷七曾著录“唐西楚霸王祠颂，贺兰进明撰，贺兰诚书。天宝十三载十月。”据知，二人曾谒霸王祠，感而赋此诗，以讽喻现实。

诗作咏史，乃是借古人往事，抒一己之怀抱。先极为凝练地概括项羽“作人杰”“为鬼雄”的一生，表达对项羽的敬仰之情。再暗喻全诗主旨，即通过含蓄地肯定项羽宁死“不肯过江东”的做法，以表示对屈辱偏安的南宋小朝廷的不满。

根据《史记·项羽本纪》的记载，后人从不同的角度立论，作了不少咏史诗，各有新意。一类是认为项羽应该过江。以杜牧的《题乌江亭》为代表：“胜败兵家事不期，包羞忍耻是男儿。江东子弟多才俊，卷土重来未可知。”另一类是认为项羽已经很难挽回失败的局面，即使渡江，也得不到民众的拥护。以王安石的《乌江亭》为代表：“百战疲劳壮士哀，中原一败势难回。江东子弟今虽在，肯与君王卷土来。”多数作者则肯定项羽的功劳，称赞他死得壮烈。以初唐诗人于季子的《咏项羽》为代表：“北伐虽全赵，东归不王秦。空歌拔山力，羞作渡江人。”李清照的这首诗，也歌颂项羽羞过乌江、死得其所，但用意不同。

夜发严滩

巨舰只缘因利往，扁舟亦是为名来①。
往来有愧先生德②，特地通宵过钓台③。

【注释】

①"巨舰"二句：《史记·货殖列传》："天下熙熙，皆为利来；天下攘攘，皆为利往。"郎瑛《七修类稿》卷三〇："有过台而咏者曰：'君为利名隐，我为利名来。羞见先生面，黄昏过钓台。'"

② 先生德：范仲淹《严先生祠堂记》："先生之德，山高水长。"宋李觏改"德"为"风"。

③ 特地：唐宋时方言，犹特为、特意。戴叔伦《题黄司直园》："为忆去年梅，凌寒特地来。"

【评析】

此诗，录自清厉鹗《宋诗纪事》卷八七。严滩，在浙江桐庐富春江畔，相传为东汉严子陵钓鱼处。岸畔富春江上有东西两台，传为严子陵钓鱼台。王仲闻《校注》本题作"钓台"，并云："据此诗文义，似只夜过钓台，无'夜发'之意，兹改题作'钓台'。"

徐培均《笺注》本谓《校注》本此说不可从；又谓据李清照《打马图序》："今年十月朔，闻淮上警报，江浙之人，自东走西……易安居士自临安溯流，涉严滩之险，抵金华。"知此诗作于绍兴四年（1134）十月。

诗作写途经严滩，深有感触——有感于严光之德以及范仲淹对严光的态度而作。先写出国难当头，当时却已成风气的世俗追名逐利的现实。诗人在鄙视而又深感痛心之余，自然想到了淡泊名利的典范——严光。两相对照之下，批判利禄之徒的现实意义彰显无疑。当然，在民族危亡之际，淡泊名利尽管远高于追逐名利，但隐逸终非救国良策，也是不言而喻的。

题八咏楼

千古风流八咏楼①，江山留与后人愁②。
水通南国三千里③，气压江城十四州④。

【注释】

①“千古”句：苏轼《念奴娇》：“大江东去，浪淘尽、千古风流人物。”

②“江山”句：是时金兵南侵，李清照避乱至此，故有此慨。江山，借指国家的疆土、政权。《三国志·吴书·贺劭传》：“割据江山，拓土万里。”

③南国：古称南方诸侯之国。后泛指中国南方。宋祁《南国》：“南国豪华地，东风骀荡天。”

④“气压”句：江城，指江河在本地文化中占据突出地位的城市。十四州，宋两浙路，凡府二：平江、镇江，州十二：杭、越、湖、婺、明、常、温、台、处、衢、严、秀。贯休《献钱尚父》：“满堂花醉三千客，一剑霜寒十四州。”

【评析】

此诗，录自宋祝穆《方舆胜览》卷七。八咏楼，在婺州（今浙江金华）。楼为南朝齐沈约所建，原名元畅楼。约有《登元畅楼》诗（“登楼望秋月，会圃临春风。岁暮悯衰草，霜来悲落桐。夕行闻夜鹤，晨征听晓鸿。解佩去朝市，被褐守山东”），又以此诗之每一句作长诗之首句，衍为八首，题作《元畅楼八咏》（其中第一首《登台望秋月》：“望秋月，秋月光如练。照曜三爵台，徘徊九华殿。九华玳瑁梁，华榱与璧珰。以兹雕丽色，持照明月光。凝华入黼帐，清辉悬洞房。先过飞燕户，却照班姬床。桂宫袅袅落桂枝，早寒凄凄凝白露。上林晚叶飒飒鸣，雁门早鸿离离度。湛秀质兮似规，委清光兮如素。照愁轩之蓬影，映金阶之轻步。居人临此笑以歌，别客对之伤且慕。经衰圃，映寒丛。凝清夜，带秋风。随庭雪以偕素，与池荷而共红。临玉墀之皎皎，含霜霭之濛濛。辚天衢而徙度，轹长汉而飞空。隐岩崖而半出，隔帷幌而才通。散朱庭之奕奕，入青琐而玲珑。闲阶悲寡鹄，沙洲怨别鸿。文姬泣胡殿，昭君思汉宫。余亦何为者，淹留此山东”）。宋太宗至道时，婺州知州冯伉遂据以改称“八咏楼”。

王仲闻《校注》本谓：诗当作于绍兴五年（1135），时在金华。

诗作借咏山水，慨叹江山难守，写来“气象宏敞”（赵世杰《古今女史》诗集卷六），“愁”情深沉。

兹录姜特立和丁逢《八咏楼诗》以对读：

八咏诗成沈隐侯，楼中风月尽兼收。

三千题里无新语，七百年间有胜流。

领客登临聊一快，举杯相属更无忧。

令威早晚冲天去，华表归时记旧游。

尾联用丁令威之典，言“丁使君”定能飞黄腾达。

皇帝阁春帖子

莫进黄金簟[①]，新除玉局床[②]。

春风送庭燎，不复用沉香[③]。

【注释】

① 黄金簟：以金丝编成的席子。《南史·齐武帝纪》："（永明九年）夏五月丙申，林邑国献金簟。"

② 玉局床：一种玉制曲脚床。局，曲。《云笈七签》卷一〇九引《神仙传·张道陵传》："陵坐局脚玉床斗帐中。"

③ "春风"二句：庭燎，庭中照明的火炬。《诗·小雅·庭燎》："夜如何其？夜未央，庭燎之光。"《周礼·秋官·司烜氏》："凡邦之大者，共坟烛庭燎。"郑玄注："坟，大也。树于门外曰大烛，于门内曰庭燎，皆所以照众为明。"李商隐《隋宫守岁》："沉香甲煎为庭燎，玉液琼苏作寿杯。"

【评析】

此诗，录自明田艺蘅《诗女史》卷一一。《彤管遗编》续集卷一七、《古今女史诗集》卷七、《名媛诗归》卷一八、《历朝名媛诗词》卷七、《绣水诗钞》卷一亦载之。然各本均与"日月尧天大"并为一首，题作《皇帝阁》。

王仲闻《校注》本卷二云："传世宋人帖子词，或为七言四句，或为五言四句，未见有五律或七律者。《浩然斋雅谈》载'日月尧天大'等三首，亦俱为五言四句，并不似误夺半首。《浩然斋雅谈》所载乃端午帖子，而此四句内有'春风''庭燎'，俱非端午事，此必春帖子也。《诗女史》等殆以其同韵而误为一首，今分为两首。此首并依其内容改题作'皇帝阁春帖子'。下'贵妃阁'一首，亦有'春'字，当亦为春帖子。亦同样改题，不另作说明。"可从。

《校注》本又谓：此首必作于绍兴十三年（1143）或以后。如《建炎以来系年要录》卷一四八即云："辛丑立春节，学士院始进帖子词，百官赐春幡胜，自建炎以来久废，至是始复之。"周密《武林旧事》卷二亦云："学士院撰进春帖子，帝、后、贵妃、夫人诸阁，各有定式，绛罗金缕，华粲可观。"

帖子词，是产生、成熟并兴盛于宋代的一种宫廷应用文体。其名称并非仅如明徐师曾《文体明辨序说》解释的"黏贴"之义，而主要是指"用罗帛制造"并悬挂于宫阁的；它以绝句诗体而称为"词"，这与长短句"词""宫词""教坊词"等文体的名称、内容形式都很相似，有着某种密切的关系。帖子词源起于汉晋间立春日贴"宜春"字风俗，并受桃符、宫词及君臣节日间奉和唱酬的影响。首创者为晏殊。它在宋代的发展随国势盛衰和政局动荡而起伏；元、明中衰，清乾隆君臣再次让它焕发生机。其内容主要是歌咏升平富贵，但欧阳修、司马光、苏轼等"中含规谏"之作更被看作是"得体"；在用事纪实、才思、工拙、格调、正变等方面都有鲜明的特征。帖子词在中国古代文体史和文化史上具有独特的地位和价值。（参任竞泽《宋代文体学研究论稿》）

兹录南宋许应龙的一首《皇帝阁春帖子》以附读：

圣德乾坤大，皇图日月长。

远人咸畏慕，国势寝安强。

贵妃阁春帖子

金环半后礼①，钩弋比昭阳②。
春生百子帐③，喜入万年觞④。

【注释】

①"金环"句：金环，后妃进御及妊娠所用的标志饰物。半后礼，享受皇后礼遇之一半。《太平御览》卷一三五引《五经要义》："古者后夫

人必有女史彤管之法。后妃群妻以礼御于君所，女史书其日，授其环，以示进退之法。生子月娠，则以金环退之。当御者，以银环进之，着于左手；既御，着于右手。左者阳也，亦当就男，故着左手。右手阴也，既御而复故。此女史之职也。"

②"钩弋"句：钩弋，汉武帝宠妃，居钩弋宫，号钩弋夫人，姓赵，河间人。《史记·外戚世家》："钩弋夫人姓赵氏，河间人也。得幸武帝，生子一人，昭帝是也。"司马贞《索隐》："夫人姓赵，河间人。《汉书》云'武帝过河间，望气者言此有奇女，天子乃使使召之。女两手皆拳，上自披之，手即时伸。由是幸，号曰拳夫人。后居钩弋宫，号曰钩弋夫人。'《列仙传》云：'发手得一玉钩，故号焉。'"昭阳，汉宫名。武帝时后宫八区中有昭阳殿，成帝宠妃赵飞燕居之。《汉书·外戚传》："皇后既立，后宠少衰，而弟绝幸，为昭仪，居昭阳舍。其中庭彤朱，而殿上髹漆，切皆铜沓。黄金涂，白玉阶，壁带往往为黄金釭，函蓝田壁，明珠、翠羽饰之。自后宫未尝有焉。"

③ 百子帐：一作"柏子帐"。程大昌《演繁露》卷一三："唐人昏礼，多用百子帐，特贵其名与昏宜，而其制度则非有子孙众多之义。盖其制本出于戎虏，特穹庐、拂庐之具体而微者耳。"

④ 万年觞：进酒祝帝王长寿。《后汉书·班超传》："陛下举万年之觞，荐勋祖庙，布大喜于天下。"

【评析】

此诗，录自明田艺蘅《诗女史》卷一一。

此诗作于绍兴十三年（1143）立春前。据《宋史·后妃传》，高宗吴皇后，绍兴十三年闰四月自贵妃立为皇后。其后宫中只有潘贤妃、刘贤妃，而无贵妃。故知此诗系为吴贵妃而作。

诗作句句用典，都有来历，也算是作者《词论》中所说的"尚故实"之作。其实，李清照强调词尚故实，是时代风气使然。宋人作诗，崇尚以文字、才学、议论为之(严羽《沧浪诗话·诗辨》),这种作风不能不影响到词坛。《词论》嫌秦观词“少故实”,正体现了这样的时代风气。实际上,少游词中并不少故实,只是故实的运用恰到好处,以致使人不觉。至于说黄庭坚词“即尚故实而多疵病”,如果是指山谷常常把“夺胎换骨”“点铁成金”之法用到词的创作中来,这样的批评倒是公允的。

如前所述,因为是一种宫廷应用文体的缘故,文学文献价值也许尚在,文学贡献却颇为有限,所以,在传统的文学批评史上,包括李清照这首《贵妃阁春帖子》在内的这类帖子词,都未能引起历代评论家的品鉴兴趣。姑录之以备一格,并录附许应龙的一首同题《贵妃阁春帖子》以资对读参悟:

昨夜东风入律新,朝来蕙露净无尘。

玉觞椒酒陪欢宴,总道今春胜旧春。

皇帝阁端午帖子

日月尧天大①,璇玑舜历长②。
侧闻行殿帐③,多集上书囊④。

【注释】

① 尧天:天,一作“仁”。《论语·泰伯》:“巍巍乎,唯天为大,唯尧则之。”谓尧能法天而行教化。后因以“尧天”称颂帝王盛德及太平盛世。此处谓高宗。

② 璇玑:即璇玑玉衡,浑天仪的前身,用以观测天体。《书·舜典》:“在璇玑玉衡,以齐七政。”孔传:“璇,美玉。玑衡,王者正天文之器,可

运转者。”孔颖达疏：“玑衡者，玑为转运，衡为横箫，运玑使动于下，以衡望之，是王者正天文之器。汉世以来谓之浑天仪者是也。”

③“侧闻”句：侧，一作“或”。侧闻，谦词，从旁闻知。贾谊《吊屈原赋》：“侧闻屈原兮，自沉汨罗。”行殿帐，帝王出行观察民风时所用。《隋书·宇文恺传》：“造观风行殿，上容侍卫者数百人，离合为之，下施轮轴，推移倏忽，有若神功。”

④“多集”句：集，一作“是”。称颂高宗作风俭朴。上书囊，汉制，群臣上章表，如事关机密，则封以皂囊。《后汉书·翟酺传》：“夫俭德之恭，政存约节。故文帝爱百金于露台，饰帷帐于皂囊。或有讥其俭者，上曰：‘朕为天下守财耳，岂得妄用之哉！’”范晔注：“东方朔曰：文帝集上书囊以为殿帷。”

【评析】

此诗，录自宋周密《浩然斋雅谈》卷上。

此诗作于绍兴十三年（1143）端午前。《癸巳类稿》卷一五谓为绍兴三年作，误。

诗作颂圣，典雅得体。《浩然斋雅谈》卷上曰：“李易安绍兴癸亥在行都，有亲联为内命妇者，因端午进帖子。《皇帝阁》云云。《皇后阁》云云。《夫人阁》云云。时秦楚材在翰林，恶之，止赐金帛而罢。”秦梓字楚材，秦桧兄，桧妻王氏与李清照为中表。得“忌”（《癸巳类稿》卷一五）之由，当因清照有所不为也。

如前所述，同样因为帖子词的文学贡献颇为有限，因而在传统的文学批评史上，像李清照的这首《皇帝阁端午帖子》，也一样未能引起历代评论家的品鉴兴趣。姑录之以备一格，并录附苏轼的一首同题《端午帖子词皇帝阁六首》其一以资对读参悟：

盛德初融后，潜阴未姤时。

侍臣占易象，明两作重离。

皇后阁端午帖子

意帖初宜夏①，金驹已过蚕②。
至尊千万寿③，行见百斯男④。

【注释】

① 意帖：用上官婉儿事。指以己意品评帖子词之优劣。《资治通鉴》卷二〇九："（景龙二年）夏四月癸未，置修文馆大学士四员，直学士八员，学士十二员，选公卿以下善为文者李峤等为之。每游幸禁苑，或宗戚宴集，学士无不毕从，赋诗属和，使上官昭容第其甲乙，优者赐金帛。同预宴者，惟中书、门下及长参王公、亲贵数人而已。至大宴，方召八座、九列、诸司五品以上预焉。于是天下靡然，争以文华相尚，儒学中说之士莫得进矣。"

② "金驹"句：言时光已过养蚕时节。金驹，犹白驹，比喻流逝的时间。蚕时在农历三、四月。翁卷《乡村四月》："乡村四月闲人少，才了蚕桑又插田。"

③ 至尊：至高无上的地位。后多指帝、后之位。《史记·孝武本纪》："朕以眇眇之身承至尊，兢兢焉惧弗任。"

④ 百斯男：谓多子。《诗·大雅·思齐》："大姒嗣徽音，则百斯男。"

【评析】

此诗，录自宋周密《浩然斋雅谈》卷上。

此诗作于绍兴十三年（1143）端午前。诗题中"皇后"，指宋高宗吴皇后，此时已由贵妃升为皇后。诗中"行见百斯男"句，盖谓高宗患有不育症，故祝之。

如前所述，同样因为帖子词的文学贡献颇为有限，因而在传统的文学批评史上，像李清照的这首《皇后阁端午帖子》，也一样未能引起历代评论家的品鉴兴趣。姑录之以备一格，并录附许应龙的一首同题《皇后阁端午帖子》以资对读参悟：

三千玉女斗群芳，并蓄兼收百药良。
咸愿东皇与西母，无穷眉寿等天长。

夫人阁端午帖子

三宫催解粽①，妆罢未天明。
便面天题字②，歌头御赐名③。

【注释】

①"三宫"句：三宫，此指后宫。《岁时广记》卷二一引《岁时杂记》："京师人以端午日为解粽节。又解粽为献，以叶长者为胜，叶短者输。或赌博，或赌酒。"

②"便面"句：谓皇帝在扇面题字。《汉书·张敞传》颜师古注："便面，所以障面，盖扇之类也。不欲见人，以此自障面，则得其便，故曰便面。亦曰屏面。今之沙门所持竹扇，上袤平而下圜，即古之便面也。"天，君也。

③"歌头"句：谓皇帝为新曲赐名。歌头，为唐宋大曲的中序或排遍的第一支曲子。《钦定词谱》卷二三"水调歌头"："《水调》乃唐人大曲，凡大曲有歌头，此必裁截其歌头，另倚新声也。"龙榆生《唐宋词格律》："唐朝大曲有《水调歌》，据《隋唐嘉话》，为隋炀帝凿汴河时所作。宋乐入中吕调，见《碧鸡漫志》卷四。"王建《闲说》："歌头舞遍回回别，鬓样眉心

日日新。”

【评析】

此诗，录自宋周密《浩然斋雅谈》卷上。

此诗作于绍兴十三年（1143）端午前。诗题中“夫人”，当指宋高宗潘贤妃、张贤妃、刘贵妃等，其时尚未有位号，故皆称夫人。

李清照替嫔妃代笔的这类节日应景之作，基本上是对皇室、朝廷、现实的歌功颂德，跟御用文人平素的应制之作差不多，内容空虚，艺术上也乏善可陈。倒是其中的这首诗，因为多少写出了端午节后宫生活习俗，还算略微有些意味。

不过，如前所述，同样因为帖子词毕竟是属于宫廷应用文体的缘故，文学贡献颇为有限，因而在传统的文学批评史上，像李清照的这首《夫人阁端午帖子》，也一样未能引起历代评论家的品鉴兴趣。姑录之以备一格，并录附李清照外公王珪的一首同题《端午内中帖子词·夫人阁》以资对读参悟：

画栱无尘乳燕飞，薰风时复度罗衣。
君王避暑蓬莱殿，向晚笙歌簇辇归。

题砚诗

片石幽闺共谁语①，输磨盾笔是男儿②，
梦回已弄生花管③，肯蘸青烟只扫眉④。

【注释】

①“片石”句：片石，一块石头。李颀《题璇公山池》：“片石孤峰窥色相，

清池皓月照禅心。”幽闺，深闺。多指女子的卧室。萧统《锦带书十二月启·姑洗三月》：“燕语雕梁，状对幽闺之语。”

② 盾笔：即盾鼻，也作“楯（dùn）鼻”，盾牌的把手。《资治通鉴》卷一六〇：“（荀）济少居江东，博学能文，与上有布衣之旧……常谓人曰：‘会于盾鼻上磨墨檄之。’”胡三省注：“于盾鼻上磨墨作檄以声其罪。”刘禹锡《刘氏集略说》：“俄被召为记室参军，会出师于淮上，恒磨墨于楯鼻。”

③ 生花管：即生花笔，指文思富赡，文笔俊逸。《开元天宝遗事》卷下：“李太白少时，梦所用之笔头上生花，后天才赡逸，名闻天下。”

④ “肯蘸”句：肯，岂肯。王安石《乌江亭》：“江东子弟今虽在，肯与君王卷土来。”蘸，原误作“醮（jiào）”。青烟，指墨。扫眉，描画眉毛。王建《寄蜀中薛涛校书》：“扫眉才子知多少，管领春风总不如。”

【评析】

此诗，系徐培均《笺注》本补录自邓之诚《骨董琐记》卷三：

上海郁泰峰，旧藏李清照砚，背镌二十八字曰（略），陇西清照子题。

郁松年（1799–1865）号泰峰，上海富商，曾辑刻《宜稼堂丛书》七种。又，陇西，李氏郡望名。子，此指女子。《诗·卫风·硕人》有云：“齐侯之子，卫侯之妻，东宫之妹，邢侯之姨，谭公维私。”据知“清照子”乃是沿古俗而自称。此砚既属郁氏“旧藏”，则有可能为李清照南渡后之物，相应地，题砚诗也很可能是作于其时。

有砚必有铭。从砚铭以及题于砚上之诗中，可以窥得持有者的人品、性情、修养乃至对人生的见解。如此诗，即谓砚藏于深闺，不如男儿军中所用的盾鼻，因为在作者看来，笔砚只能用于闺中画眉，而不能在军中草檄。由此，可知晓易安之志，也能成为判断其诗作于南渡之后的一个依据。这部分内容，势必成为后来者可以汲取的精神养分。

文人爱砚。如南宋刘克庄《题砚》诗以及清纪昀所作《辛卯(1771)六月自乌鲁木齐归囊留一砚题二十八字识之》:

吾砚平生极自珍,涂云抹月发清新。
临归携就西湖洗,不受东华一点尘。

枯砚无嫌似铁顽,相随曾出玉门关。
龙沙万里交游少,只尔多情共往还。

前一首,道尽对其所用之砚的珍爱之情。后一首中所谓砚之"多情",缘自人对砚的多情,其中明显寄寓着纪氏从乌鲁木齐赐还后的几多感慨。诸如此类的诗作,也跟砚铭,包括诗篇之题于砚上者一样,作为可资比较鉴赏的参照物,都颇堪玩味。